パーフェクト・ブルー

宮部みゆき

元警察犬の俺・マサは、今は蓮見家の一員となり、蓮見家の長女で探偵事務所調査員・加代ちゃんのお供役の用心犬を務めている。ある晩、私立高校野球部のエースで、春の選抜で完全試合を達成し、夏の甲子園大会出場を誰もが期待していた高校野球界のスーパースター・諸岡克彦が殺害された。ガソリンをかけ焼かれてしまうという凄惨な事件だった。その現場に遭遇した加代ちゃん、克彦の弟、そして俺・マサは事件の真相を追い始めるが……。幅広いジャンルで活躍し、わが国文壇を代表する作家の一人である宮部みゆきの記念すべき長編デビュー作。

登場人物

蓮見加代子……蓮見探偵事務所調査員
蓮見糸子……加代子の妹
蓮見浩一郎……蓮見探偵事務所所長、加代子たちの父
諸岡進也……家出した少年
諸岡克彦……進也の兄、野球名門校のエース
諸岡三郎……克彦たちの父
諸岡久子……克彦たちの母
山瀬浩……克彦の元チームメイト
椎名……「ラ・シーナ」のマスター
木原和夫……大同製薬総務課長補佐
幸田俊朗……大同製薬専務取締役
植田涼子……専務の代理人
宗田淳一……宗田と名乗る強請屋
マサ……俺、元警察犬

パーフェクト・ブルー

宮部みゆき

創元推理文庫

PERFECT BLUE

by

Miyuki Miyabe

1989

目次

パーフェクト・ブルー

プロローグ

五月二十日、午前三時二十二分。夜明けにはまだ間がある。

東京湾に臨む工場団地は冷え冷えとした眠りに沈んでいた。目覚めているのは点在する各工場の守衛の詰所、工場の建屋(たてや)の赤い非常灯と、鉄の町の歩哨のように夜空を突いて立つクレーンのライト、そして星だけである。湾を横切って羽田に向かう航空機も、この時刻には絶えている。

だから、この町の路上の一角で突然炎が上がったとき、それを最初に見つけたのは人間ではなかった。火の手の上がった、今は使用されていない搬入用道路に隣接する倉庫の火災報知器が鳴り始め、眠る鉄鋼の揺りかごの番人たちを叩き起こしたのだった。

しかし、何が起こっているのかを認識したのは、人間だった。

駆けつけた守衛の一人は、今年五十六歳だった。定年退職後の再就職で、ここの守衛は易しい仕事だった。体力的にも、精神的にも。昼間は郵便物の管理と来客の案内、そして夜勤といっても構内の見回りだけだ。夜間操業の工場のセキュリティ・システムは、すでに何年も前から人間の五感を必要としなくなっていた。

炎は歪んだ円形を描いて燃えていたが、倉庫の壁にかけのぼった火はおさまり、醜いしみのようなあとが残っているだけだ。炎は高さを失い、地を這っている。それも円形の縁を越えて燃え広がることはなかった。聖なる印のなかに封じ込まれた魔物のように、ふくらんだりしぼんだりしながらも、そこから出てくることはなかった。もともとこの路上には、燃えるものなど何もないのだ。

その円の中心に、黒いものがねじくれて横たわっていた。

「なんてこった」

息を切らしてうめく守衛のまえで、その黒いものは手を出した。足が見えた。炎の勢いで向きがかわり、頭のあるところが見えた。

湾を渡ってくる海風に混じって、熱気とガソリンの匂いが吹きつけてきた。守衛はせきこみ、目に涙がにじむのを感じた。

「ひでえや……」

遅れてきた同僚がつぶやいた。火災報知器が止まった。出し抜けに静寂が戻り、自分たちの荒い息づかいと炎の音だけが残った。

若い同僚が後ろを向いて吐き始めるのを耳にしながら、守衛はふと、半歩まえに進み出た。まばたきした。

何かが違う。

彼は戦争を知っていた。いや、徴兵されなかったから、正確に戦争を知っているとは言えないかもしれない。しかし、空襲は知っている。生身の人間の燃える匂いは知っている。

そのとき、燃えるもの全てを公平に焼き尽くそうとする炎の意志で、黒いものの向きが、また変わった。

守衛はそこに、とうてい信じられないものを見た。不似合で、とっぴで、数瞬の後、彼は笑いだしていた。両手を膝につき、身体を折り曲げて笑いだしていた。

「だ……大丈夫ですか」

袖で口を拭い、青ざめた顔を熱気にあぶられながら、同僚が近づいてきて彼の背に手を当てるのを感じた。彼があまりに笑うので、気味悪そうにその手を引っ込めるのも分かった。

「大丈夫だよ」

笑いを抑えようと息を整えながら、彼は答えた。遠くからパトカーのサイレンが近づいてくる。

ねじくれた黒いものは、星ののぞく夜空に助けを求めるかのように手を上げ、なおも燃え続けていた。

第一章　マサは語る

1

加代ちゃんは、一人で来たことを後悔し始めているらしい。

いつもなら、必ず誰かとコンビを組んで行動する。今日はたまたま、ほかの調査員たちが出払っているところへの飛び込みの依頼だったので、仕方なかったのだ。

それにしても、俺は少しばかり情けなく思っていた。いつもなら、俺がそばについているかぎり、この程度の荒れ具合の盛り場など怖いうちにも入らないはずの加代ちゃんである。いったいなんだって俺は、爪の間に刺をたてたりしたのだろう。それも、切開して一週間も入院しなければならないほど深くに。おまけに、入院中には、大嫌いなノミとりの風呂に入れられて、すっかり薬くさくなってしまった。退院したとはいえまだちょっと足取りがおぼつかないところに、薬用石鹸の匂いがプンプンしている番犬じゃ、加代ちゃんが心細く感じたとしても、無理はないかもしれない。

俺も歳をとっちまったのかなと思う。入院している間、いやにしばしば、昔、警察犬としてならしたころの夢を見たのも、じじむさくなってきた証拠なのかもしれない。

俺の名前はマサ。警察をやめ、蓮見探偵事務所にひきとられてきたとき、加代ちゃんと妹の糸ちゃんがつけてくれた名前だ。気にいっている。だから、俺を見かけたらその名で呼んでほしい。

調査員として働く加代ちゃんのお供をして歩くのが、今の俺の仕事だ。弁解するわけではないが、いつもなら、もうちょっとさっそうとしているのだよ。

加代ちゃんは、必要以上に強く、俺を繋いだ革紐を引っ張って歩いていく。探しているのは、「ラ・シーナ」の看板だ。できるだけ道の右側を歩くように心がけていたが、時々、山積みされたゴミ缶やビール瓶のケースをよけて歩くために、真ん中によろめきでなければならなかった。そのたびに俺も、よちよちと後に続く。まったく、ふがいないながめだ。

おまけに今日の加代ちゃんは、おろしたての靴を履いている。雨が降っているわけでもないのに、どうしてこの横町はこんなにじめじめしているのだろう。加代ちゃんはどうして、新しい靴を履いていきたいという気持を抑えられなかったのだろう。人間というのは、どうして新しい靴を履くと靴ずれなんて厄介なものをこさえるのだろう。

おかもちを下げたラーメン屋の出前持ちが、いっそアクロバットと言いたいようなスピードで、弧を描きながらきわどく俺たちをよけて通った。ラーメン屋には楽しいデモンストレーションなのだろうが、加代ちゃんは小さく悲鳴をあげて飛び退いた。

退いたところが、最悪だった。

「いやあ、これはこれは……」

酒くさい息と一緒に、言葉が吹きつけてきた。

背広姿の三人組だった。加代ちゃんはその真ん中の一人の肩にすがるような姿勢になっていた。その男は、三人のなかでも一番きこしめしていた。ふうっと吹けば飛んでいってしまいそうなほどふらふらしているのに、加代ちゃんの身体に回した腕だけは、しらふのとき以上の力を発揮している。

「今日はいい日だなぁ。こんなカワイコちゃんを拾っちまったもんなぁ」

三人は、加代ちゃんの目の前にあるドアから出てきたところだった。加代ちゃんを取り囲み、建物と建物の間の狭い隙間（すきま）に押し込んだ。モルタルの壁が背中に当たる。隙間は通り抜けられる広さではなく、どんづまりはどぶの匂いが漂う暗がりだった。

左手には男が二人、右には男とその後ろに高く積み上げられたビールのケースが退路を断ってしまっている。

「ごめんなさい、失礼しました」

加代ちゃんが丁重に言って後ろに下がると、男もバカ丁寧に頭を下げ、もっと身体を近づけてきた。よじれたネクタイが加代ちゃんの頬にくっつく。酸っぱい息の匂いに、俺のデリケートな鼻は曲がりそうになった。

「失礼なんていいのよぉ、お姉さん、もっと失礼してくれなぁい」

これはまた早々（はやばや）と、アルコールで解放されてしまったサラリーマンだ。俺は呆れた。日常はしっかりかせを嚙まされているだけに、はずれると軌道修正がきかない。あとの二人も、止めもせず、唆しもせず、笑って自分たちの立場をごまかしながら、それでも加代ちゃんのそばを離れない。真ん中の男は加代ちゃんの両腕を押え、酔っ払ったときしかできないダンスを踊ろうと足を踏み出し、加代ちゃんの身体をくるりと反転させた。

俺は大きく吠えた。そして、途端にがっくりきてしまった。

蓮見事務所の人たちは、やっぱり俺を病院なんかに入れるべきではなかったのだ。爪の間の刺ぐらい、ものの一週間も草を食べて、その舌でよくなめてやれば治ってしまう傷なのに、なまじ薬だの注射だのと人間向きの手当てをされると、俺たち犬族がもともともっている回復力やパワーを損なってしまう。俺はすっかり毛皮がやせてしまったし、喉から出てきたのは、俺自身いやになるようなヘロヘロの声だった。これにたまげて逃げ出すのは季節はずれの油虫ぐらいのものだろう。

案の定、三人組の男たちは大笑いをした。

「なんだなんだ、この犬っころは。お嬢さん、あんたの用心棒?」一人が言う。

俺はそいつの喉元目がけて飛びかかってやった。刺にやられた足はまだ不調で、男は簡単に俺をよけ、俺の首輪をぐいと押えた。加代ちゃんの手から俺の紐が離れてしまった。

加代ちゃん、蹴っとばしてやれ。俺はともかく吠え続けた。護身術の基本を思い出した加代ちゃんはきき足を引いた。

靴はまぬけな音をたててすっぽぬけた。踵を上に向けて落ち、泥はねをあげた。男たちの笑い声も上がった。

「おーじさん」

その声は、ほとんど頭の真上から降ってきた。

狂ったフォークダンスの輪のような体勢で、四人は上を見あげた。自由になろうともがきながら、俺もそうした。そして、最初に目に入ったのはスニーカーの爪先——それもかなり擦り切れた、底の部分だった。

その上に、黒い頭がひょいと出た。

「そのへんにしといたほうがいいんじゃないのォ、兵隊さんたち」

「兵隊ぃ？」

男たちが輪をくずし、狭い路地の反対側へ、酔っているにしては誉めてやりたいほどの素早さで移動した。加代ちゃんも、片足裸足でじめじめした路地に引き戻された。

声の主は、加代ちゃんが雪隠（せっちん）づめにあっていた建物の二階の窓に足を掛けていたのだった。人間の子供が道端で面白いものを見つけたときのように、熱心に前にかがみこみ、手すりに両手をついている。

そして、たとえだけでなく現実に、子供だった。十五、六歳の少年で、はしっこそうな黒い眼がきらきらしている。

「そう、兵隊さんだろ、おじさんたちは。新兵さんじゃなさそうだけど、ま、よくて一等兵ってとこかなぁ」

「なんだと――」

少年は手をひらひらさせた。

「気にいンない？　あ、そ、じゃ、働きアリってのはどう？」

「このガキ！」

加代ちゃんを捕まえていた男が拳を振り上げて突進した。とっさに加代ちゃんが脇へ逃げるのと、少年が、窓のすぐ下まで積み上げられていたビールのケースを蹴り倒すのが、ほとんど同時だった。

ビール瓶の大群が砕け散り、ケースがバウンドしてひっくりかえる。頭と顔を覆って背中を向けた加代ちゃんと男たちの間に、すっと風を切って少年が飛び降りた。

「そ、オレ、まだガキだからね」

ぽんと手をはたき、三人の顔をながめわたして、少年は笑った。

ブルーのラガーシャツに、洗いざらしのジーンズ。両方ともかなりくたびれているが、こざっぱりとしている。パーマっけのない黒い髪が目のうえにかかるのを、パッとはらいのけた。

本人の申し出に間違いない。この「ガキ」からは、大人の男の匂いがしなかった。シェイビング・クリームも、酒も煙草も匂わなかった。俺の鼻が感じ取ったのは、どういうわけかミカンの匂いだった。じつに平和な匂いだった。

片手を腰にあて、少年は続けた。

「つまりさ、未成年てことなわけだ。おじさんたち、正気にかえれば？　もめごと起こして
あとで困るのはそっちのほうだよ」
加代ちゃんにご執心だった男は、ビール瓶の破片のなかにしりもちをついていた。荒れた
舌が見えるほど口を開いていたが、唾を飛ばして怒鳴り始めた。
「なめやがってこの――」
「あれ、やるの？　よしといたほうがいいと思うけどなぁ」
少年の言葉尻が消えないうちに、男が突っ込んできた。少年は軽快に頭をかがめて男の身
体をやり過した。男は、たぶん中学生時代以来十数年ぶりであろうはずの飛び込み前転を、
きれいに決めた。ただし着地はいただけなかった。
「オレ、手は出してないよぉ」
加代ちゃんの腕をとってビールケースを飛び越えると、少年は何か重大な発見をしたとい
うように指をつきつけて、残りの二人に言った。
「まずいんじゃない、その社章。おじさんたち、東海商事の兵隊さんたちでしょうが。それ
に世間はさ、誘拐か人殺しでもしないかぎり、未成年には寛大だよ」
二人のうち一人が、先に状況判断を下した。無造作に俺の首輪を離すと、ズボンの膝で手
をぬぐった。
「おい、行こう」
引き上げるときには、加代ちゃんにしつこかった男は、アルコールに輪をかけて軽い脳震(のうしん)

盪に襲われたらしく、毒づきもしなかった。あとの二人は振り返り振り返り路地を出ていったが、その顔はこわばっていた。

「チェッ、なさけねえなぁ。会社のバッジを読まれて青くなるんだったら、最初っから襟にはっつけて歩くなってんだよ、まったく」

ふんと息を吐くと、少年はかがんでガラスの海のなかから加代ちゃんの靴を拾い上げた。

「無事みたいだよ」

靴を逆さにしてぽんと叩き、なかをふっと吹いてから、加代ちゃんに渡した。

「ガラスも入ってないから、そのままはけると思うけど」

「ありがとう。でも……」

加代ちゃんは足元を見おろした。

「わたしのストッキングがびしょびしょみたい」

そう言って、少年の顔を見た。加代ちゃんとちょうど同じ高さに目がある。この年ごろの男の子にしては、決して大柄ではない。

「どこかで、替えのストッキング、買えないかしら?」

少年は笑いだした。すると、左の頰に、思いがけないほど可愛い——と、人間の感覚では思うに違いない——エクボができた。

それを見て、加代ちゃんの顔がパッと明るくなった。俺にもピンときた。

「写真とは、ちょっと感じが違うけど……」

「なんだよ」加代ちゃんが顔を寄せると、少年はあわてて顎を引いた。

「あなた、諸岡進也君？」

今度は少年がまじまじと加代ちゃんを見た。

「そうでしょう、ね？」

「だったらなんだっての？」

「わたし、あなたを探しに来たのよ」

加代ちゃんはバッグを探ろうとし、そのときになってようやく、今の騒動のさなかにどこかにバッグをほっぽりだしていたことに気がついた。それを、一メートルほど先のダンボール箱のなかから少年が拾い上げてくれた。

「これ、わたしの名刺よ」

差し出した名刺と加代ちゃんの顔、そして足元に控えている俺の間で、少年のけげんそうな視線が往復した。

「蓮見探偵事務所調査員、蓮見加代子です」

視線の往復の終点は、加代ちゃんのあわれなストッキングの爪先だった。ごていねいに穴まで空いてしまっている。少年はつぶやいた。

「しまんねェ調査員……」

2

スナック「ラ・シーナ」は、加代ちゃんが酔っ払いにからまれた飲み屋の二階にあった。

「まだ看板の電気をつけてませんから。わかりにくかったでしょう」

マスターは四十代半ばの、かなりの大男だった。若いころにはスポーツをしていたのか、おなかのあたりも引き締まっているし、動作もきびきびしている。足も速そうだ。

六時開店だから、あと二十分ほどある。がらんとした店内では、マスターが一人で、店を動かす下準備にかかっているところだ。

十五人も入れば満員の店である。カウンターの向こうに、「自家製ハムあります」の貼紙がしてあるが、店全体も、ハムと一緒に何回か燻(いぶ)されたように、良い具合にすすけている。仕事柄、加代ちゃんと一緒にピンからキリまで色々な酒場を見ることの多い俺だが、ここの酒棚に並んでいる瓶には、見慣れないものも多かった。

もう一つ、俺の目を引いたのは、マスターの左側の棚に並べられている、一群の美しいカットグラスだった(馬鹿にしちゃいけない。犬にだって審美眼はあるのだ)。

それは加代ちゃんも同じだったらしい。ものめずらしげなその視線に気づくと、グラスを洗いながら、マスターが顎で棚を指した。

「お好みのがあったら、それでなにかお出ししますよ」

「あら、いいえ、すみません、わたしはまだ仕事中なので。でも、きれいですね。薩摩切子でしょう？　マスターのご趣味なんですか」

「ええ。これだけ集めるのに、だいぶ散財させられたんですが、こりだすときりがなくてね」

カウンターの後ろのスクリーン・ドアがはねて、進也が戻ってきた。

「これ、角の薬局で買ったから、安物だけどさ。とりあえずの間に合わせにはいいんじゃないの？」

パールグレイのストッキングを差し出す。今加代ちゃんがはいているものに近い色だ。諸岡進也はなかなかいい目をしている。

「どうもありがとう。上等よ。わたしがいつもはいているのは、十足まとめていくらのバーゲン品だもの」

加代ちゃんは礼を言って受け取った。進也はそのまま、ポケットに手を突っ込んでいる。加代ちゃんがぐずぐずしていると、にやっと笑った。

「どしたのさ。はきかえないの？」

「馬鹿言ってないで、仕事に戻れ。洗面所はあちらですから、どうぞ」

進也をひとにらみしてから立ち上がると、加代ちゃんはマスターの指してくれたドアへ向かった。少年は口笛を吹きながらカウンターをくぐった。

洗面所のドアが開いたとき、俺の「ラ・シーナ」に対する採点は、また上がった。

芳香剤の匂いがしない。もちろん、汚らしい空気も漂ってこない。どんなに風情のいい店でも、トイレを見たとたん里心がついてしまうようなところは駄目だ。

俺はあらためて店内を見回した。磨くべきところはきちんと磨き、塵をはらってある。なおかつ、そのために使用される掃除道具の類は、俺の鼻が置き場所をかぎ当てることができるようなしまい方はされていない。

普通、探偵事務所が捜索に乗り出すところまで来ると、青少年の家出もかなり深刻だ。女の子の場合は、探し当てたところでもうボロボロ、という悲惨な結果が圧倒的だし、男の子の場合は逆に、親や兄弟が恐れをなすような存在に化してしまっているケースが多い。

でも、諸岡進也のケースはそれらとはかなり違っているなと、俺は思った。ここにいるかぎり、進也は普通の男の子が家では母親任せにしているような作業を、自分で責任もってこなさなければならないわけで、これは悪いことじゃない。

見ると、当の進也がグラスを磨いている。戻ってきた加代ちゃんが、感心したようにその手つきをながめている。実際、鮮やかなものだった。グラスや皿をついつい「増やして」しまい、セットで揃えてもすぐに不ぞろいにしてしまう加代ちゃんとしては、きまり悪いくらいかもしれなかった。

「お仕事中悪いんだけど、わたしにも仕事をさせていただけます?」

進也は手を休めず、陽気に返事した。

「これだけ済ませてからね、カワイコちゃん」

加代ちゃんの見えないところでマスターが進也を小突いたらしい。少年はしぶしぶふきんを置くと、加代ちゃんの方へやって来た。

「あのね、こんなことは初めてじゃないそうだから、わたしが何しに来たのかは分かってると思うけど——」

「何を飲む？　あんまりイケるくちじゃなさそうだから、チェリー・ブランデーなんか少しどうかな、カワイコちゃん」

加代ちゃんはため息をついた。

「オレンジ・ジュース」

「だってさ」

進也はマスターにパチンと指を鳴らした。

「それから、わたしはカワイコちゃんじゃなくて蓮見加代子ですから」

「わかったよン、加代ちゃん」

進也は加代ちゃんに椅子を引いてやり、自分も一脚を引き寄せると、後ろ前にしてひょいとまたがり、椅子の背に腕と顎を乗せた。

「さあ、仕事をどうぞ」

そう言って、またエクボをこさえる。整ってはいるがこれといってポイントのない顔の人間の女性たちなら、整形してでも欲しいと思うようなエクボである。

つられたように、加代ちゃんもちょっと微笑(ほほえ)んだ。

「笑うと可愛いね。なんで探偵なんかしてるのさ？」

「近ごろは可愛い探偵が流行ってるの」

「それはそれは。こいつは？　ボディガード？　なんて名前？」

進也は俺を顎で指した。小馬鹿にしたような口調で、本来なら許し難いところなのだが、さっき助けてもらったことではあるし、俺はおとなしく加代ちゃんのそばに控えていた。

「マサっていうの。元は警察犬だったのよ」加代ちゃんの手が軽く俺の頭にふれる。

「それにしちゃ、あんまり頼りになんなかったじゃない」

「今日はね。ちょっと不調みたい」

「もう歳なんじゃないの？」

大きなお世話だ。俺は上目づかいに進也を見た。

マスターが、甘い香りのするオレンジ・ジュースを運んできた。搾りたてだ。それでようやく、進也がミカンの匂いをさせていた理由がわかった。

マスターはグラスを置くと、戻りがけに、進也の頭をコンと叩いた。

「家から誰か人が来たら、真面目に応対する、そしてつべこべ言わずに帰る。そういう約束で雇ってやっているの、忘れてるな」

「チェッ、痛えなぁ。スイカじゃないいんだから、そうポカポカ殴んないでくれる？」

オレンジ・ジュースにストローをさしてから、ゆっくりと加代ちゃんは切り出した。

「わたしは、あなたのご両親から、あなたを家に連れ戻してほしいと頼まれてやって来たの」

「了解。それには慣れっこだからね」

「マスターとの約束もあるようだし、おとなしく帰ってくれるわね？」

進也は肩越しにちらりと雇主を見て、ベロをだした。

「しょうがないみたいね、このさい」

「よかったわ。あなたはそれほどごねずに戻ってくるだろうとは聞いていたけれど」

「そう？　じゃ、ほとぼりが冷めたらまたすぐ家出するってことも聞いてるでしょ？」

「そのようね」

しばらくの間、加代ちゃんはストローをもてあそんだ。

「ね……どうして家出するの？」

進也はあくびした。

「うちにいてもつまんねェから」

「ここで働いているほうが楽しい？」

「楽しそうに見える？」

「とっても」

「じゃ、楽しいんじゃないの」少年はエへへと笑った。

「酔っ払いからカワイコちゃんを守ったりする役得もあるしさ」

加代ちゃんは眉をひそめた。

「そんなこと言って……もしあれが普通のサラリーマンじゃなくて、暴力団だったらたいへんんよ。未成年だ、なんて脅しはきかないから」

うまい脅し方ではあるが、と俺は思った。

「平気、平気。そういうときにはオレ、逃げ足早いから」

進也はふっと、真面目な顔になった。輝いていた黒い目が沈んだように見えた。

「それにオレ、ああいうの性にあわねえんだ」

「サラリーマン？」

「だけではないけどね。酔っ払ったときだけ、日ごろ慎んでいることをやらかすヤツだよ。で、何かしでかすと、スミマセンあれは酒がさせたことで——泡食って弁解するもんな。冗談じゃねえよ、酒が勝手に女の子にオサワリしたりするかよ」

俺は考えた。こいつは家出少年で、どうやら家のなかでももてあまし者で、学校にも不適応ときている。

でも、ものの考え方は、そう悪くない。加代ちゃんもそう思っているらしく、目が笑っていた。

「大人にはいろいろあるのよ」と言う。

「やくざなことをしたいんだったら、真面目にやくざな道を歩けってんだよ」

「まあ、それにも一理あるけどね。ともかく、大人は難しいの」

「おお、ヤダヤダ」進也は鼻にしわをよせた。

「あなたが何度も家出するの、お兄さんのことも関係してる？」

進也の返事は早かった。背中がピンと伸びた。

「兄貴は関係ないよ」

「そう……ごめんなさいね」

「あやまることネエよ」進也は足をかえ、椅子に座り直して加代ちゃんに横顔を向けた。

「なんであやまるんだよ」

後の言葉は壁に向かって言われたものだった。加代ちゃんはオレンジ・ジュースを飲んだ。

諸岡進也の両親の「代理人」が蓮見事務所にやって来たのは、今日の午後四時半過ぎのことだった。「代理人」は、進也の父、諸岡三郎(さぶろう)の従兄弟(いとこ)で、向井(むかい)という四十年配の会社員だった。

「諸岡本人や奥さんが興信所のようなところに出入りするのをもし見られますと、ちょっとまずいことになりますので……。なんといっても克彦(かつひこ)がおりますから」

そのとき事務所にいたのは、俺と加代ちゃんと所長だけだった。そして、向井氏の思わせぶりな口調の裏にこめられた意味を即座に悟ることができたのは、俺だけだった。

諸岡克彦は、東東京の代表的な野球名門校、松田学園高校のエースなのだ。過去三回甲子園出場を果たし、その右腕で松田学園をあと一歩で優勝というところまで導いた。高校野球のシーズンになると、スポーツ紙の常連になる選手だ。今年は特に、優勝候補の最右翼にあげられているから、そのよく日焼けした顔を、俺も何度かテレビで見かけた。

俺がもし、人間の言葉を話すことができて、「俺、野球が好きなんだよ」と言ったら、長いこと俺と一緒に暮してくれている蓮見一家の人たちでさえ、きっと驚くにちがいない。それも、俺がしゃべったということと、野球が好きだということ、その二つに同じ程度の驚きを感じることだろう。

犬が野球を見るって？　バカな、寝ぼけちゃいけないよ。そんな反応を示す「良識派」の方は、ここから先の話はとばしてくれていい。心を閉じて、いつもまっすぐな地平線だけ御覧になっていることだ。俺は別にかまいやしない。事実は変わらないのだから。

そう、俺は野球が好きだ。俺がまだ一本立ちの犬になるまえに世話になっていたサラリーマンの家には、小学生の男の子がいた。カバンをほうり出すと同時にグラブをつかみ、仲間の待っている空地に向かって走り出しているような子だった。小犬だった俺は、あるとき彼のあとを追っかけてついてゆき、そこで初めて「野球」と出会ったのだ。

そのころはまだ俺も、子供たちが球を投げたり打ったり追いかけたりして騒いでいるその遊びが、「野球」というスポーツであることなど知らなかった。人間の考え出した「スポーツ」というものの存在もよく分かっていなかったくらいだ。当時の俺に分かっていたのは、その遊びをしているときの子供たちが本当に楽しそうで、一緒に走り回ると俺も楽しいということだけだった。

今でもときどき、思い出すことがある。空き地の雑草を踏んで走る快さ。球拾いに行って口にくわえたときの、硬球のザラザラした舌ざわり。子供たちの柔らかな膝の裏側の甘酸っぱい匂い。

だ。

警察犬の訓練学校にいれられることになったとき、一番辛かったのは、その子と別れることだった。もう一緒に「野球」をして走り回れなくなることだった。それは彼も同じだったと思う。お別れの前の夜、彼は母親に内緒で俺を布団のなかに引っ張り込んで、一緒に寝た。そのとき俺の耳を濡らした涙の量は、彼がこの先、二本足の人間としての生活の中で流す涙を全部合わせた量よりも多かったことだろう。本物の涙を流すことは、子供だけの特権なのだ。

警察の飯を食っているころは、野球のことは忘れていた。俺には毎日追いかけてくる仕事があり、訓練が待っていた。仲間との暮しもあった。俺の訓練士は、仕事以外の楽しみはプラモデル作りだけという人間で、野球だけでなく、スポーツというもの自体、彼の辞書には載っていなかった。付録にはついていたのかもしれないが、俺は目にしていない。

だから、俺が再び「野球」に巡りあうには、警察のお役目で右脚に弾傷を負い、引退するときまで待たなければならなかった。それが五年前のことだ。

最終的に蓮見事務所にやっかいになることが決まるまで、俺を引き取ってくれたのは、ある監察医の先生だった。先生は夫婦二人きりで暮していて、野球に興じるような子供はいなかったが、かわりに、本人が大変な野球ファンだった。

そのころは俺ももう、右脚の傷と年齢とで、昔のように子供たちと一緒にボールを追って駆け回ることはしにくくなっていた。でも——いや、だからこそ、「野球」がいっそう楽しいものであることを再発見することができた。

べつに、ひいきのチームや選手がいるわけではない。そのへんの知識もない。俺が好きなのは野球そのもの——野球が俺に思い出させる郷愁のようなものなのだ。

先生はプロ野球だけでなく、学生野球も、草野球もともかく何でも好きだった。忙しすぎるのと齢をとりすぎたのとで、本人がスパイクを履くことはできなかったが、その埋め合わせのように、ちょっとでも暇ができると球場にはせさんじたものだ。その際、「また野球ですか」と呆れる奥さんへの言い訳に、俺の存在は便利だったのだろう。先生は俺を「散歩」させると言って出かけ、五分後には、俺を近所の電柱につなぎっぱなしにして、自分は神宮球場の六大学リーグ戦めがけてタクシーを駆っている。

俺は、それが非常に不満だった。で、ある日、つながれていた紐を食い切って家に帰ってしまった。だからその晩、頭蓋内出血とか豚脂様凝固とかの言葉を頭から一掃した先生が心楽しく帰ってくるのを、奥さんと待っていた。無論、先生はこってり油をしぼられ、以来、一旦「散歩」と称して俺を連れ出したときは、どこへ行くにも同行させてくれるようになった。

そして、球場に行くと俺も喜ぶことに気づいたとき、先生がどのくらい喜んだか知れない。そんなふうにして、そこで世話になっていた一年足らずの間に、俺は在京のプロ球団のホームグラウンドを——なかには、係員の目を盗んでもぐりこまなければならなかったところもあるが——全部踏破してしまった。

そんなわけで、前置きは長くなったが、俺は野球が好きだ。ある程度なら、ルールも理解していつもりだ。嘘だと思うなら、それでもいい。だが、考えてごらんなさい。人間の子供たちだって、野球のルールを覚えるとき、あらたまってルールブックを読むわけじゃない。実際にやってみたり、テレビで観たりしながら順々に覚えていくのだ。俺たち犬族だって同じことである。

さて、蓮見事務所では、加代ちゃんはとんと野球に弱い。糸ちゃんも、事務の女の子まで似たようなものであるところから推すと、人間の女性はどうも、そうらしい（余談だが、俺たち犬族はそうでもないよ。雌犬にも野球に強いのがいる。現に、神宮球場の周辺一帯を縄張にしているのは、「トキワ」という名の年季の入ったおっかさん犬だ。彼女にきけば、あの近辺のダフ屋の勢力地図からひいては金の動きまで、わからないことはなかった）。所長は野球を観ないわけではないが、世間話の種に困らない程度に知っていればそれでいいという感じで、本当に好きなのはゴルフのほうだ。

ということで、向井氏には気の毒だが、諸岡克彦の名前でピンとなったのは俺の耳だけだった。しかし逆に言えば、選手やチームについての知識は乏しい俺でも知っていたほど、諸岡投手の名前はメジャー・リーグ級になっているということだ。

不満げな顔の向井氏は、諸岡進也の兄、克彦が、「あの諸岡克彦」と言えばすぐわかるはずの存在であることを、蓮見父娘に懇切丁寧に説明した。そして、二人の顔に納得と感心の色が浮かぶと、ようやく満足して本題に戻った。そして、現在家出中の進也を連れ戻してくれ、と依頼してきたのだ。

「高校一年なんですが、学校にもほとんど通っていません。何のために進学したんだか。進也のことだけならほうっておいてもいいんですが、克彦の迷惑になる可能性がある以上、捨ててもおけません。夏の全国大会の地区予選も控えていることですし、進也には家でおとなしくしていてもらいませんと」

　向井氏は芝居がかったいかめしい顔をした。

「それでなくても、このところ、克彦の周りでは妙な事件が起きているのです。ご存知でしょう？　松田学園の野球部が盗難にあったことは」

　そのことなら、加代ちゃんも所長も新聞で知っていた。部室に泥棒が入り、練習用具を盗み出したばかりか、それを晴海(はるみ)の工場団地の路上で焼き捨てた、という事件で、一時はかなりの騒ぎになったものだ。

　しかも、焼き捨てられたのは、克彦が投球練習のときに使っている「打者人形」だったのである。

「打者人形」というのは、きわどいインコースのコントロールをつける練習の際に、実際に打者を立たせては危険なので、代りに使う等身大の人形のことだ。ユニホームを着てバットを構えている。右打者と左打者とあり、プロのピッチャーの速球がぶつかっても壊れないほど頑丈なものだ。重さもかなりある。それを担ぎだし、晴海まで運んでガソリンで焼却したのだから、念のいった嫌がらせである。等身大の人形だから、それが燃えているのを発見した人は、最初は人間が焼かれているのかとカン違いし、燃えているそれがしっかりと金属バットを構えたままなのに気がついて、初めて人形だと分かったという。

「それだけに、克彦の両親はよけいに神経をとがらせているのですよ」

「お気持はよく分かります。ひどいことをする人間がいるものだと思いますし……しかしだからといって、家庭内のことにまでそんなに神経を使わなくてもよさそうなものですがな」

所長が言うと、向井氏は断固、首を横に振った。

「とんでもない。マスコミは克彦の周りで目を光らせていますよ。ライバル校の目もある。むしろそっちのほうが怖いのです。スキャンダルがあれば、すぐに蹴落しにかかってきます」

「しかし、克彦君が家出したわけではありませんし……」

「進也が何か悶着を起こし、それがすっぱ抜かれれば、迷惑するのは克彦です。興信所を使って連れ戻したということが分かっても、まずいのです」

「うちは興信所ではありません。探偵事務所です」

所長は言ったものだ。

「それに、そんなにピリピリ神経を使うくらいなら、ご両親が直接進也君を迎えに行けばよろしいんじゃありませんか」

「そんな場面を、写真雑誌にでもスクープされたらたいへんですよ」

「では、あなたが行かれてはどうです？」

「進也は、私におとなしく連れ戻されるようなタマではありません」

いどころはだいたい見当がついています。そう言って、向井氏はリストを渡してよこした。

そのリストの三番目に、「ラ・シーナ」の名前があったのだ。

「しかし、それでしたら、私どもが行っても素直に帰ってくるかどうか分かりませんよ」

「その心配には及びません。進也はすねているだけですから、赤の他人が連れ戻しに行けば、すぐ帰ってきます。内々のことですまなければ、克彦に迷惑がかかることになる、ということぐらいは分かっているんでしょうな。今までもそうでしたからね」

「すると、以前にも家出を？」

向井氏はうなずいた。

「常習です。そうでもしなければ両親の気を惹けないからでしょう」

「そのたびに興信所や探偵社を頼んできたんですか？」

「そうですよ。いつもね。そういうことのために、あなたがたがいるんでしょう」

「では、今度もそのいつものところにお頼みになったらいかがです？」

向井氏はしゃらっと言ってのけた。

「あまり同じところにばかり頼んでいると、どこかから噂が漏れるかもしれません。興信所など、あまり信用の置けるものではないですから」

そんな次第で、加代ちゃんは一人、俺をお供にここを訪ねてきたのだった。少しばかり向かっ腹をたてながら。

ただ、向井氏が神経を尖（とが）らせるその気持も、分からないではない。高校野球のスター選手といったら、きょうびでは下手なタレントより人気がある。マスコミも世間も注目している。

その兄の陰で家出を繰り返す弟……か。

　今、「ラ・シーナ」の心地よい雰囲気のなかで、まだうっすらと産毛が残っているような進也の頬をながめていると、家出常習犯の彼に対する向井氏の見解も、さほど的外れではないように思えた。言葉はいささか残酷だが。

　なんだか可哀そうだな……加代ちゃんの顔にもそう書いてある。

　ところが、進也は身体をよじって彼女に向き直ると、またにやにやした。

「あのさ、カワイコちゃん、オレを連れ戻したあと、オレのいないところで、うちの親に、『進也君が家出を繰り返すのは、ご両親の愛情に飢えているからです。今度家出をしたら、人に頼まず、ご両親が迎えに行ってあげてください』なーんて言ってみよう、なんて考えてんじゃない？」

　加代ちゃんは目を見張った。

「あったりィー」少年は椅子の背を叩いて笑った。「だけどそれは深読みですね。残念でした」

「そうかしら」

「そうさ。オレが言いたいのは、オレの家出に兄貴が責任を感じることはない、ってことだけ」

「分かったわ。じゃ、帰りましょう」加代ちゃんはグラスを押しやった。

「今？　そりゃないよ。これから開店なんだからさ」

「そんなことを言ってられる場合じゃないの」

　加代ちゃんは少しきつい声を出した。

「あなたも新聞ぐらい読むでしょう？　お兄さんの学校の野球部に、悪質な嫌がらせがあったことは知ってるでしょ？」

　進也はちょっとびっくりしたようだが、すぐにもとの調子に戻った。

「ああ、あれね。打者人形の焼き捨て事件だろ？」

「そう。あんなことがあって、あなたのご両親、よけいに気をもんでいるのよ。お兄さんに嫌がらせするために、あなたにからんでくるような連中だって出てくるかもしれないし――お兄さん、スターなのよ。わたし、個人的には、マスコミが高校野球にもスター選手をつくってしまうことには賛成できないけど、ともかくあなたのお兄さんはスターになっちゃってるんだから。家族としては考えてあげなくちゃ、お兄さんだって可哀そうだと思わない？」

　進也は返事をしなかった。しばらくしてひょいと肩をすくめると、

「どっちにしろ、隠れて陰険ないたずらしかできないような連中に、オレは引っ掛けられたりしないから大丈夫だけどね」と答えた。

「それを実証するような羽目になることを、みんなが心配しているのよ」

　加代ちゃんは腰に手をあてた。

「さあ、帰りましょう。マスターだって、さっき、おとなしく帰るようにっておっしゃったんじゃなかったかな」

「マスター、頼みますよ」進也は哀れっぽい声を出した。

「今夜、宇野さんが来るんだ、オレの頼んだカタログ持ってきてくれるんだ。せめてそれまでいていいでしょ？」

マスターは黙って、なにかオードブルのようなものをつくるのに余念がない。進也は加代ちゃんに矛先をかえた。

「ね、頼むよ。ね？　九時ごろには用事が済むと思うからさ。あとたった三時間じゃん。ここへきてたったの三時間で、いったい何が起こるっての？」

「カタログって何？」

「バイクのさ。カスタム・メイドの派手なヤツ。そのためにバイトしてんだから」

「あなた、バイク乗るの？」

「オレみたいなタイプが単車に乗らなかったら、そのほうが異常だと思わない？」

それもそうだ。加代ちゃんは笑ってしまった。

「笑ったね。オッケー、だろ？」

加代ちゃんはちょっと考えるふりをしてから答えた。

「まあ、いいわ。三時間の執行猶予を与えよう。そのかわり、ここから逃げようなんて考えてもダメよ」

「逃げませんて、カワイコちゃん。よし、そうと決まったら、稼ぐぞォ」

進也は元気よく立ち上がり、ドアを開けると、「準備中」の札をひっくり返した。ちょっと姿が見えなくなり、しばらくして、大きな声がした。

「マスター、看板の電球、また切れちまったよ。どうする？　のろしでも焚く？」

3

執行猶予を、俺たちも結構楽しんで過ごした。

進也との話がまとまると、加代ちゃんはすぐに事務所に電話をかけようとした。ところが、進也はそれにうんと言わなかった。

「要領悪いなぁ。そんな電話したら、冗談じゃない、すぐ帰ってこいって言われるのがオチだって。黙ってりゃいいよ」

「そうはいきませんよ」

「じゃ、ここを出るときにかければ？　ただいま発見しました、即、連行します！」

結局、そうすることになった。

俺は、進也を見ているうちに、諸岡克彦が好投手であるゆえんがわかるような気がしてきた。進也は、人を自分のペースに巻き込んでしまうことがうまい。それが諸岡家の血統なら、勝負事には強いに決まっている。

「ラ・シーナ」は、七時ごろからこみ始めた。狭い店内はすぐに一杯になり、入り口で帰る客も出てくると、隅の丸テーブルを一つ占領していた加代ちゃんは、申し訳ない気がしてきたらしい。

「わたし、どこか近くのお店で待っていますから」

もちろん、進也の出入りをしっかり監視できる場所にするつもりなのだ。ところが、マスターと進也はその申し出をあっさりと退けた。

「この近所で、うちより客層のいい店を探そうったって、無理だよ。今度酔っ払いにからまれてどっかへ連れていかれちまったら、オレも助けにいけないよ」

そんなわけで、加代ちゃんは居続けになった。その間、オレンジ・ジュースをもう一杯と、

「絶対にイケるからためしてみなって」

という進也の勧めで、「ラ・シーナ」謹製のパエリアを食べた。

「どうだった?」

「最高。つくりかたを教えてもらいたいけど、きっと同じようにはできないだろうから、やめておくわ」

おこぼれを頂戴した俺も同感だった。

「ラ・シーナ」は静かな店だった。人のざわめきはあるが隣の人と普通の音量で話ができるのだ。その大きな理由の一つは、ここには例のカラオケという代物(しろもの)がないからだった。

「ここに一人で来ている女性客ってのは、気になるね」

客のなかにそんなことを言ってにじり寄ってくるのがいた。俺は様子を見ていたが、進也

が氷を運びに来たついでに、

「この人は客じゃないですよ、オレの姉さん」と言って、ちゃっかり加代ちゃんの肩を抱いた。

「ウソつけ。姉さんや妹はいないって言ってたの、覚えてるぞ」

「たった今、姉弟の名乗りをしたばっかりなんだよ。姉さん、昔産院で取り違えられちゃってさ、十五年もかけてオレを探してたの」

「馬鹿ばっかり……」

二時間ばかりの間に、加代ちゃんは進也の従姉妹になったり姉になったり叔母になったり、あげくは小学校の担任の教師になったりした。

「ほんとによく回る口ね」

「頭の回転が早いって言ってよ」

約束の九時に、加代ちゃんは諸岡家に電話を入れた。進也も観念して、手荷物をまとめて通用口のドアに寄りかかっていた。

ところが、ピンク電話の受話器を握って、加代ちゃんはなぜか眉をひそめている。俺はそばによっていたが、いくら犬の耳でも、話の内容は聞き取れない。

加代ちゃんは、

「はい、それではそのようにいたします」と電話を切ると、進也に向き直った。

「看板までいていいそうよ」

「へ？」進也はきょとんとした。加代ちゃんは難しい顔になった。

「こんな中途半端な時刻では誰かに見られるかもしれないから、閉店時刻までここにいて、夜中過ぎに帰ってくるようにとおっしゃってるわ」

「電話に出たの、おやじ？」進也が訊いた。

加代ちゃんはうなずいた。「お客様が見えていたのかな……なんだか落ち着かない感じだったけれど……」

「なんかの取材かもな。よくあるんだぜ」進也は言って、手荷物を脇に放り出した。

「なんにせよ、よかった。マスター一人じゃ大変なんだ、ここ」

「看板、何時？」

「午前二時でございますよ、お嬢様」進也はウエイターのように腰を折って頭を下げた。

「退屈した？」

「そうでもないけれど」

「じゃ、いいじゃんか。くたびれたなら、奥の部屋で休んでなよ。オレ、ビールケース出してこなきゃ」

進也は通りがかりにポンと俺の頭を叩き、加代ちゃんに、

「こいつ、トイレの方は大丈夫？」と訊いた。俺は、口さえきけたなら、二、三言ってやりたいことがあるぞという思いを込めて、しっぽで床を叩いた。

店を出たのは、正確に二時十分過ぎのことだった。

加代ちゃんは、「ラ・シーナ」から五分ほどのところにある二十四時間営業の駐車場に車を停めていた。受付で超過料金を精算して車を出すと、進也はジロジロと車体をながめ、ふうんと一人で納得したような声を出した。

「カローラか。これ、自動車電話はついてないね」

「そうよ。わたしの自家用だもの」

「ヘエ、そうなのか。あんまり仕事気分じゃなかったわけだ」

「あなたに関係ないでしょ、そんなこと。早くシートベルトをしめなさい」

俺が後部座席におさまると、加代ちゃんはきびきびと運転席についた。

助手席の進也は、バイクのカタログを膝に載せ、神妙に言われたとおりにした。が、加代ちゃんが通りまで車を出すと、また例のいたずら小僧のような顔つきが戻ってきた。

「ねえ……ついでだから、ちょっとばかりドライブしようよ」

「冗談はおよしなさい」

加代ちゃんは前を見たまま返事をした。

「どうしてェ？　いいじゃない、うちの親だって、遅くなってから連れて帰ってくれって言ってたんだしさ」

「もう充分遅いわよ。時計をごらん。未成年はとっくに寝てる時間じゃないの」

「そうでもないぜ。熱心な子供たちはこの時刻にはお勉強してんだ」

「家出して働いてる子供たちもいるけどね」

「それを社会勉強っていうんじゃなかったっけ?」

「確かに、『ラ・シーナ』は勉強になるいいお店だと思う、わたしも」

「またおいでよ」

「あなたのいないときにね」

「冷たいんだなぁ。忘れたの? オレ、命の恩人だよ」

赤信号で車を止め、加代ちゃんはハンドルに手を置いて、ほうと息をついた。

「いいかげんになさいね、ぼっちゃん。少し黙ってて。今度口を開けるのは、あなたのうちの近くに来て、道を教えるときにしてね」

進也はシートに頭をつけて寝たふりをした。加代ちゃんは車をスタートさせた。

「また、退屈だな……」

やがて、進也がポツリと言った。

「学校、そんなにつまらない?」加代ちゃんは訊いた。

「刺激がないよ」

「もともと、刺激なんか求めるからいけないのよ。教育の場なんですからね」

少し黙ったあと、進也は勢いよくシートに身体を起こした。

「高校やめるからさ、オレのこと、雇ってくんないかな?」

「雇うって?」

「決まってるじゃないか、調査員としてだよ。結構役に立つと思うぜ。ボディガードだってできるし」

「間に合ってます。わたしにはボディガードがいるもん」

「このロートル犬？　心もとないと思わねえの？」

親指をたてて、肩越しに俺をさす。面白くない。

バンパイヤじゃあるまいし、正常な生き物ならみんな齢はとるものだ。俺が低くうなってやると、進也は振り向いて俺を見た。加代ちゃんが笑った。

「全然。いつも必ず一緒なんだもの」

舌打ちしながら、進也は姿勢を戻した。その顔にちらりと目をやって、加代ちゃんは続けた。

「それに、たとえ今うちの事務所で人を募集してても、あなたを雇うわけにはいきませんよ」

「どうしてさ」進也は口をとがらせた。

「能率悪いもの」

「なんでェ」

「例えば、あなたがある人物を尾行しているとする。その人物が、十八歳未満お断わりの場所に入ったとする。そうするとあなたは、そこに潜り込むために、いろいろとつくり話をしなくっちゃならない。あるいは、ある人物を監視するために、あるところに頼んで隠れさせてもらう場合、あなたはその人たちに信用してもらうために、どうして学校をやめて、どんな理由で探偵社で働いているのか、身の上話を一からしなくちゃならなくなるわよ。今よりもっと面倒くさいと思わない？」

「ゲッソリするぜ」

進也は胸のうえに手を置いてオエッと言った。

それからしばらく、車は平穏に走っていた。進也は眠ってしまったのかと思ったら、生意気に腕組みをして、じっと前を見つめている。

「あのさ、さっきの話だけど」そう切り出したときも、目はフロントガラスに据えられたままだった。

「どの話？」

「やっぱりちょっと、ドライブしてくんないかな。例の打者人形焼き捨て事件の現場まで、さ」

首をよじって加代ちゃんを見る。真顔だった。

「どうせ通り道なんだし、ちょっとぐらいいいだろ？　ね？」

「現場を見てどうするの？　事件のことなら警察が調べてるんだし、そのうち犯人も捕まるわよ」

「別に現場を見てどうのというわけじゃないんだ。ていうか、現場には何度も行ったことがあるから」

加代ちゃんはスピードを落とし、ライトを消してある車内で、少年の表情をうかがった。

「あなたが現場に行って、何してるのよ」

「何でもいいじゃん。ともかくさ、頼むよ。何なら、その分の日当、ちゃんと払うからさ」

「生意気なことを言うんじゃないの」

結局、加代ちゃんは折れた。湾岸の工場団地に向かう道路を折れると、スピードを戻し、ライトをアップさせた。片側二車線の道路はがら空きだった。

「場所は知ってるのね?」

少年はうなずいた。しばらく直進し、人家が消え、のっぺりした倉庫や角張った工場の建屋がほの白く夜空に浮かび上がり始めると、進也は手を上げて「右」を指した。

加代ちゃんがハンドルを切ったそのとき、正面から一台の車が滑るように現われた。フロントガラス一杯にその車が押し寄せ、加代ちゃんは息をのんでブレーキを踏んだ。

「いてェ!」

車は大きくバウンドしてとまり、ベルトががっちりと食い込んで、進也が声を上げた。鼻づらをかすめるようにして、前方から来た車は素早く走り去っていった。

「危ねえなぁ……なんだよあれ」

「大丈夫だった? あんまり急に飛び出してきたもんだから」

加代ちゃんが大きく息をついた。俺は鼻面を窓にぶつけてしまった。

進也は身体をよじって走り去った車を探していた。

「もう見えねえや。運転手の顔かナンバー、見た?」

加代ちゃんも後ろを振り向いた。リアウインドウの向こうには、一つおきに消された街灯に照らされた青白い道路がのびているだけだ。

「とっさのことで、ナンバーまで分からなかったわ。運転者も、たぶん男だったかな……でも、車体の色はオフホワイトだったわね」

「オレも車種までは分かんなかった。でも、足立ナンバーだったぜ。それに、カーアクセサリーがついてた」

「ホント？　よく見えたわね」

「でっかいコアラのぬいぐるみだよ。左のサイドウインドウに張りついてた」

目がいい。同じものを認めた俺は、またそう思った。

「アレ、なんか、向こうのほうが騒がしくなってきたぜ」

進也が、今度は、前方に目をやって、そう言った。言われるまでもなく、俺には分かっていた。

非常ベルが鳴っているのだ。

車は、四つ角を中途半端に曲がったかたちでとまっていた。加代ちゃんは車を動かそうとしたが、それより早く進也が降りてしまった。俺は急いで後に続いた。

場違いな夕焼け色に染まった夜空があった。半開きになったフェンスの向こうに火の色が見える。走っていく人影がある。進也が走り出し、俺たちも後を追った。途中で俺は進也を追い越してしまい、ストップしたところへ彼の足がぶつかってきて、危うくこんがりそうになった。

火の手が上がっているのは、工場団地の外れにある、使用されていない貨物搬入用通路の上だった。そこは、新聞やニュースで見た記憶のある、打者人形の焼き捨てられた、その場所だった。

近づくと、そこらじゅうガソリンの匂いだらけだった。鼻が痛くなった。炎を遠巻きに、駆けつけた人たちが集まっている。守衛の制服のボタンとベルトのバックルに火炎が映って閃いた。

「いったい……」

そばにいた守衛の一人は、ゆるゆるとかぶりを振りながら後ずさりした。

炎の中心には、何か黒いものが横たわっていた。加代ちゃんは目を凝らした。そして見た。守衛も見た。進也も見た。俺も見た。

そして、匂いもした。俺にとっては何よりも雄弁に事態を説明する匂いが。

「……ありゃ、人間だよ。今度こそ人間だ」年配の守衛がうめいた。

加代ちゃんは手で口元をおおった。俺だってできたらそうしたかった。気がつくと、進也はそばからいなくなっている。

「進也君！」加代ちゃんが叫んだ。

守衛たちの何人かが、消火器を手に走ってくる。燃え上がる炎に向けて白い泡がはじけ、薬くさい匂いが立ちこめた。それでも、火の勢いは容易には衰えなかった。

そのとき、五メートルほど先の暗がりのなかから、大きな声が上がった。進也の声だった。

加代ちゃんは立ちすくんでいる守衛を手荒く押し退けてそちらへ向かった。

少年は、目を見開いて立ちすくんでいた。右手に、スポーツシューズを片方だけさげている。

「どうしたの？」

近寄った加代ちゃんが肩に手を置き、のぞき込むと、ゆっくりと彼の目が上がった。焦点を失った真っ黒の瞳(ひとみ)は、加代ちゃんの顔さえ見えていないようだ。

「どうしたんだってば！」

進也は無言で、手にしていたものを加代ちゃんに差し出した。

俺の目に見えたのは、かなりはきこんだ感じのスポーツシューズだった。白地にブルーのライン。右足のものだった。この靴の持ち主は大柄だ。

加代ちゃんの手が震え始めた。進也を見ると、目のなかに炎を映してぼう然としている。

二人の間にシューズが落ちた。俺は鼻を寄せた。汗の匂いがする。

靴の内側に、学生らしい楷書で、こう記入してあるのが見えた。そのとき俺は、字を読むことができなければ良かったと思ってしまった。

「諸岡克彦」

そのとき、炎の勢いで、燃える人の形が一段とはっきりした。異臭が鼻を刺した。

「ちきしょうぉぉォ！」

進也は炎に突進した。我に返った守衛たちが少年を引き止め、引き戻したが、それには全力をふりしぼらなければならなかった。

「嘘だ、嘘だ、嘘だ！」

進也は絶叫した。引き止める大人たちの手でシャツの襟が裂け、喉の筋が浮き出ているのが見えた。炎の照り返しで見えた。

消防車が来る。立ちすくむ加代ちゃんの髪に炎が映り、オーラのように輝く。

大人たちに押し止められ、ほとんど地面に押しつけられるような姿勢で、それでも進也は叫び続けていた。喉からではなく、身体の一番深い奥底から、内臓を破ってほとばしり出てくるような絶叫だった。

嘘だ、嘘だ、嘘だ——

4

加代ちゃんと進也は、明け方近くまで警察で事情聴取を受けた。

二人が発見者となったことは、警察にとっておおいに興味のある部分らしかった。そのくせ、警察につくなり、傷の手当てがあるからといって、進也は一人引き離されてしまった。そうなってみると、加代ちゃんの立場は妙に宙ぶらりんなものになった。

俺の存在も、警察にちょっとした戸惑いを引き起こすものになった。加代ちゃんが蓮見事務所での俺の役割を説明している間、俺は、ここの捜査課に、昔俺が警察の飯を食っていた頃、一緒に仕事した顔が見当たらないかと、懸命に探してみた。

残念ながらそれは徒労に終ったが、しかし、今の俺と蓮見事務所そのものを知っている刑事がいてくれた。以前、蓮見事務所が調査にかかわった保険金殺人事件のとき一緒に動いた刑事で、事件が終結したとき、俺にでっかい骨を持ってきてくれたことを覚えている。

宮本（みやもと）というその刑事は、加代ちゃんを見つけると、部屋の反対側から大声でよばわりながら近づいてきた。

「おいおい、聞いたよ。また、でかい事件に巻き込まれたもんだね」

ずかずかやってくると、ゆるくひとつに編んで背中に垂らしている加代ちゃんの髪が跳びはねるほどに勢いよく、加代ちゃんの肩を叩いた。本人は肩を抱いた程度のつもりなんだろうが、この刑事は、背広姿で背中を向けていると壁が立っているように見える体格なのだ。

それでも、俺も加代ちゃんもほっとした。事情を説明するにも、神経を使って言葉を選ぶ必要がない。加代ちゃんは質問には丁寧に答え、昨夜からの成り行きを話し、最後に、今後起こる騒ぎに輪をかけないためにも、進也の家出という事実については、マスコミに流さないように頼んでみた。

「そりゃ、そうだな。進也君のことについては、外部に漏らさないよう、我々のほうから徹底させておきますよ。それでなくても騒々しいことになっているからね」

「新聞関係ですか」加代ちゃんが訊いた。疲れていて、捜査課の応接セットの固い椅子では可哀想だった。刑事のいれてくれたコーヒーにも手がついていない。

「いやいや」刑事はうんざりしたように首を振った。

「新聞人にはそれなりのマナーというものがあるけど、テレビのレポーターというやつ、あれはどうしようもなくってね。まあ、この事件には、連中が飛びつきそうな要素が揃っているから、覚悟はしていたけど」

加代ちゃんはちょっとためらってから、思い切って訊いた。

「あの……焼死体は、本当に諸岡克彦君だったんでしょうか」

ひょっとしたら、俺たちはとんでもない早合点をしているのかもしれない。その可能性だってないわけではないのだ。見たのはスポーツシューズだけなのだから。

だが、宮本刑事ははっきりと答えた。加代ちゃんの気持を察しているのか、大きな丸い顔を曇らせている。

「間違いないよ。顔や着衣の一部は焼け残っていたから、ご両親が確認したところだ」

「ご両親、みえているんですか」

「うん。何ともひどいことで——刑事の仕事が嫌になってしまうのはこんなときなんだ。いいニュースの伝達人にはなれないからね」

それはよくわかる。俺が知っていたなかにも、幼い女の子の誘拐殺人事件がきっかけで神経をやられ、退職していった刑事がいた。

「特にお母さんのほうがこたえておられてね。当然だけど。我々が諸岡さんの自宅に事件を知らせにうかがったとき、まだ眠っている時刻だったし、悪い夢でも見ているような感じで、なかなか信じてくれなかった。ご主人に知らせる電話も、我々がかけたんだ」

加代ちゃんは首をかしげた。

「諸岡さんはご不在だったんですか？」

「急ぎの仕事があって、会社に泊まり込んでいたそうだけど。なぜだい？」

「わたしが九時頃お宅に電話したときは、諸岡さんが出たものですから」

へえ……と、宮本刑事は口をすぼめた。

「そうだったの。落ち着いたら、訊いてみますよ。ただ、仕事の詰まっているときは、一度家に帰っても、また会社に戻ることもよくあると言ってたからね。我々が電話をしたのは明け方の四時頃だったかな。まだ起きていたとかで、電話にもすぐに出てくれた。でも、諸岡さんのほうも、最初は悪質ないたずら電話だと思ったそうだ。急いで家に戻ってきて、待っていた我々に警察手帳を見せられたとき、やっと本当だと実感したってね」

「松田学園のほうには？」

「学校のほうは、克彦君の行方が分からなくて騒いでいるところだったから、すぐに連絡がとれたよ」

「じゃ、克彦君は昨夜からいなくなっていたんですか？」

「松田学園では、野球部員は全員、校内にある合宿で生活しているんだけどね。克彦君は、八時ごろそこの自室を抜け出したきり戻っていなかったんだ。同室の部員も心配していたよ。彼がどこへ行くのかまでは聞いていなかったそうでね」

それから、と、刑事は頭をぼりぼりかいた。

「それで少しでも気が楽になればいいんだが、状況からみて、克彦君が——その、焼かれたのは、死亡してからのようなんだ。正確なところは検死解剖が済んでみないと分からないけれど、ね」

その辺のところは、俺も想像がついていた。あのとき、克彦君の身体はほとんど動いていなかった。叫び声もしなかった。薬で眠らされたりして、意識のないところに火をつけられたとしても、生きていたなら、もう少しリアクションというものがあるはずだ。

「それに、克彦君の遺体には、後頭部に大きな打撲傷があるんだよ。直接の死因はそっちかもしれない。今の時点では、自殺ではありえない、とだけは断言できるよ。火をつけるために使われたもの——マッチでもライターでも何でも、それが現場から発見されていないし、ガソリンの運搬に使ったものも残っていない。自殺だったら、それらのものはそっくり残されているはずだからね」

言葉を切ると、刑事はじっと加代ちゃんを見た。

「克彦君は本当に殺されたんですね……」

加代ちゃんは、頭のなかに浮かぶ無残な場面に気を取られているのか、宮本刑事の視線に気づかずにいた。が、俺には分かった。この刑事さん、俺の加代ちゃんを好いていて、それがまた、素通しのガラスみたいに丸見えなのだ。こんなふうに同情と労りを示せるチャンスに、彼は精一杯頑張っていた。

「ひどいことをするものですね」加代ちゃんがつぶやくと、大きくうなずいた。

「まったくです。鬼畜、とはまさにこういうことをする人間のことだ。蓮見さんみたいな優しい女性がこんな事件に関わらなくてはならないなんて、私は辛いです」

あらたまった顔で言うと、刑事は内ポケットから煙草を取り出した。火をつけて、途端にむせ、真っ赤になった。宮本刑事はたしか三十五歳になるはずだが、今まで独身だったのは、このあがり性のせいだろう。加代ちゃんはきれいだし、そう言う人も多いが、向かい合って座るとまぶしいというほどの、お飾りみたいな美人ではない。まだガキンチョの進也だって、もうちょっと気のきいたセリフをはいたもんだ。

「あなたがたが見たという足立ナンバーの車ですが、もう一度見たら、それと分かりますか？」

結局煙草を消して、刑事は尋ねた。

「分かります。わたしが駄目でも、進也君がいますし」加代ちゃんは答えた。

「ほう……そうですか」刑事は頰をかいた。

「進也君、どんな様子です？」今一番の気懸りはそれだ。

「それが、一言もしゃべってくれないんです。仇敵でも見るような顔で床をにらんだきりですよ」

「会えませんか？」

「もちろん、いいですよ。もう手当ても済んでいるでしょう」

宮本刑事は椅子を引いた。加代ちゃんはひとつ息をついてから立ち上がった。

廊下に出ると、ちょうど反対側の小部屋から進也が出てくるところだった。

「ご両親があちらにみえているよ」

宮本刑事が声をかけても、進也は廊下に目を落したままだった。シャツの襟が破れているので、片方の鎖骨が見える。頰には泥がつき、擦傷もできている。右手の甲に包帯が見えるのは、火傷したところだろう。

事情を知らないものが見たら、喧嘩で補導された高校生だと思うかもしれない。この先一生、誰とも視線を合わせたりしゃべったりすることはすまいと決めたかのような硬い顔だった。

廊下の向こうから、激しい嗚咽（おえつ）の声が聞こえてくる。

加代ちゃんは宮本刑事を見た。刑事は無言でうなずくと、進也の背中を抱くようにしたが、すぐにその手は振り払われた。進也はさっさと歩きだし、宮本刑事はひょうしぬけした顔で後に続いた。

俺の心を、一種言い様のない予感のようなものがかすめた。加代ちゃんを見ると、白い顔に懸念の色が浮いていた。俺が感じることは、加代ちゃんにも通じることがあるのだ。俺たちは急いで廊下を進んだ。

諸岡夫妻は、高校野球のスター選手の両親にふさわしい、あつらえたような組み合わせだった。長身で理知的なおもざしの父親に、若々しい母親。この両親が、息子の投げている試合のスタンドで、スポーツキャスターのインタビューを受けているところは、さぞかしいい絵になるだろう。いや、現にそんな絵を、俺も何度か観たことがある。

諸岡氏は、都内でいくつかの中古車販売会社を経営している。だが本人は、新車のCMに登場してきそうなタイプの中年男性だ。少し線は細いが整った顔立ちの夫人は――進也はおふくろさん似だ――手袋が手にあうように彼と釣り合っている。こんな状況でなければ好ましい人たちだった。

だが、今は違った。

諸岡氏は口の端を震わせながら壁に寄りかかり、妻の肩を抱いていた。夫人は時折、かためたこぶしで夫の胸をぶつようにしながら号泣していた。彼女があまりに強くしがみついているので、諸岡氏の上着がしわくちゃになっていた。

「諸岡さん」

宮本刑事が呼びかけた。

「とりあえず、進也君と一緒にお宅までお送りいたします。検死が済むまではまだ克彦君はお帰しできませんが――」

諸岡氏がこちらを見た。進也が初めて顔を上げた。

「進也……」

諸岡氏は夫人をそっと押しやると、半歩、進也のほうに進み出ようとした。だが、それよりも夫人のほうが早かった。俺には夫人のくちびるに泡がついているのが見えた。彼女の目はほとんど白目だけのように見えた。

「おまえ……おまえが」夫人はよろめくように進也に近寄ってきた。そして突然手を振り上げた。

「おまえがいたんだって！　克彦があんな目にあって、そこにおまえが」

宮本刑事は素早く夫人を取り押えた。諸岡氏はただあぜんと立ちすくんでいる。進也はまばたきもせずに母親を見ていた。夫人は刑事を跳ねのけかねない勢いで腕を振り回しながら叫んだ。

「どうしておまえが死ななかったのよ！」

爆弾の投下から爆発まで、一瞬の静寂が訪れるように、あたりから音が消えた。加代ちゃんは両手で頬を押えた。

「どうしておまえじゃなかったのよ！」

夫人は膝から崩れるように倒れると、また激しく泣き始めた。

宮本刑事と諸岡氏の手で夫人が連れ去られるまで、進也はじっと同じ姿勢でたたずんでいた。

二人きりになってから、ようやく加代ちゃんは声をかけた。

「進也君……うちに来ない？」

声が震えていた。少年は背を向けたままだった。

諸岡氏が一人で引き返してきた。進也はくるりと回れ右をすると、廊下を戻り始めた。加代ちゃんは近づいてきた諸岡氏と目を合わせた。

「しばらくの間、進也君はうちでお預かりしたいんですが……。よろしいですか？」

諸岡氏は無言で加代ちゃんに頭を下げた。加代ちゃんもぺこりと頭を下げ返すと、進也のあとを追いかけて走った。俺をぐいぐい引っ張りながら。

駐車場の近くで進也に追いついたとき、宮本刑事もやってきた。大きな身体を揺すり、人のいい顔がくしゃくしゃになっている。

「大丈夫ですか」加代ちゃんにきいてから、足を止めない進也に近寄る。

「気にしないように。お母さんは今、動転しておられるからね」

進也はそれにも返事をしなかった。肩越しに、そっけなく言った。

「加代ちゃんが泣くことないぜ。行こう」

そのままどんどん歩いていく。車に乗り込むとき、気の毒な宮本刑事がぽつんと、

「加代ちゃん、だと？」とつぶやいているのが、俺の耳には聞きとれた。

通りへゆっくりと走り出るとき、小走りにやって来る二人の男と行きあった。一人は背広姿、もう一人はスポーツシャツで上着は手に持っている。加代ちゃんはまばたきして涙をはらった。

とっさながら、俺の目に、スポーツシャツの男の顔が強く焼きついた。警察時代にも蓮見

事務所で暮すようになってからも、何度も見たことのある、予期せぬ事件のなかにほうり込まれた人たち特有の、酔ったような表情をしていたからだ。バックミラーの中で、二人の男は通用口から署内へと姿を消した。

「前田監督だよ」進也が前を向いたままポツリと言った。

「今の人？　知ってるの？」

「うん。二、三度会ったことがあるから。一緒にいたのが野球部長じゃないかな」

そう言う進也もまた、ぼんやりとしている。監督と同じだった。ここまで来て初めて見せた、無防備な十六歳の少年の顔だった。

悲劇はとりわけ強い酒なんだよ。所長はよくそう言う。割っても割っても薄くならず、命取りになるような辛い酔いばかりを残す、暗い色をした酒なのだ。

5

「克彦君は、確かに素晴らしい投手だったんだねえ」

ようやく起き出してきた加代ちゃんに、所長はまず、そう言った。

テレビがついている。画面には、去年の夏の甲子園で、諸岡克彦を擁した松田学園が、準決勝でＰＬ学園と対戦したときの模様が映し出されていた。

蓮見探偵事務所の時計は午後四時半をまわったところを指していた。机が五つ、応接セットが一組あるだけのこぢんまりした事務所の窓に、西日がさしかけている。

俺たちが進也を連れて事務所に戻ってきたのは、朝七時頃のことだった。加代ちゃんは所長に一連の出来事を報告し、そのあと一時間ほど雑用に追われていたのだが、そのうち、どうにも眠くてたまらなくなったから、ほんの少しと言って横になったのだ。俺も、事務所の隅の定位置でうとうとした。

「起こしてくれればよかったのに」

加代ちゃんは熱いコーヒーを注ぐと、自分の机に向かった。机の端にテープでとめてあるメモに目を通し、小さくあくびをした。

「いいじゃないか。寝不足は身体に毒だからな。進也君はどうしてるね？」

「まだぐっすり。ゆうべは一睡もしていないんだから、無理もないけど」

事務所に戻る車のなかで、進也はもううたた寝をし始めていた。緊張の糸が切れたのだろう。加代ちゃんの部屋のとなりが空いているのでそこへ寝かせたのだが、地べたに寝かせても気づかなかったかもしれない。

蓮見事務所は、業界では小さいが優秀な事務所として名が通っている。加代ちゃんが調査員として働くようになってからは、父娘で経営している珍しい事務所としても知られるようになった。

それと同時に、自宅で開業しているというのも、この業界ではかなり珍しい。もとは、もっとそれらしい場所に所長が事務所を持ち、ここは純粋に蓮見一家の自宅だったのだが、加代ちゃんの就職を機会に、思い切って自宅を三階建のビルに建て直し、その一階を事務所に当てたのである。

最初のうちは、みんな不安をもっていた。東京のこのあたりは、古くから住み続けている人たちが多い。町内会の力も強い。「探偵事務所のようなうさんくさいもの」をつくられては困る、という反対も予想できたし、依頼人たちにしても、共同ビルの一角のオフィスに飛び込むのと、住宅街のど真ん中、そばで近所の奥さんたちが立ち話をしているようなところを訪ねるのとでは、勝手が違うだろう。

ところが、実行に移してみると、それが案外そうでもなかった。賃貸契約書一枚と電話一本でできているような事務所ではない、そこに根をおろして営業しているのだということが、かえって依頼人の信頼感を高めることになったようだ。

もともと、依頼人というものは、どんな土地にあろうとどれほど豪勢なビルのなかにあろうと、なかなか事務所に「来たがらない」ものなのである。こちらから出向いていってどこかの喫茶店で話をする、ということも多い。だから、事務所の側はどこか一か所にどっしりと腰を据えているほうがいいのだ。

近所の人たちの目も、思いのほか好意的だった。これは、「探偵」という言葉に良いイメージを植えつけてくれている、近年のミステリー・ブームのおかげではないかと、加代ちゃんは言っている。事務所の出入口と、家の玄関とを一八〇度逆の方向につけたのも良かった。

おかげで、依頼人と、回覧板を持ってきた隣の奥さんが鉢合わせするようなこともない。

ちなみに、俺のすみかは、昼間は事務所のなか、夜は家の玄関の内側に決められている。内部に二か所、俺専用の小さなくぐり戸がつくってあるので、鍵をおろしてからでも出入りには不自由しない。

「テレビ、やっぱり騒いでいるのね」

「そりゃそうさ。彼は本当に将来有望だったんだよ」

所長の机のうえには、雑誌や新聞記事のスクラップが広がっていた。そのなかの何枚かはファクスで送られてきたものだった。蓮見事務所は、いざというときに利用できる良質のコネを、各方面に持っている。そうでなければ優秀な探偵事務所にはなれない。

加代ちゃんは切り抜き記事のひとつを手にとった。俺は隣の椅子に飛び上がり、のぞきこんだ。今年の春の選抜大会のときのもので、「有力校の戦力分析」という見出しがついていた。

「東東京代表の古豪、春夏あわせて過去二十回の出場経験をもつ松田学園は、関東勢のなかでは飛び抜けた力をもつ優勝候補の最右翼である。投打ともに力充実しているが、中でも、昨年夏の大会からの主戦投手である諸岡克彦に注目したい。昨秋の関東大会では決勝戦でノーヒットノーランを達成、一四〇キロ台の速球を武器とする、ひさびさの右の本格派投手である。主将をつとめる捕手相良（さがら）との呼吸もよく、前田監督の信頼も厚い。新三年生となり、精神面でもひとまわり成長を遂げた今大会では、さらに大きな活躍が期待できる」

前評判どおり、諸岡克彦は、春の選抜で松田学園を準優勝に導いた。決勝進出までの自責点はわずかに五点。完封が一つ。そして注目すべきは、初戦での完全試合（パーフェクト・ゲーム）だ。

「防御率って、数字が高いほうがいいんでしょう？」

加代ちゃんがきくと、所長は笑った。

「低いほうがいいんだよ」

「記録のことは、わたしにはよく分かんないけれど……」

加代ちゃんはさらさらと記事を読み流し、もっぱら写真をながめている。

新聞の粗い粒子の写真だが、面だちは分かる。克彦は坊主頭にしているから印象は違うが、やっぱり兄弟だ。見るからにきかん気そうな進也と同じ、真一文字の口をしている。

笑顔の写真もたくさんあったが、俺が特にいいと思ったのは、試合終了後なのだろう、キャッチャーと連れ立ってベンチを出ていくところのものだった。克彦は右腕を上げ、ちょうど人間の大人が肩こりという不可思議なものになったときにするように、ぐるぐる回している。そうしながらキャッチャーに話しかけている。キャッチャーの顔は見えないが、こちらを向いた背中は、確かに笑っていた。

どの写真を遺影にするんだろう……ふと考えて、悲しくなった。

「でも、いい顔をした子ね。なんていうのかな、面構えがいいっていうのかな。バックを守っているチームメイトには、克彦君の背中って、すごく大きく見えたんじゃないかしら」

「そうだな……まあ、これを見てごらん」

所長はさっきから、テレビのリモコンを手に、ニュース番組やワイドショーを追いかけている。それも、諸岡克彦の投げている画面が映っているところを拾って見ているのだった。加代ちゃんもテレビに目をやった。

「いいフォームだろう。伸び伸びしている。小手先じゃなく、身体全体で投げているんだな」

諸岡克彦がいる。腕が振り上がる。足が地面を蹴る。「1」のゼッケンの下で背筋が力強く躍動するのまで目に見えるようだ。

俺は、警察時代の仲間で、とりわけ足の速かったやつのことを思い出した。そいつはいつも一直線に走った。身体を動かすことで起こすエネルギーに無駄がないのだ。高速で回転する油のきいたホイールを見ているような気になったものだ。

諸岡克彦の動きにも、それと同じものがあった。投げるとき、彼は一本の矢になっている。マウンドのそばに立って耳を澄ませば、ボールが指を離れたあと、そのために全力をふりしぼっていた彼の身体中の筋肉が、矢を放ったあとの弓のようにうなりを上げる音が聞こえるに違いない。

「スコアを見てごらん。僅差の勝利が多いだろう？　メンタルな面でも非凡な投手だ。味方のエラーにも乱れないし、だいいち四球が少ない。名は体を表わす、だな」

「克彦君？」

「そうさ。克己心の克だ。いい名前だよ。ご両親はさぞかし……」

黙り込んだあと、所長は目を細めてつぶやいた。

「それに、こうして見てみると、沢村に似ているなぁ」

「サワムラ?」

「うん。戦前の投手でね。惜しいことに三度も徴兵されて――」

「戦死したの?」

「そうだよ。実に惜しいことをした。もっとも、無事復員してきたとしても、もう投手としての生命は終っていただろうが」

悲運の投手というのは、似ているのかもしれんなぁ……。所長はため息をついた。

「なんにせよ、警察が早く犯人を逮捕してくれんと、克彦君はもちろん、大勢の野球ファンが浮かばれないよ」

テレビの画面に、克彦の笑顔が大きく映し出された。テロップが流れる。半月ほど前、このチャンネルのスポーツ・ニュースでのインタビューに答えたときのものだ。

克彦はユニホームのうえに青いウインドブレイカーを着て、グラブをはめ、ボールを手にしている。聞き手のアナウンサーの丸顔は、克彦の肩の高さにある。

「これからの目標は何においているの?」

「やっぱり夏の大会ですね」克彦が答えた。うん、声の調子も進也とそっくりだ。いや、進也の方が似ているのか。きっと匂いも似ていたにちがいないと、俺は思った。

「今年は優勝を目指すと」

「いいえ、それよりまず出場することです」

「今日持ってきてもらったこのグラブは、春の選抜でパーフェクトをやったときのなんだよね」

「はい、そうです」

よく使いこまれたグラブがアップになる。続いて、春の大会の初戦での決定的な瞬間、マウンド上でばんざいをし、駆け寄ってきた相良捕手と抱き合う姿。スコアボードのゼロの列。パーフェクト達成です！　という実況アナウンサーの連呼の声がかぶる。

「夏もこれで？」

「そのつもりです」

「縁起をかつぐほうなのかな」

「そうでもないですけれど、うん……でもそうかな、気分的なものですけど」

「自信はどう？」

「普段着の自分のピッチングをしたいですね。そうすれば、結果はあとからついてくると思います」

「頑張ってね」

はい、とうなずく。くしゃくしゃな笑顔がストップモーションになる。

画面から克彦が消え、レポーターの顔が戻ってきたので、所長はテレビを消した。

「事件のことでは、特に新しい報道はなかったの？」

「ないね。今はまだ、ただただ大騒ぎの段階だ。今のところ警察は、克彦君が昨夜、どうして寮の自室を抜け出したのか、そのあたりのことから調べているようだよ」

「ひょっとすると、誰かに呼び出されたのかもしれないってことね」

「うむ。いくら最上級生でエースだと言っても、夜間の無断外出が規則破りであることは間違いないからね。よほどの理由があったんじゃないかと、私も思うよ」

俺が所長と見ていたテレビ番組の中で、松田学園の野球部員寮の建物の前から中継しているものがあった。レポーターが指さして教えてくれた克彦の自室の窓は、建物の周囲をぐるりと囲んでいるブロック塀から五〇センチほどしか離れていない。特に運動選手でなくても、身軽な十代の少年なら簡単に抜け出せるだろう。

問題は、どうして克彦がそんなことをしたのかということにかかっている。克彦と同室の部員は二年生のピッチャーで、過去に、諸岡先輩がそんなことをしたことは絶対にないと言い切っていた。テレビの連中、どうやってそのピッチャーをつかまえてコメントをとったのかは分からないが、終始うつむいていた彼の、真っ赤になった鼻の頭が、そんな話をさせることの酷さをよく表わしていた。

「お父さんはどう思う？　克彦君の事件と、二週間近く前の打者人形の焼き捨て事件。同じ犯人の仕業かしら」

所長はチョッキの裾を引っ張った。事務所にいるときは、いつもきちんと管理職の格好をしている。

「あて推量をしても始まらんだろう。警察は、その辺のことはどう言っとった？」

「なんにも。ただ、今の段階では自殺ではないとしか言えないって」

ちょうどそこへ、ただいまという声がした。

糸ちゃんである。外の空気に乗って、彼女の制服の埃っぽい匂いとデオドラント・コロンの香りが俺の鼻に届いた。

高校二年生になるこの娘は加代ちゃんの妹で、近頃では、忙しい所長と加代ちゃんにとって頼りになる主婦でもある。加代ちゃんはどうやっても、糸ちゃんのするように所長のワイシャツにピンとアイロンをあてることができないし、八百屋の店先でおじさんと掛け合って値切ることもできない。今年の春、糸ちゃんが三泊四日の修学旅行に行ってしまったときには、蓮見家の食生活は見るも惨めになってしまった。

「二人してムズカシイ顔してるけど、なにかまた面倒ごと?」

お出迎えに出た俺の頭を撫でながら、糸ちゃんは首をかしげた。無造作にときながしてある短い髪と、ちょっと上向き加減の鼻。本人はこれをかなり気に病んでいる。所長の知り合いや事務所に出入りする人間たちはたいてい、

「上のお嬢さんは美人だし、妹さんは可愛らしい」と言う。糸ちゃんに言わせると、これにもたいそう「キズつく」のだそうだが、そんなもんかね。

人間の感性と俺たち犬族の感性には、もちろん差がある。所長が酔っ払うと必ずうたう歌の文句じゃないが、「深くて暗い川がある」のだ。

それでも、俺の場合、人間たちに混じり、特に警察なんていう雑多な人間の見本市みたい

なところで暮した経験のおかげで、人間の使う言葉の色あい、意味合いに共感できるようになってきた部分がある。つまり、二つの世界を対照させて考えることができるのだ。うんと大ざっぱに言うなら、外国暮しの長かった日本人みたいなものだ。そういう犬は、人間たちが考えているより、ずっと数多くいて、そこらをウロウロしている。

だから、糸ちゃんの可愛さが、俺には分かる。白状すると、もうちょっと若い頃、俺が一時期うんと熱を上げていた柴犬がいて、その娘の目は糸ちゃんにそっくりだった。

もちろん、俺は、加代ちゃんも糸ちゃんも同じくらい好きだ。ただ、加代ちゃんについて歩くときの俺は「円卓の騎士」であり、糸ちゃんと一緒のときの俺は「メリーさんの羊」になってしまうのである。

糸ちゃんの顔を見ると、所長はいっぺんにくつろいだ様子になった。

「うちは面倒ごとをさばくのが商売だよ。いいから着がえてきなさい。それから、今夜の夕飯の買い物は父さんが行くから」

それを聞くと、糸ちゃんは「ラッキー」と言いながら階段を上がっていった。所長は机の引き出しから車のキーを出して立ち上がった。

「買い物ならわたしが行くのに」加代ちゃんは言った。

「いや、今日はお前たちじゃ無理だ」

「どうして?」

「今夜の飯は、育ちざかりの男の子が一緒だからな。ボリュームの点で見当がつかんだろう」

それでようやく、加代ちゃんは思い出した。

「あらいやだ！　糸子に言っておかなくちゃ——」

椅子を離れかけたとき、もうその必要はないと分かった。

「うわッ！　なんだよ！」

進也の大声がしたかと思うと、どたばたと階段を駆け降りる足音が響き、糸ちゃんが目をくりくりさせて顔を出した。

「あの子、どこの子？」


実際、進也はよく食べた。

考えてみれば、まる一日近くまともに食事をしていなかったのだ。ましてや、所長の言う「一生で一番たくさん食える時期」の男の子なのだから、別に驚くほどのことはないのだが、兄や弟のいない加代ちゃんと糸ちゃんにとっては、まさに仰天だった。

「ごはん、六合炊いたのよ」

しゃもじを手に、電気釜をのぞいて糸ちゃんは呆れ顔である。

「娘三人もつと蔵がつぶれるっていうけど、息子は一人で米倉食い倒しちゃうんじゃない？」

加代ちゃんは少し安心したようだった。進也は事件のショックで食事も喉を通らないのではないかと心配していたところだったから。もっとも、所長は言っていた。

「昔、母さんがよく言っていただろう？　どんなときにでも飯の支度の心配をするのが女というものだって。それでいくと、どんなときでも飯を食えるのが男なんだよ。食わなきゃ動けないからな」

夕食の買い物に出たついでに、所長は進也の着がえまで買ってきた。あまり気が利くので、加代ちゃんはもちろん、当の進也も驚いたほどだ。

「オレ、そんなにしっかりやっかいになるつもりはないんだからさ」

今夜にでも出ていくよ、と言いたげな口ぶりだった。出ていって家に帰るわけがない。おまけにその言い方に可愛げがない。だが、所長はのんきに笑っただけだった。

「まあ、そう言いなさんな。うちを簡易ホテルだとでも思っておけばいいさ」

食事のあと、進也を風呂に追い立てて後片づけをしているとき、糸ちゃんが声をひそめて言った。

「お父さん、今誰か勧める人がいたら、ゼッタイ再婚するわね」

加代ちゃんは皿を拭く手を止めた。「どうして?」

「あの子がごはん食べてるときのお父さんの顔、見たでしょ? ああ俺も息子が欲しかったなぁ……という顔だったわよ。今ならまだ、もう一人ぐらいこさえられるもん」

「そうかしらね」加代ちゃんは微笑んだ。言われてみれば、所長の態度には、どことなく「慈父」の趣があると、俺も思う。

「まちがいないわよ」糸ちゃんは断言した。「だけどそれで、きっとまた娘ができちゃうのよね、お父さんの場合」

しばらくして風呂から出てきた進也が、しきりと何かぶつぶつ言っている。加代ちゃんがドア越しに声をかけた。

「どうかしたの?」

「おっさん、オレについての目測は正確じゃないみたいよ」

「なによ、それ」

「見に来てみろよ」

のぞいてみると、頭からタオルをかぶった進也がむくれている。なるほど、ジーンズの丈が短すぎて、足首がすっかり出ているのだ。加代ちゃんはひとしきり笑った。

「いいじゃない。いっそのこと、うんと短く切って半ズボンにしてあげようか」

「冗談じゃねェよ」

「でも、可愛いわよ。あなたのはいてた方は洗濯しちゃったから、がまんなさい」

そこへ通りかかった糸ちゃんがまたゲラゲラ笑ったので、進也はちょっとばかり赤くなった。

「なんだよ、あれ」

「あれ呼ばわりは失礼ね。わたしの妹よ」

「ちっとも似てねえじゃんか」

「うちには美人のタイプが揃ってるわけ」

進也はヘッ! と言って、洗濯物をたたむ加代ちゃんを不思議そうに見た。

「加代ちゃん、おふくろさんは?」

「いないわ」

「逃げたのかよ?」

「あんたって、ほんとに口のきき方を知らない子ね」加代ちゃんは、本人のかわりに、脱水機から出した進也のジーンズをパンと叩いた。

「失礼しました。お逃げになったの?」

「亡くなったの。わたしがあなたと同じぐらいの齢のときに」

へえ……と言ったきり、進也は口をつぐんだ。そのあと、たいていの人間がこんな場合に言う、「悪いことをきいたね」というセリフを、この少年は吐かなかった。かわりに、

「それにしちゃ、家ン中、きれいにしてるぜ」と言った。

「ありがとう。でもそれは糸子に言ってやって。あの子、まめなの」

「やなこった」

今になってようやく俺にも、あの紳士そのもののような向井氏が、

「進也は私に連れ戻されるようなタマではない」という言葉を使った気持が分かった。

「あんたって可愛げのない子ね」

「そうかな。家庭環境が悪かったからじゃない? なんなら、おっさんの意見もきいてみたら?」

奥の部屋で電話が鳴り始めた。所長が部屋を横切っていく足音がする。

「あのね、ぼっちゃん」

加代ちゃんは腰に手をあてて進也をにらんだ。にらんではみたが、そのそらっとぼけたような顔を見ていると、妙に力が抜けるようだ。

「家庭環境」という言葉にひっかかったんだなと、俺は思った。警察での一幕は、ずいぶんと嫌なものを見てきた俺でさえどきりとするようなものだったから、無理もない。

（なんでおまえが死ななかったのよ！）

諸岡夫人の声が加代ちゃんの頭のなかで反響している。俺にもその音が聞こえるようだった。

「その『おっさん』ていうのはよしなさいね」加代ちゃんは穏やかに言った。

盛大に頭をふきまくっていた進也は、タオルのかげからひょいと顔を出した。

「じゃ、なんて呼ぶ？　まだ『お父さん』と呼んでいいほどの仲じゃないだろ、オレと加代ちゃんは」

「バカ」加代ちゃんはまた笑ってしまった。

「せめて『所長』と呼びなさいよ。それから、わたしを『加代ちゃん』て呼ぶのもやめてね」

「はいはい」

「ハイはひとつでいいの」

所長が、廊下の端に立って目顔で加代ちゃんを呼んでいた。加代ちゃんは洗濯かごを置いた。

「諸岡さんからの電話だ」

そっと振り向くと、進也は洗面所で髪をとかしている。

「検死が終って克彦君が家に帰れるそうだよ。通夜は明日だそうだが、進也君はもう一晩、うちで預かってほしいということだった」

「頼まれなくてもそうするつもりだったけど……」加代ちゃんは声を低くした。

「死因は分かったのかしら」

所長はうなずいた。

「後頭部の打撲が直接の死因だそうだ。そのあとでガソリンをかけて焼かれたらしい。警察は捜査本部をつくったよ」

いよいよ本腰なのだ。ひょっとしたら、万にひとつ、事故ということもある——そんな、はかない、筋の通らない希望が消し飛んだ。

「なんだよ、密談?」

進也が寄ってきたので、俺は思わずワンと吠えた。うちのなかでは音が反響するので、なかなか迫力のある声が出せる。進也はあわてて退却した。加代ちゃんは所長に笑いかけた。

「うちであの子に太刀打ちできるのはマサだけみたい」

俺の首を撫でる。こういうときだけ、俺は猫になりたいと思う。猫族は喉を鳴らすのがうまいからね。

「磁石のS極どうしは反発するからな。お前と気が合うマサは、進也君とは合わんのだろうよ」

「わたし、あの子と気が合ったりしてないわよ」

それから十二時過ぎまで、加代ちゃんはその日の事務仕事を片付けるために一人で起きていた。俺はその足元に丸まっていた。俺も気分がいいし、加代ちゃんもあったかいというポジションなのだ。

俺が蓮見事務所にひきとられてきたのは、四年前の桜の遅い冷たい春で、加代ちゃんと一緒に事務所のそばにある公園を散歩すると、鼻が冷えた。俺の背中に落ちた桜の花びらを拾う加代ちゃんの手も冷えていた。

当時、加代ちゃんは卒業を控えた短大生で、髪も今ほど長くなかった。顔ももっとふっくらしていた。彼女が少しくやせてしまったのは、そのころ起きた一連の出来事によるところが大きい。

その春は、加代ちゃんにとって、別の意味でも冷たい春だったのだ。彼女は就職口を探していた。そして、ことごとくはねられていた。

人材としての加代ちゃんに不足があったからではない。興信所の娘であることがいけなかったのだ。加代ちゃんが夢を抱いていた広告業界は、興信所に採用調査を依頼することはあっても、そこの娘を人材として雇用する気はサラサラないということを、意地悪なほど豊かな表現力を駆使して表明してくれたのだった。

あのころの加代ちゃんは、ずいぶんとよく泣いた。泣いたけれど、それは俺の前でだけだった。所長や糸ちゃんには、けっして涙を見せなかった。

　そんな加代ちゃんの強さが、俺は好きだ。泣くだけ泣いたあと、思い切ってこの仕事に飛び込んで、少しでも、偏見だらけの世間の見る目を変えてやろうと決心した、柔らかな強さが好きだ。だから、四月がすぎ、桜が散ったあと、蓮見事務所に「蓮見加代子」という新しい調査員が誕生したとき、俺は迷うことなく加代ちゃんの用心犬を買って出たわけなのだ。以来、どこに行くにも、いつも一緒だ。事務所のなかでのこのポジションも、自然に決り、誰にも動かせないものになっている。

　階上のどこかで足音がしたような気がして俺が頭を上げたとき、事務所の時計がポーンと鳴った。一時だった。

　しばらく耳を澄ませ、気のせいだったかと思ったとき、階上から糸ちゃんが大声で呼んだ。

「おねえちゃん！　逃げられた！」

　階段をかけ上った俺と加代ちゃんを待っていたのは、開いたドアのまえに立った糸ちゃんと、もぬけの殻になった進也の布団だった。

6

「ほんとにもう、なんて手のかかる子なの！」

階段を駆け降り、俺たちは外に走り出た。町はおとなしく眠っている。明りの落ちた窓と青白い街灯が見下ろす道路をどう走っても、響くのは加代ちゃんのサンダルばきの足音だけだ。進也の姿はどこにも見えない。

息を切らして戻ってくると、右手に進也の破れたシャツをもった糸ちゃんが出てくるところだった。糸ちゃんは進也のシャツを俺の鼻先で振ると、

「そら行け！」と首輪を離した。

地面に鼻をつけてしばらくかぎ回ると、方向が分かった。事務所の裏手のカーポートのほうへ二人を引っ張っていき、そこから南の大通り目がけて走り出した。センターラインのようにまっすぐな痕跡を、進也は残していた。

ところが、大通りに出ると俺は急にだらしなくなった。植え込みに鼻を突っ込んでみたり、来た道を後戻りしたりしたが、ちょんとはさみで断ち切られたように、進也の匂いが消えているのだ。俺はやがて、面目ない……という思いをこめて、目をしばしばさせて蓮見姉妹を見上げた。

「あいつ、ここでタクシーでも拾ったんじゃない？」

糸ちゃんが俺の言いたいことを代弁してくれた。もういいよ、と俺の頭を軽く叩く。

湾岸道路に続くこの道は、夜間でも車の通行が絶えない。こうしている間にも、轟音（ごうおん）をたてて行き交うトラックの巻き起こす風が、加代ちゃんと糸ちゃんの髪をあおっていく。

「さあ……そんなお金、持ってたかしらね」

「からっけつだったらヒッチハイクでもなんでもするわよ。逆方向のトラックに乗ったって、運ちゃんを丸め込んでユーターンさせちゃうんじゃない？」

そのとおりだ。

姉妹は事務所に引き返した。ペタペタと音がするので見ると、糸ちゃんはスリッパを履いたままだった。

「だけど、あいつ、どうして逃げ出したんだろ」

糸ちゃんはつぶやき、あらためて、不思議そうに姉さんを見た。

「だいいち、あたしも思わず『逃げられた！』って言っちゃったけど、そもそもあいつに逃げられたら困るわけがあるの？」

「何をしでかすか分からないからよ」加代ちゃんはため息をもらした。

「だから、諸岡さんのご両親から預かっているんだもの」

「あいつ、誰かに『預かられる』タイプじゃないよ。どっちかって言うとババ抜きのババみたいな——」

「糸子、言いすぎよ」

「怒ることないじゃない」

「怒ってなんかいません」

糸ちゃんはちょっと目を見張り、小声で「ヘンなの」とコメントした。

所長は電話をかけており、姉妹が戻ると、「それでは」と言って受話器をおいた。

「ひょっとすると家に戻るかもしれないから、諸岡さんには連絡しておいたよ」

「まずその可能性はなさそうだけどね。それより、『ラ・シーナ』よ。マスターに電話して、あの子が行ったら捕まえていてもらわなきゃ」

加代ちゃんは受話器に手をのばしたが、所長はとめた。

「それより行ってみたほうが早いだろう」

「これから？」糸ちゃんは時計を見上げた。「明日の朝でもいいじゃない。別に、あいつは事件そのものには関係ないんでしょ？」

「そうでもないと思うよ」

所長は上着の袖に手を通しながら答えた。


「ラ・シーナ」は今夜も満席で、加代ちゃんと所長は、カウンターまで客の間を泳ぐようにして進まなければならなかった。俺は誰かの足を踏んでしまい、びっくりしたその客は、最近のアル中はピンクの象ではなくてシェパードを見るようになったらしいと言った。

「いなくなった？　本当ですか？」

氷を割っていたマスターの手が止まった。

「はい。ひょっとしたらこちらではないかと思ってうかがったんですが」

「来ていませんよ。僕も気にはしていたんですが」

俺は慎重にあたりをかいでみた。万が一、マスターが進也に頼まれてかくまっているかもしれないと思ったのだが、あいつの匂いは、ここではもうボケてしまっている。二十四時間経過したあとのものばかりだった。

観察するように店内を見回していた所長が、ちょっと眉を上げて加代ちゃんを見てから、ポケットを探って名刺を取り出した。加代ちゃんはあわてて紹介した。マスターは手をふいて名刺を受け取った。

「これはどうも。椎名と申します。ともかく、どうぞおかけになってください」

加代ちゃんと所長はカウンターの端に座った。今夜は、進也のかわりに、三十歳ぐらいの女性が一人、客の間を回って手伝いをしていた。マスターが目顔で呼ぶと、その女性がカウンターのなかに入り、マスターは加代ちゃんたちの向かいに腰を据えた。加代ちゃんは急いでこれまでの事情を話した。

「彼の行きそうな場所に心当たりはありませんか?」

マスターは首をひねっている。所長が後を引き取った。

「私にはどうも、進也君は、今回の事件について何か知っているんじゃないかという気がするんですよ」

「と、おっしゃいますと?」マスターは目を上げ、まっすぐに所長を見た。

「進也が克彦君の事件に関わっているという意味でしたら、それは誤解ですよ。あいつはそんな人間じゃない」

「私もそうは思っていません」所長はうなずいた。

「私が言うのは、進也君が、兄さんを殺した犯人を知っている――そこまで行かなくても、見当はつけているんじゃないかということなんです」

　加代ちゃんは目を大きく見開いて、じっと父親の横顔を見た。

「どうしてそう思うの？」

「あの子の反応だよ。お前と一緒に克彦君を見つけたとき――いや、正確には、克彦君らしきものを見つけたとき、と言ったほうがいいな。そのとき、彼はすぐにそれが兄さんであることを悟った。そして、『嘘だ！』と叫んだ。そうだね？」

　加代ちゃんはうなずいた。

「現場に克彦君の靴が落ちていたとはいえ、まだ何が何だか分からない段階でその言葉が出たというのは、彼が以前から何か、そういう事態を予見するような事実を知っていたからじゃないかと、私は思うんだよ」

「そう……お父さんも気づいていたのね。実を言うと、わたしも、あの子は何か知ってるんじゃないかと思ってたの」

　おやおや。となると、その可能性を考えていなかったのは俺だけである。

　加代ちゃんは、進也が打者人形焼き捨て事件の現場をすでに訪ねていたらしいことを話した。

「そうか。しかし、まさか進也君が一人で行動を起こすとは思ってもみなかったよ。それもこんなに早くにね。もう少し落ちついたら訊いてみようと思っていたんだ」

「あの子はそういう子よ。なんでも一人で片を付けようとするタイプだわ」

マスターがうなずいた。こめかみや衿足でかすかに白髪が光っているのに、俺は初めて気がついた。

「そうだったんですか。いや、あの事件のあと、進也が時々、店を閉めたあと姿を消すことがあったんです。あいつは無鉄砲なやつですが、馬鹿はしない。だから放っておいたんですが……」

残念そうに首を振る。

「進也が何を知っていたにしろ、私には話していません。誰にも話してないでしょう」

マスターは壁のカレンダーに目をやった。

「あれは、確か五月の……二十四日でしたか。克彦君がここを訪ねてきたことがあったんです」

蓮見父娘は顔を見合わせた。二十四日といえば、打者人形の焼き捨て事件の四日後である。

「八時頃に来て、一時間ほど進也と話し込んで帰りました。そこのテーブルで」

マスターの指差した入り口近くのテーブルでは、今、ワイングラスを挟んだカップルが向き合っている。

「克彦君が、ここへ？　じゃ、彼は弟が家を出ているのを知っていたんですか？」

「もちろんですよ」

マスターは笑みを浮かべた。

「時々連絡もとりあっていたようです。進也がここに出入りするようになって半年ほどたちますが、克彦君から電話がかかってきたことが何度かありますよ」

「家に帰るように説得していたのかしら」加代ちゃんがつぶやくと、マスターはまた笑った。

「そんな話に、進也が笑ってつきあっていると思われますか？」

「思えませんな」所長も笑った。ありっこないことだと、俺も思う。

「私にも、離れて暮している兄がいるんです。たまに電話で話したりしますが、進也の様子は、そんなときの私と同じでしたよ。元気でやってるか？　まあ、あいかわらずだよ。そんな調子です」と、マスターは言った。

「我々が聞かされていたのと、少し様子が違うようですな」

「そうでしょう。あの兄弟は、周囲の意向や意見とは無縁のつきあいかたをしていたんです。親は親。俺たちは俺たち」

　俺は、諸岡兄弟のよく似た頑固そうな口元を思い浮かべた。

「あの夜、二人でどんな話をしていたのか、内容は分かりません。ただ、何か手紙のようなものを克彦君が持ってきていて、進也がそれを読んでいました」

「手紙？」

「ええ。そのあと、進也はちょっと、考え込んだような顔をしていました。私も気になったのでそれとなくきいてはみたんですが、まあ、想像つくでしょうが、例の調子でごまかされただけでした。それはつまり、克彦君との話は他言無用のことだ、ということです。二人の間でそう決めたのなら、たとえ警察が相手でも、進也は決してしゃべりませんよ」

「克彦君はどんな様子でした？」

「私の受けた印象では、彼の方がしきりと進也をなだめている、という感じでしたね……帰り際に私に挨拶したあと、進也に『そんなに心配するな』と言っていきました。進也もうなずいてはいましたが、それからですよ。行き先も言わずにフラリと出かけるようになったのは。夜だけでなく、昼間もです」

「昼間も？」加代ちゃんはカウンターに乗り出した。

「どこへ行っていたのか、心当たりはありませんか？」

マスターはごつい手で額をこすった。

「時には家に帰っていたんじゃないかと思うんですよ。ご両親のいないときを見計らって着替えだの郵便を取りに行くことがありましたからね」

「ほかには？」

「オレんところに来たよ」

振り向くと、マスターとおっつかっつの年ごろの、ジャンパー姿の男が立っていた。小粋な角度でくわえ煙草をし、その煙に目を細めている。

「悪い悪い、立聞きするつもりはなかったんですけどね。進也、姿が見えないけど、また何かやらかしたのかと思ってさ」

そのくわえ煙草で、俺は思い出した。加代ちゃんが思わず相手を指さした。

「あなたは……宇野さんですよね」

昨夜、進也にバイクのカタログを持って来た男である。そのとき加代ちゃんも名刺をもらった。晴海にある「宇野モータース」の経営者だ。

「いつのことだ?」

マスターの強い口調に、宇野は目をパチパチさせた。

「日付までは覚えちゃいないけど、月末だったことには間違いないぜ。手形が落ちる落ちないで、うちで大騒ぎしている最中だったからな。そこへあいつが顔を出したから、バイク買うだけの金がたまってたら、ちょっとの間でいいからこっちへ貸してくれないかって言ったくらいだ」

「で、進也は?」

宇野は肩をすくめた。

「それが、あいつにしちゃめずらしく冗談にも乗ってこないで、やけに真面目な顔でね。オレに、この辺りで低級なライダーが溜り場にしている店を知らないかって聞いていった」

「教えたのか?」

宇野はくわえ煙草をふっと灰皿に吹き捨てた。

「教えましたよ。なんせ進也のやつ、えらくこわもてだったからね。但し、お前みたいな更生の余地のある不良は出入りするんじゃないぞって釘はさしておいたから。そう怖い顔しないでくれよ」

「どこなんだ、その店」マスターは食いつきかねない顔をやめない。

「倉庫街にある『アダム』って店だよ」

加代ちゃんと所長が車のドアを閉めると同時に、ダークブルーの単車にまたがったマスターが、

「ついてきてください！」と怒鳴りながら追い越していった。

「うちも単車を導入するべきかもしれないねえ」

「そんなこと言ってる場合じゃないわよ」

加代ちゃんは荒っぽく車を出し、途中、道路工事中の一角で迂回指示の標識灯を引っかけたりしながらつっ走った。あとで罰金にならなきゃいいが、この際気にしていられない。何かにつかまることのできない俺は、加代ちゃんがこういう運転をするときには、シートの下に避難することに決めている。

埋立地に入ると、車の数ががくんと少なくなる。灰色に沈む倉庫街に、マスターのバイクのライトがくっきりと光り、加代ちゃんは神経をそれだけに集中していればよかった。

「この辺りは……打者人形が焼き捨てられた工場団地のあるところじゃないかね」

バウンドする車内でドアにしがみつきながら所長が言った。

マスターが急停車し、加代ちゃんもそれにならった。右手に壁のすすけた三階建のビルが見え、銀のホイールを光らせたバイクがおたがいに寄りかかりあうようにして停められてい

る。加代ちゃんはドアを開けた。

「ここかし――」

そのとき頭上で、明りのついていたビルの二階の窓ガラスが木端微塵に砕けた。

「危ない！」

所長が加代ちゃんの腕をつかんで引き戻し、シートに転がったとたんにドスンと鈍い音がした。加代ちゃんは手で目を覆ったが、そんな器用な真似のできない俺は、車の屋根でワンバウンドした進也がボンネットに落ち、そこからまた地面に転がり落ちるのをはっきりと見ていた。よくよく高いところから登場するのが好きらしい。

所長たちが転がるように路上に降りると、歩道に尻餅(しりもち)をついていた進也が起き上がるところだった。あっけにとられているマスターと加代ちゃんにはさまれて、一瞬ポカンと口を開けた。足元にはガラスが散乱し、シャツに転々と血が飛び散っている。

「大丈夫？　怪我はない？」加代ちゃんは大声を出した。

進也は呆れたように両手を上げた。「加代ちゃんがこんなとこで何やってんだよ」

「あんたこそ何してるのよ？」

進也は返事をしなかった。尻をさすりながらそれでも素早く立ち上がると、マスターのバイクに目をとめた。

「マスター、あれ借りるぜ」

言うが早いか、マスターの脇をかいくぐって飛び乗る。エンジンのかかっていたバイクはひとうなりして飛び出した。歯が浮くような摩擦音をたててユーターンを切ると、進也は加代ちゃんたちのそばをかすめすぎて、来た方向へと走り出した。

「おい、ちょっと待て！」

「すぐ返す！」

爆音とともに進也が走り去ったあと、ビルの外階段を何人かの男が駆け降りてきた。そのうちの一人が手に割れたビール瓶を持っているのを見なくても、おだやかでない一群であることは分かった。彼らは加代ちゃんたち三人に気づいてちょっとひるんだが、すぐに道路に走り出てきた。マスターが身構えるように肩を引いた。俺はいつでも飛び出せるように前傾姿勢をとる。

「加代子、車に戻りなさい！」所長が大声を出し、それから男たちにむかって叫んだ。

「どうしたんだね？　一一〇番しようか？　怪我人が出ているのか？」

これには効き目があった。殺虫剤をかけられたハエさながら、走り出てきた連中はあわてて向きを変えると、停めてあったバイクにとりついて、てんでんばらばらに逃げていく。

「いったいぜんたい……」

割れた窓と進也の走り去ったほうをかわるがわるながめながら、マスターは目をむいている。一人落ち着きはらった所長は、加代ちゃんとマスターに手で合図した。

「どれ、あがってみよう」

「それより進也を追いかけなきゃ」

「いや、無理ですよ」マスターが口をはさんだ。「あのスピードですっとばされたんじゃ、四輪で追いつけるわけがない」

「アダム」の店内は、戦車でも通過したかのような有様だった。気分の悪くなるような甘ったるい匂いがしている。五、六人の、一目で暴走族と分かるいでたちの少年たちが、身体のあちこちを押え、てんでに倒れたり、座り込んだりしてうなっている。

「おい……大丈夫かね。何があったんだね」

所長が声をかけると、派手なワッペンをつけた革ジャンの少年が、血の混じった唾を吐き捨てて答えた。

「どうもこうもねえよ。あの野郎、狂犬じゃねえの」

「狂犬て、今の？　短いジーンズをはいた男の子？」

「そうだよ」革ジャンは頭を押えた。

「痛えよぉ……ちくしょう、覚えてやがれ」

「あの子、何しに来たの？」

「おれたちを待ち伏せしてやがったんだぜ」

別の一人が答えた。顔全体が腫れ上がっている。

「おれたちは急いでるんだ。要領よく答えないと――」マスターが拳骨（げんこつ）を振って見せると、とたんに尻込みした。

「山瀬（やませ）の居所を教えろって言ったんだよ」

「山瀬って誰よ！」

「おれたちもよくは知らねえんだよ。仲間じゃねえもん」

「ここに出入りしている人間なのか？」

「そうだよそうだよ。なんか知らねえけど、あいつ、山瀬に用があるんだって言って――態度が悪いからよ、ちっと焼きを入れてやろうと思ったら」

　革ジャンは店のなかをぐるりとさした。

「こんな派手なことしやがってよ。なんで法律はああいう狂犬を取りしまんねえんだよ？」

「で、山瀬ってやつはどこにいるんだ？」

　マスターが凄んだ。それがいかにもさまになっている。あんな環境の悪い場所であんな客筋の良い店を張っていられるのにはちゃんと理由があるのだ。俺は納得した。

「明石町の、『パレス中村』ってマンションだよ。四〇二号室。あそこにでっかい病院があるだろ？　あのすぐ裏だよ」

　瓦礫を踏んで、加代ちゃんはドアに向かった。

「お父さん、行きましょう。何してるの？」

　所長はひっくりかえったテーブルの後ろに屈み込んでいた。のぞき込むと、身体を丸めるようにして、中年の男が一人隠れている。所長は、その男にニコニコと笑いかけていた。

「ここのオーナーだそうだ」

　ズボンをはらって立ち上がると、所長は男と握手した。

「私たちは今、この件について警察をわずらわさないということで意見が一致したんだよ」

階段を降りていくとき、半泣きの声が追いかけてきた。

「せめて救急車ぐらい呼んでくれてもいいじゃねえかよぉ！」

「まずいと思うねえ、それは」

すました顔でシートベルトをしめながら、所長が言った。

「どういうことなの？」

「大麻ですよ」加代ちゃんの問いに、後部座席のマスターが答えた。

「あんなにプンプン匂ってちゃ、隠しようがない」

そのとおり。それにしても、一発でそれをかぎ当てるところ、マスターもただものではないと見た。

「しかし、いくら薬でラリッている連中相手にしても、進也君もすごいもんだね」

所長は素朴に感心している。加代ちゃんは腹を立てている。

「ほんとに狂犬よ。早くつかまえなきゃ、その『山瀬』って人を殺しかねないわ」

「椎名さん、道中はしゃべっちゃいけませんよ。加代子の運転じゃ、うっかりすると舌を嚙む」

しかし、「パレス中村」を探し当てる必要はなかった。明石町に入り、聖路加病院の裏手に回ると、路肩に寄せて停めたバイクのかたわらに座り込んでいる進也の姿を見つけたのだ。

加代ちゃんが最初に走り寄った。少年は膝の間に腕を垂らして、顔も上げない。

「あんたってほんとに無鉄砲なんだから。これは一体全体どういうことなのよ？」

進也は黙っている。

「山瀬って人に何の用があったの？　その人、いたの？」

「ああ、いるよ」ようやく、だるそうな声で返事がかえってきた。追いついてきたマスターと目を合わせ、加代ちゃんはふいに身震いした。ほんの一瞬だが、俺も最悪の事態を覚悟した。

「まさか……まさか、あなた――」

「オレはなにもしてねえよ」

歩道を見つめて、進也は両手を広げた。

「間に合わなかったんだからさ」

できるものなら進也の腕をつかみ、目が回るほど揺すぶってやりたくなった。

「だから、何に、どう間に合わなかったっていうのよ！」

「行ってみりゃわかるよ。四〇二号室」

足音がした。顔を上げると、白い顔の所長が見おろしていた。その顔色は、街灯の光のせいばかりではなさそうだった。

「四〇二号室だ。死んでいるよ」

所長の声が、喉にからんだ。めったにないことだ。

「浴室だ。どうやら……溺(おぼ)れ死んだらしい」

力が抜けて、加代ちゃんは進也のそばに座り込んだ。かろうじて声を絞りだし、訊いた。

「山瀬って人なのね?」

進也はうなずいた。

「あなたがここに来たら、もう死んでいたのね? そうなのね?」

もう一度、うなずく。

「私の見るところでは、進也君はまったく間に合わなかったんだな」

所長が言って、胸のあたりをおさえた。

「少なくとも、死んでから半日はたっていると思う。それに、テーブルの上に遺書があるところからして、自殺のようだね」

じっと立ちつくしていたマスターが、ようやく動いた。

「警察に知らせましょう」

「お願いします」所長が手でつるりと顔をなでた。

「私は、あまり気は進まんが……警察が来るまで、あの部屋のまえにいることにします」

俺は所長のあとについていきかけた。俺が考え直すのと、所長が手ぶりで「そこにいろ」と命じたのと、ほぼ同時だった。警察が来るまで現場は荒らさないにこしたことがない。真空掃除機とスキャナーとガスクロマトグラフィーが幅を利かす今日、現場から俺の毛が発見されて、鑑識の手をわずらわせることになっては申し訳ない。

俺は歩道に残された二人を遠巻きに、冷たいアスファルトに尻をつけた。

しばらくためらってから、加代ちゃんは進也の肩に手を回した。

「もう、教えてくれてもいいでしょう？　山瀬って誰なの。克彦君の事件に関係あるの？」

進也はほうっと息を吐いた。

「山瀬浩。兄貴のチームメイトだったやつだよ」

「松田学園の野球部にいた人なの？」

「そうさ。寮で同室だったこともあったやつなんだぜ。そのまえには、少年野球のチームでも一緒だった。そいつが野球街道から落ちこぼれちまって――野球部やめてさ――何かと兄貴にはうるさくからんでいたんだけど……」

言葉を切り、ぐっとこぶしを握った。

「あの打者人形の事件も、山瀬がやったことだったんだよ」

進也はきっと顔を上げて加代ちゃんを見た。

「そうなんだ。あのあと、脅迫状が来た。野球をやめないと、次はお前が焼かれる番だって書いてあったんだよ」

サラサラッと手紙に書くような内容じゃない。俺はまばたきした。

加代ちゃんは所長が張り番をしているマンションの方に目をやった。

「それが、克彦君があなたを訪ねてきたとき持ってきた手紙だったの？」

「なんでそれを知ってんだ？」

「俺が話したんだよ」

戻ってきたマスターが、ガードレールに腰かけながら言った。

「あのとき、克彦君はなぜ脅迫状をお前に見せたんだ？　何の話をしていたんだ？」

できれば答えたくないと、進也のへの字に曲がった口が言っていた。だが、遅かれ早かれ話さなければならないことなのだ。

「兄貴はあのとき、オレに、山瀬浩を探し出してくれって頼みに来たんだ」

「なんのために？」加代ちゃんは驚いた。「どうしてその脅迫状をすぐ警察に届け出なかったの？」

「オレだってわかんねえよ、そんなこと」

握っていたこぶしを解くと、立てた膝のうえに頬杖をついた。仲間はずれにされてすねている小学生のように見えた。

「兄貴はね、山瀬と話し合いたい、そう言ってた。バカバカしいじゃないか。そんな優しいことをしてやったってなんにもなんないぜ。オレも、あんな野郎にそこまでしてやる必要ないって、ずいぶん頑張ったんだ。でも、兄貴はてんで聞こうとしなかった。山瀬は決して悪いやつじゃない、あんなことをしたのには、きっと何か理由があるはずだって。それを分かってやりたいって、ね」

二人は、昔はチームメイトだったんだ。俺は思った。

「山瀬のことは俺が一番よく分かってる、今、あいつに手を貸してやらないと、このままずるずるいっちまう、だから何とかしてやりたいんだ——そう言ってたよ。信じらんねえよ。

馬鹿だよ」

　そのとき進也の顔に浮かんだ表情は、俺にあるものを思い出させた。

　警察にいたころ、俺を可愛がってくれた若い刑事の妹が、誰が見てもどうしようもない男に惚れ込んで、ほとんど駆け落ち同様に結婚したときのことだ。それを同僚に報告しなければならなかったときの彼は、今の進也とそっくりの顔をしていた。

　おい、どうしてだ？　なぜなんだ？　いったいどうしちまったんだ？　理屈の通用しない相手への苛立ちと——

　そしてほんの少し、嫉妬が混じっていた。

「だけど、あなただって結局は、お兄さんの頼みを断わらなかったんじゃない？　だから現場に足を運んだり、『アダム』で網を張ったりしていたんでしょ？」

　進也はうなずいて、頭を抱えた。

「こんなことを頼めるのはお前だけだって言われたら、断われないよ」

　ちょっとの間、どきりとするような間、俺は進也が泣いているのかと思った。絶対に泣かないだろうと思っているやつに泣かれると、俺はひどくこたえてしまう。

「間に合わなかった」小さく言った。

「結局、兄貴は甘かったし、オレはドジだったってことだよ」

　進也は両手で強く膝を叩いた。

「ちきしょう！　オレの手でぶっ殺してやりたかったのに！」

加代ちゃんはマスターと目を合わせた。俺も、彼が無言で語りかけてくるのを感じた。こいつはね、こういうやつなんです。

そうだ。そうやって怒っていた方がいい。お前さんらしいぞと、俺は言ってやりたかった。

「あなたたちって、いいコンビだったのね。それに、そっくりだわ」

加代ちゃんが優しく言った。進也は黙っている。

「あなたもお兄さんと同じ。名は体を表わす、だもの」

「なんだよ、それ」ようやく頭を上げる。

「進也でしょ？　ススム、ナリ。この一直線少年」

まだ、そう広いとはいえない背中を軽く叩いた。

まぶしいライトが見えてきた。サイレンが響く。加代ちゃんは目をそらし、空を仰いだ。

雲が切れて星がのぞいている。

「マスター、上着貸してくれよ」

進也が言って、ついでに加代ちゃんの手を払いのけた。

「寒いのか？」

「そうじゃないけど、みっともないんだよ。おっさんが悪いんだぜ」

加代ちゃんは進也の顔を見た。またぞろむくれっ面をしている。

「今度はなんなのよ？」

「うるせえな。あんまりくっつくなよ」

文句を言ってから、ちょっとバツの悪そうな顔になった。

「破れてんだよ、ズボンのケツが」

7

諸岡克彦の告別式は、事件から三日後にとりおこなわれた。

マスコミ関係者を除いても、葬儀の参列者は数百人にのぼり、その大半の人間が泣いていた。中でも、ハンカチを顔に押し当てたままの女子高生たちのすすり泣きは、カメラの放列にさらされながらも絶えることがなかった。

これがそれなりに年齢を重ねた人の葬儀なら――焼香に訪れた所長と加代ちゃんを待ちながら、喪服の人の群れをながめて俺は思った。大勢の人たちが別れを惜しむ様子を心安らかにながめていることもできるだろう。

だが、克彦はあまりに若すぎた。あまりにも早い、理不尽な死だった。多くの人たちが集まれば集まるほど、その運命の残酷を、不公平を、よりいっそう強く感じさせるだけなのだ。

参列者たちは、一様に悲しんでいるのと同時に、一様に怒っていた。ここで流される涙は憤怒の涙なのだ。

「先ほど、犯人の少年Aの両親が弔問に訪れました。我と我が子の犯した事のあまりの残酷さに頭も上げられないという様子でして、また、諸岡さん夫妻も、今はとても会うことができない、どうぞ勘弁して下さいということでして、両家の会見の場はまだ持たれていません……」

俺のそばで、克彦の遺影を背中に、見覚えのある顔の女性レポーターが、中継カメラに向かってコメントしていた。一応喪服を着てはいるが、化粧は派手で、強い香水が匂う。

「これで現場からの報告は終ります」

カメラのライトが消えると、彼女は側のスタッフにマイクを渡し、「どう？　いい感じだったかしら」と問いかけた。

諸岡夫妻は、初めて警察で会ったときよりも、さらに一回り縮んでしまったように見えた。ことに夫人は、遠目の俺には、夫の肩にもたれかかったまま、呼吸さえしていないかのように見える。

どこか見えない場所に大きな傷ができ、そこから血が流れ続け、彼女は徐々に干からびてしまう。葬儀が終るころには、祭壇のそばの彼女が今いる場所には、かすかな体温の残る喪服だけが、首うなだれた格好をそのままに残っているだけかもしれない。

一度だけ、夫人が顔を上げてこちらを見た。

その目を見たとき、俺はふと場違いなことを思い出した。蓮見家が自宅を建て直すため、仮住いのアパートに移ったときのことだ。

引っ越しトラックに荷物を積み終え、振り返ってみたとき、二十年来住み慣れた家は、ほんの昨日までそこで蓮見一家が眠り、食べ、喧嘩をしていた家とは違ってしまっていた。そこは見捨てられた場所になっていた。一瞬のうちに荒れ果てて、一人では足を踏み込むことさえできないほどすさんだ場所になっていた。

「家も、死ぬんだね」

暗い窓を見上げて、糸ちゃんがぽつりとつぶやいたことを、俺は覚えている。

諸岡夫人の目のなかに見たのは、それと同じものだった。そこには何もなかった。がらんどうの暗闇が、取り壊されるときを待っているだけだった。

俺は遠くの克彦の遺影を見上げた。ユニホーム姿だ。真一文字の口の端が少し上がり、照れたような、それでいて誇らしげな笑みが浮かんでいる。

いい写真だ。

焼香を終えて戻ってきた加代ちゃんも、しばらくの間、俺のしたのと同じように、克彦の遺影を見つめていた。泣いてはいなかったが、肩が落ちていた。

参列者でできた人だかりをゆっくりと迂回して、所長が戻ってきた。ここしばらく縁のなかった喪服が少し窮屈そうだった。

「進也君は部屋にいるそうだ」

声を落としてささやいた。

進也はいまや、マスコミにとって最高のターゲットになっていた。克彦の弟というだけでも追い回しがいのある存在だったのに、そのうえに、「兄を殺した犯人の自殺体を最初に発見した」という要素がついたのだから、それも自然の成り行きだろう。

「パレス中村」の前で別れて以来、俺はあいつの顔を見ていない。蓮見事務所の面々も同じで、目が回るようだった事態の詳しい説明も、進也の口からは聞いていない。ニュースとして客観的に報道されたものを耳にしているだけだ。

「パレス中村」の四〇二号室で発見されたのは、山瀬浩という少年の死体だった。元は松田学園の野球部員であり、関係者の注目を集めていた大型選手でもあった少年である。

現場で所長が言っていたとおり、死因は溺死だった。額まで風呂の水に潜っていた遺体からは、大量のアルコールと睡眠薬が検出されている。

アルコールと睡眠薬を一緒に飲んで、風呂につかって溺死する。自殺としてはかなり変わった方法だが、山瀬浩がまだ野球部にいたころ、合宿先で、臨時コーチとして参加したOBが、酔って風呂に入り溺れかけたという事件があったことが、前田監督と部員たちの証言で分かった。浩はこれを真似たらしい。

発見されたとき、少なく見積もっても死後十五時間は経過していた。逆算すると、克彦を殺した五、六時間後には、浩も後を追ったことになる。

加代ちゃんと進也が見かけた足立ナンバーの車は、「パレス中村」の近くの月極駐車場で発見された。サイドウインドウにはコアラのぬいぐるみがついている。この車からは、持ち主のサラリーマン一家の指紋に混じり、克彦の指紋がいくつかと、シートから彼の毛髪が検出されている。

進也の言っていたとおり、克彦と山瀬浩は、松田学園に入学する以前にも、一時期、同じ少年野球のチームにいたことがあった。二人が別れたのは、克彦が、そこからより上位のチームにスカウトされて行ったからだ。

成長して松田学園で再会したとき、克彦と浩の間に、当初から緊張関係が生まれていたことは、前田監督を始め、チームメイトたちも感じていたという。とりわけ、浩が克彦を意識する度合いが強かった。彼としてみれば、ようやく独力で諸岡に追いついてきた、というつもりだったのだろう。事実、そのことで、前田監督が一度、浩と話し合ったことがあると認めている。

「ライバル意識とは刃物のようなものです。自分の内側で研ぎ澄ますことはいい。自分を鍛えることになります。しかし、振り回しては自分も相手も傷つけるだけだ」

そんな浩が、松田学園の一年生の夏、両親と同乗していた車で追突事故にあった。不幸はここから始まる。

二度の手術と辛抱強いリハビリを経て、一見、彼は全快したかに見えた。が、その年の冬、腕や指先にしびれを訴えるようになってきた。

浩は内野手として練習を続けていた選手だった。定まったポジションはまだなかったが、前田監督は彼の強肩を評価していた。

その浩が、グラブをはめて守備位置につく間に、ポロリとグラブを落とす。素振りをすれば、とんでもない方向にバットがすっぽ抜けて飛んでいく。力が入らない。本人は青ざめる。寮で食事するときにも、箸(はし)を持つ手が細かく震えるようになった。

後遺症。誰もがそう思った。根気よく治療を続けていくしかない。しかし、病院がよいを続けても、浩の愁訴はいっこうに変わらなかった。翌年の春には、彼の書いた授業のノートは、同級生の目にも読みづらいものになっていた。震えがひどくなってきたのだ。

四月の始め、彼は野球部に退部届けを提出した。一週間後には学校そのものもやめている。以来、こんな悲惨な形で名前が出てくるまで、松田学園野球部の面々は、彼の存在を忘れていた。

部員数二百名、前田監督でさえ、毎年新一年生が入ったあとは、全員の名前と顔が一致するまでに一か月以上かかるというマンモス所帯である。去っていったものに長く心をかけていることはできない。そうしたいと思っても、時間が許さないのだ。テレビのインタビューで前田監督がそう語っているとき、そのことで監督を責めるのは気の毒だと、加代ちゃんは言っていた。

野球から離れた山瀬浩は、家族からも離れた。進也が彼の居所を探し回っていたのも、山瀬浩が十八歳にして、「無職・住所不定」の存在に成り下がってしまっていたからなのだ。治療のための通院もぴたりとやめ、両親の元には、時折思い出したように金をせびりに帰るだけで、連絡先さえ教えていなかった。「パレス中村」に部屋を借りたのは五月二十二日のことだが、そのことも、両親には知らせていなかった。

しかし、どこでどう暮していたにせよ、山瀬浩が、自分の去ったあとの野球部でエースの座に君臨している克彦を、極度に屈折した思いを抱いてみつめていたことは間違いない。警察が調べた限りでも、過去、諸岡家にあった二度の投石事件が、浩の仕業だったと判明している。

松田学園野球部員たちは、マスコミの取材攻勢を固いガードで切り抜けてきた。その代りに、前田監督と野球部長が記者会見を開き、その席上でも、部員たちが、去っていった山瀬浩に、何かしら不愉快な思いを抱く経験をさせられていたことが明らかにされた。

「私どもは、この夏の地区大会出場を辞退する考えを持っております」

会見の最後に、集まった記者連にではなく、マイクだけに語りかけるようにうつむいて、野球部長が言った。その隣で、前田監督は、警察で見かけたときと同じ、悪酔いしたような顔でマイクの束を見つめている。

テレビ中継を見ていた加代ちゃんは驚いたものだ。

「どうして？　なんで辞退するの？」

「学生野球憲章というのがあってね」

所長が、煙草のフィルターを嚙みながら言った。

「こうした不祥事が起きた場合は、まず、ひっかかってしまうんだよ。松田学園が辞退しなくても、高野連が黙っていまい。元部員が現部員を殺傷したという事件だからね」

「そんなのおかしいじゃない！　だって、ほかの部員たちには何の責任もないんだもの」

東京中、日本中で、加代ちゃんと同じことを叫んだ野球ファンは多いはずだった。が、結局松田学園の出場辞退申し入れは受理され、部員たちは秋季大会めざしての練習を始めている。

高校野球を見ていると、こういう事例にぶつかることがある。今まで、そのたびに俺は、やっぱり人間を理解しきることは不可能だと思ってきた。「レンタイセキニン」という言葉の意味も分からないし、「皆さまにご迷惑をおかけして」というのも不思議な言いまわしだ。俺から見ると、人間というのは、永遠に一本立ちしない生き物で、一本立ちしない（もしくはできない）理由といったら、俺の耳の毛の数よりもたくさんあるんじゃないか。

読経が始まり、線香の煙が濃くなった。

「蓮見さん」

振り向くと、ひとだかりの目を気にしながら、大きな身体を縮め、傘に隠れるようにして宮本刑事が立っていた。

宮本刑事と俺たちは、諸岡家の近くの小さな公園まで歩いた。ここまで来ると、告別式の喧騒も遠いものになる。

「辛い告別式です」と、刑事は口を切った。

山瀬浩が克彦にあてて書いた脅迫状は、「パレス中村」の部屋から発見されていた。ある夕刊紙がスクープして、山瀬の実名だけは伏せ、その全文を掲載したが、そのすっぱぬきに、宮本刑事は怒り狂っていた。

「あんなものを世に出すのは、克彦君にも、山瀬浩にとっても残酷なことです」

手紙のなかで、浩ははっきりと、打者人形の件が自分の仕業であることを認めていた。差出人として、自分の名前もしっかりと書きなぐってある。そのうえで、克彦が野球をやめないならば同じ姿で死ぬことになると書き綴っていた。

警察は、すぐに裏付け捜査に取りかかった。人形を盗み出す際に壊された部室の鍵から検出された指紋の一つが、浩の右手の親指のものと一致し、事件当夜七時ごろ、浩が近くのスタンドで、ガソリンをポリタンクで購入していることもつきとめた。

脅迫状は、新聞の写真で見るかぎりでも、同級生たちや医者の言葉にあったとおりの、ぶるぶる震えた読みにくい文字だった。だが、勢いがある。

こんな形にまでエスカレートするまえに、どこかで、山瀬浩の頭を冷やす何かがなかったのだろうか。汚物を吐き捨てるようにすっきりすることはなかったのだろうか。

こんな感情のもつれそれ自体は、どこにでもあることだ。誰でも抱くことだ。浩を見舞ったような不運は、残念だがいたるところで起きていることでもある。

この事件を、高校野球という、特殊なスターダムのある世界に起きた異例の事件として取り上げることに、加代ちゃんは反対していた。とりわけ、克彦について、あまりにも周囲が彼を祭り上げすぎ、本人もいい気になりすぎていたために恨みをかったのではないかという識者のコメントには、頰を紅潮させて怒っていた。

俺も、思いは同じだ。

分からない、と思う。この事件は、強盗や営利誘拐とは違うのだ。個人と個人の間に起きた不幸な衝突だったのだ。それをどうして、生前の諸岡克彦を、山瀬浩を知りもしない人間があああだのこうだの言うことができるのだ。

一つの事件が起きる。その事件に対しては、それを捜査する警察でさえ、試合終了後の評論家にしかなり得ないのだ。克彦のなかに奢り（おご）があったのかもしれない。浩のなかに同情すべき点があったかもしれない。いや、あったはずなのだ。克彦がまったき善で、浩が完璧な悪だったという単純な割り切り方ですむほど、人間は単純な生き物ではないはずだ。犬族の俺たちでさえ分かるそんなことを、なぜ、人間が忘れる。

「私は捜査課に配属されてまだ半年なんですが、忘れられない事件になりそうな気がします」

宮本刑事は黒っぽい背広の袖に喪章を付け、いつもは血色のいい顔も、今日は沈んでいる。それでも、加代ちゃんのそばにいることでアガッていることにはかわりなく、爪先や指が落ちつかない。

「私はこれから、山瀬浩の告別式にも行こうと思っているんです」

「今日なんですか」

「ええ。寂しい葬式でしょうが、せめて線香ぐらいあげてやりたいんですよ」しょんぼりと、刑事は言った。

「遺書のほうは、確かに山瀬君の書いたものと見て間違いないんでしょうかな」

所長が口を切った。

遺書の現物は警察の手のなかにある。所長がしきりと気にしているのは、筆跡のことだった。脅迫状のそれから推して、かなり乱れたものだったはずだ。

「非常に特殊なケースで断定しにくいが、八〇パーセントの確率で山瀬浩の書いたものだと考えられるという鑑定結果が出ています。筆跡の見本になるものがあの脅迫状だけですから、仕方ないと思いますが」

遺書の内容は、新聞にも載った。ニュースでも報道された。俺が知っているなかで、一番短い、悲しい遺書だった。

諸岡は、おれに自首しろと言った。ついていってやるからとも言った。おれはやっぱりあいつには勝てない。それに、目をつぶると、諸岡がすごく悲しそうな顔でおれを見る。ひきょうだけど、できるだけ苦しくないやり方で、おれも死にます。

薄いレポート用紙に横書きされた、たった三行のものだった。そのレポート用紙は、克彦にあてた脅迫状に使われたものと同じだったことが確認されている。

「それにしても、どうしてあの脅迫状が山瀬君の手元に戻っていたんでしょうね。克彦君が持っていたはずでしょう?」

加代ちゃんが訊いた。それは俺も疑問に思っていたことなのだ。

「克彦君が、山瀬に渡したようです」宮本刑事は答えた。

「克彦君があの夜、なぜ寮を抜け出したのか、それが我々の大きな疑問だったんですが、どうやら、山瀬と会う約束があったようなんです。八時頃、松田学園の近くで、山瀬らしい少年が運転する車を目撃した人が出てきまして。おそらく、山瀬が克彦君を迎えに行って、そのまま現場まで連れていったんでしょう」

「じゃあ、その車が、進也君とわたしの見た車ということになるはずですけど」

「そうですね。オフホワイトの車だったことは、その目撃者も記憶しています。だが、ナンバーや、コアラのぬいぐるみがあったかどうかまでは、確認できませんでした」

加代ちゃんは黙って爪を見つめている。俺がききたかったことを、所長がきいてくれた。

「なんのために、二人はそんな時刻に会ったんですかな」

宮本刑事はちょっと困った顔になった。つつじの香りのする人けのない公園を見回すと、ためらいがちに言った。

「これはまだオフレコなんです。そこのところを――」

「承知していますよ。我々が情報を漏らす理由もありません」

ほっとしたように宮本刑事が言うには、山瀬浩が打者人形を運んで焼き捨てたとき、その手伝いをした知りあいの少年が二人いたことが分かったのだ。

「ありそうなこと、というより、あって当然でしょうな。山瀬君の健康状態では、一人であんな大仕事はできなかったはずだ」所長が言った。

「そうです。我々も、事件の起きた当初から、複数の人間の仕業だと考えていました。野球部の内情に詳しい人間が——つまり、元部員やOB、出入りの業者などですね——絡んでいるのではないかとも思っていたんです。結果として、その二つとも当たっていたわけですが……」

警察の割り出した、「頼まれて、面白半分に手伝っただけだ」という二人の少年は、浩が荒れた生活のなかで接触するようになった暴走族のメンバーで——俺は、その二人ともたぶん「アダム」の常連だろうと思った——浩からいくばくかの金を受け取っていた。

問題は、彼らの口から語られた、打者人形事件の「動機」にあった。

「彼らの話では、山瀬浩があんなことをした目的は、克彦君から最後の甲子園出場のチャンスを奪うことにあったというのです。克彦君は三年生ですからね。今回を逃せば、もう甲子園のマウンドを踏む機会はなくなってしまう」

「それは、山瀬君がそう言っていたと?」

「そうです。つまり、彼としては、打者人形の事件を起こしたのが自分であることがバレることを計算ずみだったんですよ。というより、バレてほしかった。だから、脅迫状にも名前を書いたんです」

加代ちゃんにまじまじと見られて、宮本刑事はもじもじしている。

「元部員と現部員のいざこざで起きた事件ということが分かれば、当然、地区予選出場を辞退することになっていたでしょうからな」

所長の言葉に、加代ちゃんはもっと目を見開き、視線をそちらに移した。

「そうだよ」所長はうなずいた。「自分が犯人であることを分からせるために、山瀬君はあの脅迫状を書いたんだ」

「そのとおりです。手伝った少年たちの話では、山瀬は、俺が犯人であることを知ったら、松田学園と克彦君がどう出るか、見物だと言っていたそうです。脅迫状を握り潰して知らん顔するようだったら、こっちにも考えがある、と」

「松田学園の関係者は、脅迫状の存在を知っていたんですか?」

宮本刑事はかぶりを振った。

「まったく知らなかったそうです。これには嘘はないと思いますね。野球部長や監督にとっても、脅迫状のことはまさに寝耳に水だったんです。つまり、克彦君は自分一人でそれを処理しようとしていたわけです」

進也に頼んで、山瀬浩を探そうとしていた。話し合いたいと言っていた。克彦君は本気だったろうと、俺は思う。

「あの晩七時頃、山瀬浩は手伝った少年たちと、行きつけの店で会っているんですが、そのとき、今夜諸岡に会うと話しているんです。ちょっとつついてみるつもりだと言っていたそうで、少年たちは、山瀬が克彦君を強請る気でいると思ったそうでした」

俺は気が滅入ってきた。

「どうやって克彦君を呼び出したのかしら」

「どうやら、直接松田学園を訪ねたようなんです。部員の一人が、あの日、松田学園の練習グラウンドの近くで、山瀬浩を見かけたと言っています。その部員は山瀬とは同級でしたから、顔はよく知っていますし、何しにきたんだろうと思ったそうですよ。克彦君は一年生の頃から独自の練習メニューを組んでいて、ほかの部員よりもランニングの量が多いんです。コースは一定で、山瀬のいた頃から変わっていません。おそらく、その途中で待っていて、声をかけたものと思います。そのとき、時間をとって話し合うことを決めたんでしょう。克彦君と同室の部員も、彼が自室を抜け出す前に、窓の外で車のライトが光ったような気がすると言っていますし、まず、山瀬が迎えに来たと考えて間違いないですよ」

「パレス中村」は入居者の大半が単身者で、管理人もいない。だから、その夜の浩の行動をそちら側から確認することは難しいだろうと思う、と、刑事は付け加えた。

「しかし、山瀬君は運転できたのかな？」

「免許は持っていませんでした。ただ、彼が車の運転をしていたことは、例の二人を初めとする仲間たちが認めています。もっとも、転がす車は盗んだものばかりだったそうですが。浩の状態では、運転免許試験にパスすることはまず不可能だったろうと、以前彼がかかっていた医者は話していました」

松田学園を離れ、二人になった車内で、どんな話が交わされたのだろう。それがどう転んで、克彦君が死ぬことになってしまったんだろう。その一部始終を知っているのは、盗まれた車のなかにあったコアラの縫いぐるみだけだ。

ただ一つだけ、はっきりしていることがある。克彦君が、山瀬浩に会うとき、彼の書いた脅迫状を持っていったということだ。

山瀬に返してやるつもりだったんじゃないか。俺は思った。そして、こんなことはもう忘れてしまえと言ってやるつもりだったんじゃないか。

「後頭部の打撲傷をつくった凶器は見つかっているんですか？」

所長の言葉に、俺は現実に戻った。宮本刑事は首を振る。

「まだ発見されていないんです。というより、発見されない可能性のほうが大きいと、僕は思っています。監察医の話では、正確に言えば死因は『脳挫傷』で、もちろん、外傷の見える後頭部には頭蓋骨骨折と脳内出血がありますが、反対側の前頭部、つまり額の上ですが、そこにも内出血がありました。これは『対側打撃』と言いまして、強く転倒したり、どこから落下したりした場合に起こるそうなんです」

「工場団地ですからな」所長は額にしわを寄せ、顎を引っ張っている。

「倒れかかったら危ないものがごろごろしとる」

浩の部屋からは、ウイスキーの空き瓶が六本出てきた。銘柄はとりどりだが、自分で買いに出ていたものらしく、近所の酒屋が、浩が常連客だったことを認めていると、宮本刑事は話した。遺書の残されていたテーブルの上に、ウイスキーが半分ほど残ったグラスがあり、浩の指紋がついていたという。

「山瀬君の使った睡眠薬は？　そう簡単に手に入るものではないと思いますが」

「ところがそうでもなくて」宮本刑事は首のうしろをかいた。

「検死で検出されたのは、一般に不眠症の治療に処方されるものでして、普通は医師の処方箋なしには入手することができないんですが、浩の出入りしていたような店では、ドラッグの一種として闇で売買されることがあるんです。今はまだ、彼がどこから薬を手に入れたのか、確認できていないんです」

「おいおい、わかるでしょう」所長は言った。

宮本刑事と別れて、俺たちは車をとめてある諸岡家の近くまで戻り始めた。

「寒いわね」加代ちゃんはそっと腕をさすった。傘をさしていても細かい雨が衿足に落ちる。

「葬式は真夏でも寒いものだよ」所長が答えた。

諸岡家では、出棺が近づき、参列者が白い菊の花を手に、棺の周りに集まっていた。棺のなかには、花だけでなく、克彦や残された人々にとっての思い出の品も次々と納められていく。アルバム、くたびれた野球帽、小さなユニホーム……

諸岡氏が進み出て、息子の顔のすぐそばに、使い古されてアメ色になったグラブを一つ、そっと置いた。

そのとき、諸岡氏がとても小さく何かをつぶやいたのが、俺には見えた。

「パーフェクト――」

そう言った。

人間のくちびるを読むことのできる犬は、結構いる。俺の警察時代の仲間にもたくさんいたし、飼犬でも、頭のいいやつなら独学で身につけているはずだ。

俺を仕込んでくれた先輩は麻薬捜査のベテラン犬で、四車線の公道を隔て、ビルの二階にある喫茶店の窓際の電話でブツの受渡場所を相談している売人の会話を「読んで」しまうことができた。その直伝だから、俺も読唇術にはちょっと自信がある。

パーフェクト、か。きっと、春のセンバツのときのあのグラブだな。一緒に持たせてやるのか。

「お父さん、行きましょう」

祭壇に一礼して、加代ちゃんと所長はその場を離れた。

車を停めておいたところにつくと、諸岡家の二階の窓が十センチほど開き、そこから手が出て、ひらひらしているのが見えた。加代ちゃんたちの注意をひきつけると、その手は人差し指を立てて、裏へ回れ、と合図した。

諸岡家の勝手口には、来訪者の顔を確認できる小型のテレビつきのインターホンがあった。外から家の構えを見て察してはいたものの、天井は高く、部屋数も多い。家の造りは古いが、そのかわり頑丈にできている。こんなときにそんなことに感心するのも妙な話だが、加代ちゃんのあとについて歩きながら、俺は、諸岡家というのは、代々堅実な財産家なのではないかと思った。

階段を上がるとき、盾やトロフィー、額入りの写真でいっぱいになった飾り棚に気がついた。

克彦のものだ。気を取られたか、加代ちゃんはあやうく階段を踏み外しそうになった。

「気をつけなさい。どうやら、ワックスがけをしたばっかりのようだよ」

しっかりと手すりにつかまった所長が言った。

進也の部屋は簡素なものだった。広いことは広いが、それだけだ。タンス、机（うっすらと埃(ほこり)がつもっている）、そして、今蓮見父娘の腰かけているベッド。机と対になっている椅子は背もたれが壊れている。壊れていてもちっともさしつかえないのでそのままほうってある、という様子だった。壁にはカレンダーさえ貼ってない。

「お兄さんのお葬式よ。出ないつもりなの？」

「しばらくの間でいいからさ、またオレをかくまってくんないかな」

加代ちゃんの質問には答えずに、進也は切り出した。あいかわらずシャツにジーンズという格好で、裸足である。「アダム」でお祭りをしたときのおみやげだろう、右のこめかみにバンドエイドが貼ってあるが、それ以外には、さして変わった様子が見られない。

まあこんなもんだろう。俺は思ったが、加代ちゃんは呆れていた。

「あなたね……」

「説教はいいんだよ。どう？　かくまってくれる？　どうやったんだかわかんないけど、マスコミのやつら、『ラ・シーナ』までかぎつけてさ。オレ、近寄れないんだ」

進也はせっかちになった。親指を階下に向け、声をひそめる。

「抜け出すなら今しかないいんだよ。もうすぐ出棺だろ？　台所やうちのなかで手伝いをしてる連中も表に出るからさ」

「ご両親を放っておくつもり？　お父さんとお母さんにとって、今はもう、あなたがたった一人残った息子なのよ」

　怒る加代ちゃんに、進也は両手を広げて驚いた顔をつくった。

「しっかりしてくれよォ。オレ、加代ちゃんからそんなお体裁のいいことを聞くとは思ってなかったぜ」

「お体裁？」

「そうじゃないか。警察でのこと、忘れちまったの？　兄貴が死んで、おふくろがあんな状態でさ、オレが周りでウロチョロしてるのを喜ぶとでも思ってるのかよ」

　どうしておまえが死ななかったのよ！　加代ちゃんは思い出したようだ。しどろもどろになった。

「あれは……お母さん、あのときは気が転倒していらしたから……心にもないことをおっしゃったのよ」

「オレはそうは思わないね。兄貴だってそうだと思うよ」

　黙って腕組みしていた所長が、初めて口を開いた。

「克彦君もかね？」

「そうだよ」進也は気短に言い、ぎゅっと口を結んだ。その顔は一瞬、はっとするほど克彦に似ていた。

「加代子、行きなさい」所長は娘を促した。「諸岡さんには、私がここに残って事情をお話ししておくから」

「ありがたい！　やっぱ、おっさんは話が早いや」

進也はベッドの下から手荷物をつめたバッグをひきずり出すと、加代ちゃんの腕を引っ張った。

「ほらほら！　なんだよ、加代ちゃんて案外ケツが重いんだな」

諸岡家を離れてしばらくの間は、車内は無言だった。加代ちゃんは考え込んで、前だけを見ている。

進也も口をきかず、じっと前に目を据えている。諸岡家のあるブロックを迂回して走り去るとき、ちょっとまばたきをした。それだけだった。

もう、できることは何も残っていない、か。

「そこ、右折」進也が不意に言ったので、俺も驚いた。加代ちゃんはあわててブレーキを踏んだ。

「え？」

「右折だってば。ウインカーを出すの。教習所で習ったろ？」

「どこへ行くのよ」

「行きゃわかるって」

言われたとおりにしてしばらく走ると、今度は左折だった。すると、前方にコンクリートの高い土手が見えてきた。

「ちょっと、ここで停めてさ、待っててくんないかな。たいして時間はかかんないから」

「こんなところで何をするの？」

「ないしょ」進也はバッグを手に身軽に車を降り、ドアを閉めた。

「ゼッタイ、ついてくんなよ」

もちろん、俺も加代ちゃんもついて行った。土手の途中まではコンクリートの階段があったが、それより先は錆の浮いた梯子が掛かっているだけで、ほかに上れそうなところはない。進也はさっさと行ってしまう。礼服用の黒のハイヒールをはいていた加代ちゃんは、足をくじくよりましだと思ったのか、脱いだ靴を片手に下げて梯子を上った。足の裏に肉球のない人間は不便だね。

目の前に、遠く河川敷が広がった。

俺たちがようやく追いついたときには、進也はまばらに雑草の生える砂地に立ち、川を渡る湿った風に吹かれていた。

「加代ちゃんて、なにかっていうと裸足になる趣味があんのかな」

加代ちゃんの足を見て、進也は笑った。

澄んでいるとは言い難い流れの向こうに、小雨に煙るマンション群が見える。俺たちのそばに転がっていた古タイヤの上に、カモメがゆっくりと弧を描いて降り立ち、ひと声鳴いた。

「だけど、このへんは不心得もんが多くてさ、空缶だのビンだの捨てていくから、怪我しないうちに靴をはいたほうがいいよ」

加代ちゃんは言われたとおりにすると、近くのコンクリート・ブロックに浅く腰をおろした。俺はブロックに飛び乗り、加代ちゃんと一緒に傘に入った。

北の方角に、大きな橋が掛かっている。車が行き交う。ヘリコプターが爆音を残し、俺たちのやって来た方角へ飛んでいった。ひょっとすると、葬儀の取材のために飛ばされたテレビ局のヘリかもしれなかった。

「昔、ここでよく、兄貴とキャッチボールをしたんだ」

川面に目をやりながら、進也がポツリと言った。

「いつごろのこと?」

「オレも兄貴も小学生のころの話だよ。あのころはまだ、オレたち、大して差がなかったんだよなぁ。コントロールはオレの方が良かったくらいだぜ。ホント」

進也はバッグを開けると、何か白いものを取り出した。

「それ、なあに」

進也は加代ちゃんにぽんと投げてよこした。受け取った加代ちゃんは、びっくりしたし、ちょっと痛そうだった。

野球の硬球だったのだ。

「記念品なんだ」と、進也は言った。

「もろおかかつひこ」加代ちゃんはつぶやいた。硬球に書かれた文字を読んでいるのだ。

「克彦君が十二歳のときね」

その下にもう一行ある。加代ちゃんがまたゆっくりと読みあげた。


――勝利を記念して　大同製菓第二野球場――


「それ、兄貴のウイニング・ボールなんだ」

加代ちゃんの手からそっと硬球を取り戻しながら、進也が言った。

「そのころはまだ、地元の少年野球チームにいたんだ。けっこういいチームだったけど、兄貴みたいな選手はもう出てこないだろうな」

山瀬浩とも、最初はそこで一緒だったんだ。手のなかのボールを、綴られた文字を見つめながら、ポツンと言った。

「そこの監督さんがリトル・リーグのちょっとした強豪チームの監督と知り合いで、まあ、胸を借りるっていうか、度胸だめしにそこと試合をすることになったんだよ」

その試合で、克彦は完封(シャットアウト)を成し遂げたのだという。

「一番びっくりしたのは、兄貴本人じゃなかったかなぁ。でも、それほど大変なことだとは思っていなかったと思うよ。翌日になって、相手チームの監督がうちにやって来たときも、近所の公園でオレたちと草野球をしてたくらいなんだから」

「克彦君、それがきっかけでスカウトされたのね」

「そうなんだ」進也はボールを投げ上げ、受けとめた。

「地元のチームじゃ、やっぱ、本格的な指導はできないだろ？　練習場だって、学校の校庭や、ほら、そこに書いてある会社のグラウンドを借りてたくらいなんだ」

大同製薬。大手の会社で、俺も知っている。しょっちゅうCMが流れているし、蓮見家の救急箱には、この会社製の風邪薬と頭痛薬が置いてある。

「兄貴、このボールをすごく大切にしてた。甲子園の砂より大事な記念品だってさ」

進也は肩をすくめた。

「オレにしてみれば、兄貴と一緒に野球ができなくなった日の記念品だけどね。この試合から、兄貴はもう、プロになったみたいなもんだった。少なくとも、野球エリートのコースにのっかっちまったことは確かだった。それが間違ってたとは思わないけどね。兄貴、野球が大好きだったんだから」

「それ、ここに捨てるつもりで持って来たの？」

「うん。でも、いざ来てみると、それじゃまるで青春ドラマだな」

加代ちゃんは黙って見守っていた。しばらくして、進也はもう一度ボールを投げ上げ、受けとめると、言った。

「ここに埋めてやろう」

三十分ほどして、俺たちを乗せた車が走り去ったあとの河川敷には、ごくささやかなケルンのようなものができていた。加代ちゃんはまたちょっと、泣いた。

「メソメソすんなよな。だから、ついてくんなよって言っただろ？」

「ひねくれてるわね。ついてきてほしかったくせして」

「あれ、バレてたか」

車は土手を遠ざかり、市街地に入った。車の流れのなかに入り込んだ俺たちに、もし、その気があったなら、そういう注意をはらう気分になっていたなら、河川敷を離れたときから、一台の車が見え隠れに尾けてきていることに気づいていたかもしれない。

でも、現実はえてしてそううまくはいかないものなのだ。

幕間（インタールード） 木原

1

一人の男が、壁の一面を占める一枚ガラスの窓から街を見おろしていた。

淡い栗色のカーペットを敷きつめた部屋は、ほぼ完全な正方形をしている。窓の右手に腎臓形のデスクがあり、今は無人の椅子が、主が戻ってくるのを待つように入り口を向いている。デスクの端には、「専務取締役　幸田俊朗（こうだとしろう）」のネームプレートが立てられていた。

ここから見るなら――窓に立つ男は考えていた。ここから見るなら全てがたやすいことのように見えるだろう。それも分かる。

砕いたガラスをちりばめたような都会を超え、東京湾まで見渡すことができる。二十二階のビルの高みでは、天地は逆になる。星を見あげるのではなく、模造された星の群れを足の下に敷くのだ。

どんなことでもできるように思える。ここからなら。やせた身体を窓に持たせかけて、男は考えた。

無数の窓が夜空に向けて目を開いている。それを見ることは、内部の透けてみえる時計を見ることに似ていた。針を動かしているバネも歯車もゼンマイも、からくりの全てが見てとれる時計を。

背後でドアの開く音がした。男は汗でずり落ちた眼鏡に手をやってから、振り向いた。

「お待たせしました」

入ってきたのは部屋の主ではなかった。

大判の封筒を手にした女性がドアを閉め、デスクに歩み寄ってくる。目が合うと、きつい視線を返しながら会釈をした。

「木原（きはら）さんですね。植田（うえだ）涼子（りょうこ）と申します」

二メートルほどの距離を置いて、女は足を止めた。木原と同じくらいの身長に、五センチほどのヒールを履いている。姿勢がいい。だがそれは、モデルのように美しさを強調するためではなく、他人から見おろされることのないようにそうしているという感じを与える、隙のないものだった。

「驚かれましたか」そう言って、ちょっと首をかしげた。「幸田専務からは、何も？」

「あなたのことなら、うかがっていませんでした」木原は答えた。

「そうですか。ともかく、どうぞ。立ち話で済むようなことではありませんから」

涼子はてのひらを上に、デスクの反対側にある一対のソファを示した。自分が先に立ってそこに歩み寄る。木原はゆっくりと後に続き、彼女に正対しない位置に腰を降ろした。

植田涼子は、女子社員のためのマニュアルに書いてあるような模範的な座り方をした。脚を組まず、足首もきっちりと揃えて、手は膝のうえに。これから面接試験でもするようだ。

「今回の件では、幸田専務は表に立たれないことになりました。一切は、わたくしが代わって処理いたします。もちろん、木原さん、あなたにも協力していただきますが」

考えてみればありそうなことだった。うなずくかわりに、木原は眼鏡をずりあげた。

美人ではある。が、それを幸せなかたちで利用しているタイプではないな。木原はぼんやりと思った。植田涼子、か。どうせ偽名だろうが。

「するとあなたは、専務の個人的な代理人ということになるわけですか」

「それはどう解釈していただいてもかまいません。重要なのは、この件に関しては、わたしが幸田専務の、いわば全権大使であるということだけですから」

「ずいぶん信用されているんですね」

「それだけの実績がありますから」

涼子は肩をすくめた。ほっそりした肩から、スーツの肩パッドがちょっとずれた。彼女はそれを、さりげなく元の位置に直した。

「もっとも頼りになる傭兵（ようへい）、というわけですか」

初めて、涼子の表情が動いた。彼女は面白そうに眉をつり上げた。その眉は描かれたものではなかった。

「古い言葉をお使いになるんですね」

「私はあなたよりずっと年寄りなんですよ」

「そんなに大きな差があるとは思いませんが。木原さんがここに入社された頃、わたしは『ダイエット・キャンディ』の洗礼を受けていた年ごろだったんですよ」

思いがけず、木原は微笑んでいた。「ダイエット・キャンディ」は、大同製薬が傘下の健康食品会社を通して売り出したもので、もう二十年前のヒット商品だった。植田涼子がそのおかげで現在のようなスリムな体型の基本をつくったのだとしたら、彼女は木原が最初に思ったより、十歳は歳をとっていることになる。

「それで、いかがでしたか」

涼子は切り出した。木原はもう一度眼鏡をずりあげた。

「要求どおりの金を払ってきました」

「それは承知しています。その見返りに、向こうは何を？」

木原は胸ポケットを探ると、一通の薄い封筒を取り出した。

「開けてみてください」

涼子が封筒を開くあいだ、木原は彼女の指の動きを見ていた。口紅と同じ色にマニキュアをほどこされた爪は、きれいに切り揃えられていた。

封筒をのぞきこんだ涼子は、目を上げると顔をしかめた。無理もない。木原は思った。彼もそれを渡されたときは同じような顔をした。

中に入っているのは数本の髪の毛なのだ。木原は静かな口調で説明した。

「それもデータのひとつだそうです」

乱暴に扱えばすぐにどこかになくなってしまうその些細な証拠品を、涼子の指がそっとつまみ出す。

「ナンバー・エイトの後遺症で十三歳のときに死亡した、あの写真の少年の遺髪だそうですよ」

涼子の頬がぴくりと動いた。木原はうなずいた。

「分析させてください。ナンバー・エイトが検出できるはずだと宗田(そうだ)は言っていました。あれが極めて代謝性の強い薬物だったことは、専務が一番よくご存じのはずだ、とも」

突然、何か汚いものがついているのを見つけた、とでもいうように、涼子は髪の毛を封筒のなかに落とした。

「こんなものが……どうして残っていたんでしょう」

「なんにせよ、これで、相手がただのこけおどしをしているのではないということははっきりしました。我々は尻尾(しっぽ)を捕まれているのですよ」

「そのようですね」

涼子は封筒を手に、専務のデスクに近付いた。引き出しを開けると、大判の無印の封筒を取り出す。

「それに、あの宗田という男が社会正義より金を優先させる人間だったことに、せいぜい感謝しなくてはならないようです」

木原はソファを離れ、また窓に歩み寄った。長身の彼が歩く姿は、暗くひょろながい街路樹の影のように頼りなく見えた。

沈黙が落ちた。エアコンのうなりと、涼子が封筒の表書きを書いているらしい、軽いペンの音がする。

どこのラボで分析させるのだろう。背を向けたまま、木原は考えた。今現在の幸田専務には、内部の研究室に、この手の秘密を完璧に守らせることができるだけの力があるだろうか。

「これをごらんになりませんか」

ソファに戻った涼子は、部屋に入ってきたとき持っていた封筒をかざしていた。そちらの封筒のなかには、写真が何枚か入っていた。

最近では珍しく首のあたりまで髪を伸ばした男が一人、写っている。ラフなスタイルで、一緒に写っている木原とは明らかに違う世界で生きている男だと分かる。右の眉の下に、どういう原因でできたのかは分からないが、真一文字に走る古い傷跡があり、写真でもめだっている。

「盗み撮りですか」木原は写真の一枚を手に取った。

「今日のものですね？　どうやって撮ったんです？」

「わたくしが」簡潔に、涼子が答えた。

木原は写真をデスクに戻した。怯えているような自分の顔を見せられるのは、あまり気持のいいものではない。

「――百人に一人」

ややあって、抑揚のない声で、涼子が言った。

「ナンバー・エイトの投与による副作用の発現率は百人に一人なんです。高い数字とは言えません。この男さえ黙らせてしまえば、隠しおおせることは不可能ではないと思います。なんとかして身元を洗い出したいものです」

「そう簡単に黙る男だとは思えませんが」

大同製薬の取締役の一人、幸田俊朗専務のもとに、宗田と名乗る男からの最初の接触があったのは五月二十三日のことだった。もっとも、木原がそれを知らされたのはその三日後、専務の執務室に呼び出されたときだったが。

執務室に入っていくと、幸田専務は専用の直通電話の受話器を握り、ひきつった顔で椅子から立ち上がっていた。木原を見ると、ものも言わずに受話器を突きつけた。

「私ですか？」

「いいから出ろ。説明はあとだ」

木原は受話器を受け取った。そのとき、そうすることがどれほど大きなバトンを受け取ることにつながるのか分かっていれば、回れ右して逃げ出していたかもしれない。

「やあ、木原さんかい？」

くぐもった相手の声が、ほとんど陽気とさえ言える口調で尋ねてきた。

木原は迷い、専務の顔を見た。専務は壁をにらんでいた。

「——そうですが」

「よかったよ。じゃ、これからは木原さん、あんたが窓口だ。専務さんにもそう言ってあるから、まあ、よろしく頼みますよ」

「どういうことですか？」

　相手は笑った。

「俺の声に聞き覚えはないかい？　宗田って名乗れば思い出してくれるかな」

　当惑している木原に、唾を吐くような勢いで専務が言った。

「三か月ほど前に、君が応対した自称『ルポライター』だ」

　木原は眉を寄せた。広報課にまで持っていく必要もなさそうな取材申し入れや投書、電話や郵便による苦情などを、木原の部署でもさばいている。数が多いので、簡単な報告書を出して処理が済んでしまえば記憶から抜け落ちてしまうものばかりだ。

「あのときのあんたがとっても親切だったんで、こっちは助かりましたよ。今後とも、あの調子でお願いしますよ」

　後になって、自分で書いた報告書を読み直し、木原はやっと思い出した。

　宗田と名乗るルポライターは、さまざまな大手企業が社員の健康管理、とりわけメンタル・ヘルスのそれについてどういう方針をとっているかを取材させてくれというふれこみでやってきたのだ。大同製薬が取材の皮切りで、このあとに証券と造船の大手を取材するつもりだと言った。

大同製薬のジャーナリストに対する姿勢は、ごく一般的なものだ。「取材」と言われたなら、門前払いはしない。但し、呼吸してもらう空気はフィルターを通したものだ。相手がそれ以上を要求してきた場合は、鼻先でぴしゃりとシャッターを閉める。しかし、そのシャッターにも緩衝材がついていて、大きな音はしないようにできている。

宗田の場合も同じことだった。最初に取材の申し入れがあったとき、木原は彼とロビーで話をし、合間に世間話をはさみながら取材の目的をきき、後日もう一度連絡をくれるように提案した。その間に、ご要望にどこまで添えるか上に諮ってみましょう。

宗田は承知して、帰っていった。それきり連絡がなかったのだ。木原は彼の名刺を受け取っていたが、こちらから連絡することもなく、忘れたままでいたのだ（もとより、そのとき名刺の住所や電話番号に連絡しようとしても、できなかったのだが。住所は、町名と番地まではあっているが、実在しないマンションをでっちあげたものだったし、電話番号は、その近所の派出所の直通電話のものだった）。

宗田という男は、快活で、よくしゃべり、開けっ広げに見えた。フリーで、どこの雑誌社や出版社と契約しているわけでもない。自分としては、取材したものをまとめたら、「富山の薬売りのようにその原稿をしょって、買ってくれそうなところに当たってみるつもりですよ」と言って、煙草をふかしながら笑った。彼と話している間、木原は、大同製薬が二年前から社内では全面的に禁煙令をしいていることを、何度も説明しなければならなかった。

ただ、宗田について木原が手を焼いたのは、それだけだったのだ。

「君はご親切にも、強請(ゆすり)屋の下調べに手を貸してやったわけだ」

ひどい偏頭痛に襲われているように、専務のこめかみの血管がぴくぴくしているのが見えた。

あのとき何を話しただろう。木原は必死で考えた。構内のウオータークーラーや休憩室のざぶとんの数――それ以上の話題など出なかったはずだった。

その翌日、大同製薬の気付けで木原あてに、一通の封書が届いた。手紙と、一枚の写真が入っていた。差出人の住所は、もちろん、ない。消印は新宿郵便局のものだった。

専務の体重が、現在よりも十キロは軽いころの写真だった。野球のユニホームを着た十二、三歳の少年の肩に手を置き、笑っている。その笑顔にも、まだ張りがある。

「これを専務さんに見せてやってくれ。この子は、この写真を撮られてから半年後にナンバー・エイトの副作用で死んだんだ。もっと詳しい話を聞きたいのなら、まず、東京中央郵便局の局留で、『宗田淳二(じゅんいち)』の名前で金を送れ。金額は十万。但し、必ず、大同製薬が振り出した小切手で。普通の商取引に使うのとまったく同じように、小切手で用意しろ。この約束を守らなかったり、専務さんが俺の言うことをただのこけ脅しだと思うならそれでもいい。お宅の会社が揉めていることは、評判だからな。もっともっと偉いさんのところに取引を持っていくよ」

手紙にはそうあった。手書きではなく、ワープロの文字だった。

木原には、すべてわけの分からないことばかりだった。だいたい、脅迫者が、強請りとる金を小切手で要求するなど、馬鹿げている。

しかし、専務はそうは思わなかったようだった。手紙と写真を焼き捨てると、木原には一言の説明もなく、「宗田」の申し出通りにした。その三日後に、やはり会社気付けで木原あてに次の手紙が来た。

その手紙では、今度は現金百万円を要求していた。そして、木原が直接にそれを持ち、宗田の指定の場所で、彼と会うように、と。

それが今日のことだ。サラリーマンやOLでにぎわう喫茶店の片隅で、木原は百万を渡し、代わりにこの封筒を渡されて戻ってきたのだった。

二度目に木原と会ったときも、宗田という男は快活でよく笑った。あんたは何を狙っているんだ、という木原の質問に、あんたは何も知らないのかと、質問で答えた。

「じゃあ、ちっとだけ教えてやろう。あんたのお偉い専務さんが、五年前、今では使用が禁止されているある薬をね、なんにも知らない子供に飲ませて実験をしていたことがあるんだよ。その薬が、ナンバー・エイトさ」

「我が社がそんな馬鹿なことをするものか」

言い切る木原を、宗田は笑いとばした。

「じゃあ、帰ったら訊いてみることだな。ただ、ヒントをやろう。あんた、会社じゃどんなポストにいるんだか知らないが、自分の会社が昔、『みなさまの幸せと健康を守る』とかなんとか銘打って、スポーツの振興キャンペーンをやっていたことぐらいは知ってるだろ?」

知っているどころではなかった。そのキャンペーンが大同製薬の販促企画のなかで重要な位置を占めていたころ、木原もその企画を推進する課のなかにいたのだ。

今のような抜け殻になってしまう前のことだ。百年も昔のように思えるが、たった三年前のことなのだ。木原はうなずいた。

「じゃあ、分かりが早い。そのキャンペーンのなかに、練習用グラウンドが確保できずに困っている少年野球やサッカーのチームに、お宅の会社の持ちグラウンドを貸してやる、という有難いお申し出があったはずだ。お宅の会社、あっちこっちに自社グラウンドを持ってて、日本中でそんなことをやっていたんだってな。投薬実験は、その陰に隠れて同時進行してたってわけさ。まったく、無料(ただ)より高いものはないってのは、本当だよな」

木原は口がきけなかった。心臓が激しく打ち始めた。

「ナンバー・エイトとは、どんな薬だったんだ？」と、ようやく訊いた。

「おいおい、俺に教えてくれっていうつもりかよ。そっちがやったことなんだぜ」

「あの小切手は？　どうせ換金できないんだぞ。換金したら証拠が残るうえに、説明が必要になる。なんのために小切手なんか振り出させたんだ」

「こっちにはこっちのお楽しみがあるんだよ」

封筒を懐(ふところ)に社に戻るとき、木原は何度も足を止めた。背中が寒くなった。震えが走るのを、全身で感じた。

——投薬実験だって？　子供が死んだって？　調子の狂ったメリーゴーラウンドさながら

に、その二つの言葉がぐるぐると頭のなかを回った。そして、「投薬実験」という言葉をとっさに漢字で書くことのできない自分を発見して、ますます愕然(がくぜん)とした。それほど縁遠い言葉だったのだ。これまでの木原の日常にとっては、「鬱病」のほうがまだしも親しみのある言葉だった。

「ナンバー・エイトとは、どんな薬なんですか」

今、宗田から得られなかった答えを求めて、木原は訊いた。涼子は写真を揃えながら、彼を見ずに答えた。

「それは、木原さんがお知りになる必要のないことです」

「しかし、私は宗田にとっての窓口です。なにも知らないでは通らないと思いますが」

涼子は顔を上げると、いくぶん皮肉な笑い方をした。

「宗田は頭のいい男です。そうは思われませんか?」

「どういうことです?」

「交渉の窓口になる人間を、彼のほうから指定してきました。わたしや、幸田専務の選んだ、もっとふさわしい、宗田にとっては危険になる可能性の大きな人間が出てこないように、事前に予防線を張ったわけです。木原さん、あなたは安全パイなんですよ。そういうあなたとこの件を乗り切っていかなければならないだけでも、わたしたちには大きな負担なのです。余計なことを考えずに、指示に従うだけにしてください。それさえこなせれば、専務もあなたに悪いようにはなさらないはずですから」

涼子は右手を首に当て、絞める真似をした。

「ナンバー・エイトのことは、専務の首を絞めかかっている過去の亡霊だとでも考えておけばいいんです」

それからふと、遠いところを見るような目をした。

「ただ、とてもきれいな薬だったことはお話ししてもいいでしょうね……。本当にきれいな色だったんです。目にしみるようなブルーでね。ちょうど硫酸銅の溶液のような。皮肉な話です」

ふっと笑う。「妙な表現ですね。コバルト・ブルーと言うべきでした。ともかく、そんなことはあまり気にしないでください」

木原は床に目を落とした。自分が役立たずのように思えたのは、ひさしぶりのことだった。現実に役立たずであるかどうかは問題ではない。自分でそれをどう思うかが問題なのだ。ほかでもない、この女性にそれを自覚させられたことが、たまらなく恥ずかしく思えた。

「宗田を探し出すのも結構ですが、その間どうやって時間を稼ぐつもりです?」

この質問にも答えはもらえないかもしれない、と思った。だが、涼子はあっさりと返事をした。

「しばらくの間は、相手の要求に従ってください。接触する機会が増えるほど、追いかけやすくなります。今の段階では、悔しいですけれど、何の手がかりもありませんので」

「今日は尾行はしなかったんですか?」

「しました。残念ながらまかれてしまいましたが。その点でも、この男、すみにおけないところがあります。ラッシュ時ですからね。それに、もともと尾行はあまり確実な方法ではありません。完璧にしようとすれば、それだけ人員も必要ですし。でも、現段階では、この件にかかわる人間の数を殖やすことは危険です」

ちらりと、専務のデスクに視線を向けた。

「その人間を一〇〇パーセント信頼できるかどうかもおぼつかないというのが現状ですからね」

いけすかない女だが、頭は悪くない。木原は思った。それに、歯に衣着せない。たぶん専務本人にも、はっきりとそう言っているはずだ。

「人間は嘘をつきますが、機械は違います。次の接触のときには、もっと成功率の高い方法と機材で、必ずキャッチしてみせます」

言わずもがなのこととは思ったが、なぜか無性に、自分だって馬鹿ではないのだということを認めてもらいたくて、木原は言った。

「できるだけ早く対処したほうがいい。宗田が相手を選べることをお忘れなく。これは入札と同じですよ。彼にはまだまだ弾丸がある。こちらがもたもたしていれば、反対派に売り付ける気になるかもしれません」

「承知しています」

涼子は微笑んだ。そう力むことはありませんよ、というように。

「今日はお疲れさまでした」彼女は軽く頭をかがめた。「次に接触するときには、今日よりももっと時間を引き伸ばしていただきたいのですが。録音機も持っていただきます。詳しいことは、また、のちに」

木原はゆっくりと部屋を横切り、ドアを開けた。廊下へ出る前に、ふと思いついたような顔で、呼びかけた。

「植田さん」

立って背を向けていた涼子のふくらはぎがきゅっと引き締まり、肩越しに首だけ振り向いた。木原は訊いた。

「いつもは何をしているんです？　産業スパイですか」

涼子の口の端がゆっくりと吊り上がり、笑みをつくった。笑うための笑いで、温かみも楽しさもなかった。彼女にそれを求めるのは、角氷を握って暖をとろうとするようなものだと、木原は思った。

「情報収集係といってほしいですね」

エレベータで一階に降りると、社員用の通用門では、守衛が居眠りをしていた。木原は、ここではまだそんな必要などないのに、足音を忍ばせてそのそばを通り抜けた。

外に出ると、六月の夜風が吹きつけてきた。好天続きの埃っぽい路上から塵をさらってくる。木原は腕を上げて顔を覆った。

ビルの周りを囲む緑地帯からは人けが絶えている。木原が歩くと、アスファルトの歩路に堅い足音がこだました。

歩路の外れで、彼はビルを見あげた。

不思議なものだ。地上から見あげると、内部が透けてみえるような気分にはならない。窓は視線を跳ね返し、内側で動いている複雑な仕掛けの全てを封じ込めているように見える。

正面玄関の社名が、夜間照明に浮き上がっている。

「大同製薬株式会社」

その下には、十字架を少し傾けたようなロゴ・マークがあしらってある。今の木原の目には、それはハーケンクロイツか、ぶっちがいの骨のように見えた。

腕時計を見ると、午前零時を十分過ぎていた。文字盤に彼のイニシャルが刻まれているこの時計は、三年前、彼の四十回目の誕生日に由美子（ゆみこ）がくれたものだ。革バンドは端々が擦り切れてきた。もう少ししたら、バンドが切れて時計を落としてしまうことのないように、腕からはずし、ポケットに入れて持ち歩くようにしなければならなくなるだろう。

タクシーを拾うために、遠くでポツリと一つだけ光っている赤信号の方向に、木原は歩き始めた。

2

遠くで電話が鳴っている。

木原はその音を閉め出そうと枕に顔を埋めた。

彼は夢を見ていたのだ。繰り返し繰り返し、同じ場面がまぶたの裏を通りすぎる。

赤い軽自動車は、彼の目には可愛い玩具のように見えた。こんなもので東京の殺人的道路事情に乗り出していくとは勇敢だ——そう言うと、由美子はいつも笑ったものだった。臆病ね。あなたは機械恐怖症なのよ。オートマチック車の運転なんて、ミシンを踏むよりも簡単よ。

すると、彼にだかれている美穂が、母親を真似てはしゃいだ声を出す。パパ、カンタンよ、カンタンよ……。跳びはねると小さなおさげが揺れる。彼はそのおさげを引っ張り、子供のほの暖かい手を握る。

「気をつけていっておいで」

由美子は車をスタートさせる。彼は美穂と手を振って見送る。

夢は、ここからいつも、恐ろしいスローモーションになる。スローで、それでいながら彼には止めることのできない速さで進んでいく。ひとこまひとこまがはっきりと見える。はっきりと聞こえる。

車は飛び出す。飢えた獣のように。彼の耳はエンジンのうなりを聞き、妻の叫びを聞く。あなたこれ何なの。その言葉の語尾は飴のように伸び、いっぱいに目を見開いたままの妻の顔が彼のまえを通過していく。急発進の反動で頭がシートにぶつかる音がする。ドスン。湿ったその音を残し、由美子は彼のまえをかすめすぎる。つかまえるすべもなく。

そして、真っ赤な弾丸が飛び出したそのさきに、鉄骨を満載した十トントラックが待っている。覚えているのは、そのトラックの荷台に赤旗が立っていたことだけだ。風にひるがえっていた。気をつけろ、気をつけろ、気をつけろ――

木原は泣きながら目を覚ました。電話は鳴り続けていた。シーツで顔をぬぐい、受話器をとった。

「私だ」幸田専務の低い声が響いてきた。

木原は、一度強く目尻を押えてから時計を見た。五時十分だ。カーテンの向こうは白んでおり、雀が鳴いている。窓の外のどこかで、威勢よく水を流して洗車をしているらしい音もする。

「ずいぶんお早いお目覚めですね」

「無駄口をきいている暇はない。宗田から連絡があった」

木原はやっとベッドから足をおろした。あの夢を見たあとはいつもそうなのだが、両足がスポンジになったように感覚がなくなる。ひょっとすると、無意識の自己防衛なのかもしれうから。

ない。夢のあと、身体がすぐに自由に動いたなら、彼はとっくに窓から飛び降りていただろうから。

「今度は何と言ってきました？」

「要求は五千万だ」

濡れタオルで殴りつけられたように、木原の頭から眠気が飛んだ。

「昨日の今日ですよ？」

「そんな文句はあの男に直接言ってやるといい。どこまで私を馬鹿にするつもりか知らんが、『親展』扱いで私の自宅に封書を寄こしてきたんだ。今度も、交渉の窓口は君だ」

歯噛みするような声だった。

「今度こそ、投薬実験の証拠を売り渡すと言ってきている。日時も指定してきた。きっかり十日後の、午後四時だ。昨日渡した札束が本物だったことを確かめて、あの男も本腰を入れる気になったんだそうだ」

「場所は？」

「前回と同じ喫茶店だ。それまでに、君には、いろいろと覚えてもらわねばならないことがある。今日の午後、早退して彼女と連絡をとりたまえ。くれぐれも慎重にするんだぞ。社内の誰にも気づかれてはまずいことぐらい、君にも分かっているはずだからな」

電話は一方的に切れた。木原は受話器を置くと、両腕を膝の間に垂らし、じっと床を見つめた。

十日後の、午後四時。心の中でその言葉を繰り返すと、パジャマの袖で額の汗をぬぐった。雀のさえずりが、ぴたりとやんだ。烏が鳴く。

「パパ」

まだ目をこすりながら、美穂が開いたドアのそばにやってきた。ピンク色のパジャマに裸足で、短く切りそろえた髪に寝癖がついている。以前は肩を越すほど長くしていた髪だが、頼んでいる家政婦は、家事はしても、美穂の髪を結んでくれることまではしてくれないので、切ってしまったのだ。

「起こしちゃったか。悪かったね」

「ううん。もう起きてた」

五歳四か月の小さな娘は、時計を見上げた。

「パパはもう会社に行くの?」

「もう少ししたらね。さあ、パパが朝ごはんをつくるから、まだ寝ていなさい」

家政婦がやって来るのを待って、木原は家を出た。このごろでは、美穂は彼のあとを追って、家にいてほしいと泣くこともなくなった。寂しさに慣れたのなら、辛いことではあるが、それでもいいと思う。だがひょっとすると、それは、親というものが、たとえすぐそばにいても、そのときがくれば自分を残して死んでしまうことがあるものなのだという酷な悟りからきているものなのかもしれなかった。現に、母親を目の前で亡くしているのだから。

美穂には、そのどちらなのか、尋ねていない。

マンションの外階段を降りているとき、いつもなら空いている前の道路に車が一台とまっているのを見つけた。運転席に、背広姿の男が一人座っている。

駅に向かって歩き始めたとき、運転席の男の視線がついてくるのを感じた。足をとめ、振り向く。

相手もじっとこちらを見ている。

監視されているんだ。出し抜けに、そう気づいた。

通勤電車に揺られているときも、何度か苦労して周囲を見回し、運転席にいた男の顔を探してみた。どの顔もどの顔も、朝だというのに少し疲れていて、眠たげで、無関心に見える。木原があまりもぞもぞするので、そばにいた若いＯＬが嫌な顔をした。あきらめて、窓を向いた。

前の座席の男が新聞を読んでおり、その裏側の記事がこちらを向いていた。ぼんやりとそこに視線を落すと、大きな見出しが目についた。

エース　火だるまに

野球か。そう思っただけで、興味もなかった。高校野球の名門、松田学園高校のエース諸岡克彦が殺されて大騒ぎになっていることを知ったのは、出社してからだ。

総務課員たちも事件の話で持ち切りだった。そのなかで、木原は一人、ときおり窓から外を見たり、廊下に目をやったりして、「誰か」こちらを見ていないか、そればかり考えていた。

早退すること自体は、誰に怪しまれることでもなかった。

会社内での木原の肩書きは、「総務部総務課長補佐」となっている。三年前、妻を亡くしたとき、それまで所属していた販売四課から「一時的に」異動となったきり、そのままだ。もしも木原本人がその理由を正面きって尋ねたなら、労務や人事の担当者はこう答えるだろう。――君がまだ精神的外傷から立ち直っていないように見受けられるためだ、と。

この大同製薬では、総務部自体、組織の内部のためだけにあるものだから、社員たちに必要とされるのは、むしろ肩書きのない課員たちのほうだ。総務部のトップは閑職にすぎない。さらにそのうえに「補佐」の二文字がつくというのは、もし木原が急死するようなことがあっても、あとを補充する人物は必要ないという意味を、縮めて表現してあるだけのことだ。

かなり長い間、木原はそんなポストにただぼう然と座ってきた。その意味では、人事担当者は慧眼だったといえる。木原はずっと幽霊だった。影だった。会議のあと、女子社員が窓を開けて外に追い出す煙草の煙と同じだった。今日決済しても一か月後に決済してもかまわない書類を前に座り、かかってくる電話は、社内の親しい友人たちからの私信だけだ。

あるとき、一人の女子社員が木原に、一枚の書類に捺印をもとめて持ってきた。その書類は、翌月から大同製薬の本社で使用されるトイレット・ペーパーの銘柄を、A社からB社に切り替える旨の内容だった。

捺印して書類を返したあと、木原は考えた。あの書類が紛失し、A社との納入契約が切れたあともB社が入ってこられなかったら、社員たちはトイレに行くたびに不自由な思いをすることだろう。だが、今この瞬間に自分がいなくなっても、この課の誰一人、怪しみもしないだろう。困りもしないだろう。

おれはトイレット・ペーパーよりも軽い。そんな自分に、特に哀れみも感じなかった。

しかし今は、自分の立場の有利さを、そこにいたことの幸運を、漠然とした「神」に感謝することがある。誰にも相手にされない木原課長補佐は、いつ、どこにいても、誰と会っていても、誰の関心もかわない。理由も口実も自由につけることができる。

ちょうど昼休みに、木原は前庭を横切り、うつむき気味のゆっくりとした足取りで外へ出た。芝生の一角で女子社員たちがバレーボールに興じている。

大同製薬本社ビルは、今からちょうど八か月前に落成した。上空からの航空写真では、真ん中の横棒の短いH字に見えるこのビルは、期せずして、現在の内紛を象徴する形になっている。

戦前からの同族会社である大同製薬では、これまで、経営幹部の人事に全くといっていいほど混乱を経験してこなかった。これからもそうであろうと誰もが考えていた。業績は着実に上向きであり、株式の配当も順調だ。ごく小さな訴訟を数件抱えているが、どれも小火(ぼや)程度のものでしかない。どこに問題の起こるはずがあるだろう?

事態が急転回したのは、皮肉なことに、新社屋落成の二か月前だった。社長が四十五歳の若さで急死し、これまでの歴史からいって当然あとを継ぐはずの社長の長男は、まだ大学三年生。アメリカへ留学中の身である。

木原は以前、歴史好きの友人から、江戸時代の藩のお家騒動にはある共通項がある、という話を聞いたことがあった。主君がまだ幼いか、君主としての能力に欠けていること。新参の、だが力のある家臣がいて、内部に新旧勢力の対立があること。社長の亡きあと、轟然とまき起こった派閥争いの嵐のなかで、木原はその話を思い出し、確かに歴史は繰り返すのだと思ったものだ。幸田専務は大同家一族のなかでは最年長であり、亡くなった社長の叔父にあたる。今では社史のなかでしかお目にかかれなくなった会長に代わり、社長には最も影響力の強い幹部だった。当然のことながら、社長を欠いたあとは——名目はともかくとして——実権は彼の手に握られるものと思われていた。反対派が登場するまでは。

反対派が担ぎ出してきたのは、大同製薬のメインバンクとつながる網川(あみかわ)取締役である。取締役のなかでは最も若く、製薬業界では新参者だ。しかし、ここ数年の業績の上昇に最も貢献度の高い人物でもあった。

「網川は広告屋だ」という陰口を、木原は聞いたことがある。確かに、彼の功績は、これまで大同製薬が地道に築いてきたものとは全く別のところにあった。彼が標的としたのは、病院でも医師でもない、一般の消費者——健康体の消費者だった。

女性だけでなく、成人男性向きにたてられたダイエット・プランの発表と、それにタイアップしての健康飲料・食品の販売。アスレチック・ジムの経営。高級老人ホームの買収。後発となったアイソトニック・ドリンクの販売では、賞金ランキング世界一の大物プロテニス・プレイヤーを起用したCMで、一気に業界二位のシェアを誇るところまで押しあげた。

さらにもうひとつ、昨年春から実施された、CI戦略がある。「大同製薬」という名前だけだった看板に、十字架を傾けたような独特のロゴをつけ、「大同」をローマ字にかえる。たったそれだけのために、しめて四億円の経費を要したが、それと時を同じくして大量に流されたCM（幸田専務に言わせれば『歯の浮くようなしろもの』）「わたしたちが背負うのは人類の十字架です」と、そのCMを流すためにだけスポンサーになったチャリティ番組が当たって、かけた元はすぐに取り戻すことができた。

新しい抗ガン剤、エイズ治療薬などの開発は、製薬会社がやっていてあたりまえのことだ。今さらそれを宣伝したところで、消費者は何とも思わない。それどころか、当然のことをしたり顔に触れ回る薬屋に反感をもつだけだ。販売会議の席上で、網川取締役は言い放った。我々は、今現在は健康体で、病気になることを恐れている人たちにこそ、我々のバックアップが完全であることをアピールしなければならない。

幸田専務が敵に回したのは、こういう男だった。

実績と、人気と、金。網川取締役にはプラス要因は揃っている。もうプラスは要らない。必要なのは、相手がたのマイナス要因だ。幸田の胸ぐらに突き付けて脅すことのできる凶器だ。

宗田という男は、脅迫者としては絶好のときに現われたわけだ。

植田涼子は、待ち合わせ場所として都心のホテルのロビーを指定してきていた。そこまでなら、さして時間はかからない。木原は道路を渡り、昼休みを楽しむサラリーマンやOLたちでにぎわう緑地公園に入った。噴水のそばに腰をおろし、咲き乱れるつつじの花をながめた。

由美子と二人、美穂を初めて動物園に連れていったのも、こんなふうにつつじの満開の季節だった。

十日後の、午後四時。

涼子は何を教えるつもりなのだろう。携帯用録音機の使い方か？　盗聴機の隠し方か？

木原は顔を上げ、まず間違いなくついてきているはずの今朝の男を探した。同じ男ではないかもしれないが、目的は同じ、涼子の同僚たちだ。すぐにそれとわかるはずだと思った。涼子は、彼が監視されていることをわからせるために、わざわざ見え見えのやり方をしているのだから。

木原が妙な気を起こさないよう。網川側に寝返ったりしないよう。おじけづいたりしないよう。もう膝まで事件に足を取られていることを思い出させるように。

反対側のベンチに、見つけた。相手はサングラスもかけていないし、ごくあたりまえの背広を着て、木原のとよく似た眼鏡をかけている。

これという理由もなしに、木原はその男に手を上げてみせた。そして目をそらし、暖かな日ざしに包み込まれた。

3

木原はまず、煙草を買った。マイルドセブンを二個と、セーラムのメンソール。そこで店番の女性に時間を訊いた。

「腕時計の電池が切れているのに気がつかなくてね」

それから、大手のデパート二軒に入り、紳士ものの靴下と、ネクタイを一本買った。喫茶室に入り、コーヒーを頼み、マッチをもらう。雑誌をめくり、店を出るときには、レジの店員と釣り銭が違うということでちょっと口論をした。

それに要した時間がほぼ一時間。そして今、都心のビジネスホテルの一室で、それらの会話の全てを記録した録音テープを聞いている。ネクタイピンの中に仕込まれた超小型マイクは、木原が点滅する信号を急いで渡ったときの荒い呼吸音まできちんと拾っていた。

「運動不足のようですわね」

テープが終ると、マイクよりはるかに大きな本体の機械を操作しながら涼子が言った。

半径五百メートルまでの範囲内なら、木原自身が録音機を隠し持たずに、マイクだけでこの録音機まで音を「飛ばす」ことができる。そうして録音されたものは、内蔵された編集装置によって雑音をこし取られ、必要な会話や音声だけがスピーカーを通して再生されるという仕組みだ。

「水道水に混じっている不純物と同じくらいのパーセンテージで、雑音も残ってしまいますけれどね」涼子はこともなげに言った。

「大したものだ」木原は素朴に感嘆した。

「それに、こういう機械を扱うあなたの手際も」

涼子の口の端がちょっと曲がった。微笑したつもりらしい。笑うときに頰の横に刻まれるしわは、彼女から年齢を感じさせる唯一のものだった。

由美子には、きれいな笑いじわがあった。思い出すと、木原の胸がうずいた。

「指定された日に宗田と会うときには、これがものを言います」

「しかし、こんなことをして何になります？　これを証拠に警察に告発するわけにはいかないんだから」

本体を収納すると、女持ちのアタッシュ・ケースのような外見になる。涼子はそれを軽々と持ち上げてテーブルから降ろすと、足を組んだ。

「声紋を分析するんです」

木原のけげんな顔に、彼女は説明を加えた。

「これまで大同製薬にかかってきた外部からの電話は、すべて録音をとられているんです。いたずら電話でも、苦情でも、内容にかかわらず、一つ残らずね。それらの声と照合すれば、この『宗田』と名乗っている男が、取材と称して木原さんに会いにくる以前にも会社と接触したことがあるかどうか、すぐに分かります」

「接触していると思われますか？」

「可能性は高いでしょうね」

「すると……」木原は喉が乾くのを感じた。「宗田は一人ではなく、後ろに我々の側の内通者がいるということも考えられますか？」

驚いたことに、涼子は笑い声をたてた。

「ごめんなさい」

木原が目をしばたたかせているのに気づくと、ひとつ息をついて笑いをおさめた。

「もし、社内にナンバー・エイトの実験データを握っている人間がいるとしたら――その人間が幸田専務の側であれ、網川取締役の側であれ、外部の人間を使ったりせずに、直接自分で行動を起こすはずじゃありませんか？」

木原は考えてみた。

「怖いのかもしれない」

「脅迫のような卑劣なことをするには、共犯者をもつことのほうがよっぽど恐ろしいことです」

それに、と、涼子は口元を引き締めた。

「ナンバー・エイトの投薬実験データが大同製薬のなかには存在していないことは、誰よりもわたしがよく知っています」

「あなたが処分したというんですか？」

「処分する際に手を貸した、ということですね。わたしは、全てを完璧に葬ってしまうことには反対だったんですが」

「なぜです？」

「こういう事態があるかもしれなかったからですよ」

涼子は木原の勧めた煙草を断わり、自分のバッグからシガレット・ケースを取り出した。

「ごらんなさいな。手元に記録が残っていないばかりに、このうろたえようです。被験者の名前も、正確な人数も、実験に関わった研究員の氏名も、何も分からない。もちろん、専務の記憶に頼ることはできます。でも、五年も前のことですからね。それに、あの頃の研究員たちは、今では散り散りばらばらになっています。ポストも変わっているし、退職者もいます。彼らにうっかり接触することは、網川取締役側に事態を悟られる機会になりかねません。過去、専務の下で働いた人間のうち、今、誰が網川側に寝返っているかさえ、はっきりとはつかめていないでしょう？　やぶへびになりかねないんです」

「専務は、被験者となった子供たちの名前を一人も覚えておられないんでしょうか」

涼子はきっぱりと首を縦に振った。

「氏名まで知っていたのは、研究員たちだけです。幸田さんの手元に届けられるデータでは、被験者はただの番号でしかなかったんですよ」

ただの番号。ただのデータ。ただの統計。その言葉は、木原の胸を刺した。

エアコンの利いた部屋に、カーテンごしの光がさしこんでいる。二人の向き合っている簡素な応接セットの向う側には、ぴんとカバーをかけられたままのダブルベッドがある。廊下に出れば、ドアのノブには「起こさないでください」の札がかけられているにちがいないと木原は思い、苦い笑いを噛み殺した。

密会、か。一生のうちで、こんな言葉に巡り逢う機会が来るとは思ってもみなかった。

俺だけじゃない、みんなそう思っているはずだ。話に聞くようなめざましい体験は、話だけのものだ。新聞に載るような事件は、新聞のなかだけで起きていることだ。どこか別の、自分の住んでいる世界とは別の次元で。

木原もそう思っていた。自分の身にあんなことが起こるはずがないと思っていた。目の前で、妻を失うような悲劇に見舞われる男は、自分とは違うところにいる。別々のたなを泳いでいる魚のように、一生行きあうことなどないだろう、と。

「幸田という男は、大馬鹿者です」

涼子の強い言葉に、木原は我に返った。

「なんですって？」

「大馬鹿だと申し上げたんです」風変わりな香りのする煙草をぎゅっと揉み消すと、涼子は繰り返した。

「自分のしでかしたことの証拠さえなくしてしまえば、自分のしたこと自体もなくなると思っていたんですからね。それも、お化けを怖がる子供みたいに、大あわてで」

「しかし、あなたは今、その大馬鹿者のために働いておられる」

「それが仕事だからです」涼子はあっさりと言った。

「それに、個人的に興味もあります。宗田が握っている『証拠』とは、いったいどんなものなのか……」

「あの遺髪——」

「だけではありませんね。あれを補強する、何かもっと確実なものがあるんでしょう」

木原は、宗田の顔を思い出してみた。終始、口の端に笑みを浮かべ、煙草を切らさないだらしのない姿勢の男。

「宗田は、何者なんでしょうね」疑問が、自然と口をついて出た。

「一番可能性が高いのは、被験者の誰かにつながる人間だ、ということです」

涼子の指先が、見えない糸を結びつけるようなしぐさをした。

「そんなことがありえますかな？　私は、ナンバー・エイトがどんな薬物だったのか、どんな副作用が発現するものだったのか、全く知りません。しかし、医者でもないかぎり——」

「研究論文が出ているんですよ」涼子は答えた。木原は驚いた。

「ナンバー・エイトは、大同製薬があの薬物につけた仮の名称です。同じ薬物が、同じような時期にアメリカでも開発されていたんです。そして、非常に危険な副作用を発現させるものであることが証明され、文書となって医学誌に報告されているんです」

ほかにどうすることもなく、木原は笑ってしまった。

「そんな薬物を、何だってうちで実験していたんだろう?」

当然、木原の経歴を調べあげてあるはずの涼子は、販売畑ばかりを歩いてきた彼が、研究や実験については無知であることを承知しているようだった。彼女は笑い返さなかった。

「大同製薬でのナンバー・エイトの実験は、ほぼ一年にわたって極秘に行なわれていました。そこへその論文が発表されたので、おおあわてで実験を打ち切り、事態を収拾して全てを闇に葬った、というわけです」

そのことに、誰かが気がついたのかもしれません。涼子はため息とともに言った。

「だから宗田が、脅迫という形をとってくるより以前に、大同製薬に何らかの形で接触している可能性も高いと思うんです。向こうも、ある程度まではこちらの現況を調べなければならなかったでしょうから。現に、投薬実験当時は開発部長だった人が、今は専務取締役になっていることも知り、自宅の電話番号まで調べあげていたわけですからね」

「どうやって調べたんでしょうね」

涼子はやせた肩をすくめた。薄いジャケットの肩パッドがずれ、細い首がのぞく。そこに金のネックレスが光っていた。彼女がアクセサリーをつけているのを見たのは、これが初めてだった。

「方法はいくらでもあります。わたしが知りたいのは、最初のアプローチがどんな具合だったか、それなんです。できれば、あまり面倒なことにせずに、そこから宗田の正体をつかみたいものです」

本当にそうしたいものだ。木原は心のなかで言った。

「しかし……」木原は尋ねてみる気になった。

「いったい、ナンバー・エイトの副作用とはどんなものだったんですか」

涼子はちょっと笑ってみせた。

「今、あなたは何もご存知ないのでしょう？　だったら、最後まで何も知らないほうがよろしいですよ」

「私はぼんやりものの総務課長補佐ですからね」

「そうかしら。ポストや肩書きは関係ありません。あなたは能力のある方だと思います。いえ、あった、と申し上げましょうか。奥様をなくされるまではね」

木原はぼんやりと、きれいにマニキュアの塗られた涼子の爪をながめた。結婚以来、由美子がマニキュアをしたのは、棺に納められたときだけだった。彼女の手は、少なくとも顔よりはずっと、原形を留めた状態で残されていたから。

「家内の棺は、私一人で担ぎました」木原は言った。

「信じられないほど、軽かったんです」

涼子は、計りの針の振れがとまるのを待つように、じっと木原を見ていた。

「一人前の人間が入っているとは思えないほどでした。家内は、事故で死んだというより、人間でなくなったといったほうがいいと思うことがあります」

「そのときに、木原さん、あなたも一度、亡くなったんですよ」

木原はどきりとした。

そのとおりだった。由美子が死んでからの彼は、大同製薬はもちろん、自分自身さえどうなってもいいと思っていた。出勤し、家に帰り、眠る。但し、ほかの人間たちのように寝床に眠るのではなく、毎晩棺に入っていたのだ。

本当の意味で死ななかったのは、ただ、美穂がいたからだ。

「でも、この件に巻き込まれてから、少しずつ生き返ってきたように見えますね」涼子は言った。

じっと彼女を見つめてから、木原はゆっくりと笑みを浮かべた。

（――ように見えます）という言葉は、額面通りに単なる彼女の感想として受け取っていいものではあるまい。

そのことを考えると、急に、木原の身辺を調べて、調べて、調べ尽くしたうえでの正式な判断なのだ。

怯えを感じた。今、監視役の男はどこにいるのだろう。美穂のところか。保育園の庭でブランコをこぐあの子をじっと見つめているのか。

「しかし、私はまったくの素人です。どこまでつきあえばいいんでしょうかな」

「最後まで」涼子は簡潔に答えた。

「成りゆきを見届けるのも、一興でしょう？」

そう言うと、無駄話はここまでとばかりに、涼子はきびきびと立ち上がった。

「ベッドを乱しておかなくてはね」

面白そうに、木原の顔を見た。

「どこでどんな目が光っているか分かりませんから」

「あなたのいる仕事場は、私のいる場所とは全く違うんですな」

木原はつぶやき、洗面所のドアを開けた。

「ついでに、シャワーも流しておきますか」

第二章　再びマサは語る

1

蓮見事務所には、時々ひどく家庭的な――というか、どちらかといえば今流行りの便利屋さんの守備範囲ではないかと思われるような依頼が持ち込まれることがある。

「泥棒に？」これは録音テープを回す必要はなさそうだと思ったのか、加代ちゃんはメモだけとっていた。

「はい、そうでがす。おかみの旦那はゴートーだと言われたです」

六十年配の、ちんまりと固太りした酒屋の店主はうなずいた。

「警察にはお知らせになったんですね、もちろん」

「知らせたです。なんせあんた、せがれは頭割られて救急車で運ばれたんで、はい」

「で、犯人は？」

「まだです、はい。ちょっくら時間がかかるこってしょう。なんせあんた、野郎の顔を見たのはせがれだけですから、はい」

「ははあ……」加代ちゃんは鉛筆を置き、目をしばたたかせた。

「それで、盗られたものは何ですか?」

「それがあんた、分からんのです、はい」

加代ちゃんは強いて真顔を保った。空いている机に陣取った進也がこちらをながめ、さっきから笑いを噛み殺している気配がする。

「それで、わたしどもはどんなことをすればよろしいわけでしょうか?」

「わしらが盗られたものを調べてもらいたいんでございます、はい」

たまらずに進也がケッケと笑い始める。加代ちゃんはとがめるように向き直りかけたが、それより先に、酒屋の店主が困り顔で言葉を続けた。

「ほんに、そこの丁稚さんに笑われても仕方ないでございますよ。それでも、なんせあんた、せがれのやつは、わしにはさっぱり分からん舶来の酒をしこたま仕入れてましたんで。おかみの旦那は、わしに『被害届』とかいうもんをつくれ、ちゅうていかれましたけど、なんせあんた、ゴートーの野郎、せがれとやりあったときに、店のなかもえらく荒らしていきましたもんで、みんな割れてしもうたです。わしも日本酒なら、ちっと匂いをかぐだけでも、ラベルの切れっぱしが残っとるだけでも、どこの土地で出してるもんかすぐと分かりますけど、舶来もんは手に負えんでございますよ」

「仕入れのリストと照らし合わせたら分かりません?」

「なんせあんた、それも横文字ですから、はい。わしらは、横文字は敵性語だちゅうて、なんも習っとらんです」

「それ、オレがいく。おじいちゃん、オレが手伝ってやるよ」

ヒイヒイ笑っていた進也が、指先で自分の鼻の頭をさし、店主のほうに身を乗り出した。

老人の顔がほころんだ。

「本当でございますか？　そら、ありがたい。なら、わしは一足先に行って待っとります。なんせあんた、せがれがおらんで、わし一人で店を開けてるもんで、あんまり留守にはしとけんでね」

加代ちゃんはあわてて出口まで店主を送っていった。俺も、重そうな自転車をぶんまわして商店街へと走って行く老人を見送った。

部屋に戻ると、進也は机に足を乗せ、まだニヤついている。加代ちゃんはその足を払い落した。

「あなたね、勝手なことをしないでくれる？」

「いいじゃない。カタイこと言うなよ。それにオレ、一番の適任者だぜ」

「どうしてよ？」

「酒を扱うんでしょ？　それなら、『ラ・シーナ』でマスターにみっちり仕込まれてんだからサ」

「まあ、そりゃそうだけど……」

こういうときにかぎって所長はゴルフときている。

そのとき、進也のいる机のうえに目をやった加代ちゃんが、ぷっと吹き出した。俺は急いで椅子に飛び乗り、のぞきこんでみた。

進也が落書きをしていたのだ。小さな子供が書く、「棒が一本あったとさ――」で始まるおえかきのタコに開襟シャツを着せたような絵である。進也は指先で得意そうにその絵の頭のうえを叩いた。

「どう？　そっくりじゃない？　さっきのじいさんに」

「まったくもう……こんなことばっかりしてるんだから」

「なんせあんた、あんまり絵心を誘う顔だったもんで、はい」

加代ちゃんに椅子からはたき落されるまえに、進也はさっと逃げた。

「しょうがないわね。真面目に働くのよ。帰ってきたら、ちゃんと報告書も書くんですからね」

「了解！」進也は敬礼した。「ところで、デッチって何？」


克彦の葬儀から一週間近くが過ぎていた。マスコミの騒動も一段落したようで、ワイドショー番組も芸能人の冠婚葬祭の話題に戻っている。事後処理が終了し捜査本部が解散されたことは、昨日、所長の口から聞かされたところだ。

蓮見事務所も、克彦の事件が起こる以前の状態に戻っていた。木の芽どきから梅雨にかけては、一年のなかでも事件が多い時期だ。とりわけ、使い込みなどの経済事件がまとまって出る傾向がある。この種の事件は、被害がよほど深刻でないかぎり、使い込まれた側も表沙汰にはしたくないから、どうしても警察よりは探偵社、ということになる。時期的に偏りがあるのは、人事異動が発覚のきっかけになるからかもしれない。自然、調査員たちはかなりのハードワークを強いられている。

そんななかに、進也はうまくはまり込んでしまっていた。あっちこっちに首を突っ込みたがるので、最初のうちは調査員たちにうるさがられていたのだが、土地鑑を生かして、ときには調査の足しになるコメントを吐くこともある。最古参の調査員の一人が、加代ちゃんに言ったものだ。

「しっこり固いガキだけど、要領がいいからね。鍛えようによっちゃいい調査員になりそうだよ」

それをまたちゃっかりと聞きつけて、このところまた、「ねえ、オレ雇わない？　雇わない？」と、ヒヨコのように加代ちゃんに付きまとっている。

「高校を出てからね」

「頭かてえなぁ。そういうの、学歴至上主義っていうんだぜ」

「うちは学歴にはこだわりませんよ。だけどあなた、すさまじい誤字を平気で書くじゃない」

「古いなぁ。ワープロ時代だぜ、今は」

まあしかし、進也が元気であるにこしたことはない。

「お父さん、なんでアイツにはあんなに甘いのよ？」と、始終文句を述べている糸ちゃんにしても、葬儀の翌日、進也がまるで嗜眠症にかかったかと思うほど眠ってばかりいたときには、やはり心配していたのだから。

そのくせこの二人は、遊園地のゴーカート並みに頻繁に衝突している。一度は、山瀬浩の死体を発見したあの晩、進也が蓮見家を逃げ出したことを、なぜ糸ちゃんが発見したのか、ということがきっかけだった。

「部屋のまえを通りかかったらドアが開いてたんだもん」糸ちゃんは言い張った。

「開いているドアがあるとのぞく!」進也がオーバーに驚く。「趣味かよ?」

「冗談じゃないわよ不良少年」

それで収まったかと思ったところへ、進也が小声で加代ちゃんに囁いた言葉が糸ちゃんに聞こえたのがまずかった。

「ひょっとするとオレ、夜這いかけられたんじゃなかったのかな?」

クッションを四つ、進也目がけて投げつけたあと、そのまま糸ちゃんは友達の家に泊まりに行ってしまった。

「なんだってあんなにしょっちゅう喧嘩するのかしら」

呆れる加代ちゃんに、所長は笑っている。

「どっちも照れくさいんだろうよ」

その日、糸ちゃんは絵画部でコンパがあるとかで遅くなる予定だった。夕刻になってそれぞれ調査員たちも帰ったあと、加代ちゃんは夕食の支度をした。

六時過ぎに所長が帰ってきた。

「どうだった？」加代ちゃんの質問に、所長は顔をしかめ、腰をポンポンとたたくことで答えた。

進也が酒屋に助っ人に行っていることを聞くと、所長は時計を見上げ、電話をかけた。どれどれと言いながら、加代ちゃんはスピーカー・ホンに切り替え、面白そうに身を乗り出す。

「ほんに助かっとります。よう働く丁稚さんで」と主人が誉めたあと、進也が出た。

「どうだね？」

「もうちょい」

「酔っ払うなよ」所長は上機嫌に戻った。

「それより、こういう場合の料金はどうすんの？　オレが請求していいの？」

「それは明日だ。挨拶かたがた私が行って話をするよ。仕事が済んだら早く帰ってきなさい」

ところが、「もうちょい」の割には、進也はなかなか戻ってこなかった。

電話が鳴ったのは、八時五分過ぎのことだった。加代ちゃんが急いで受話器をとった。

「もしもし？」も、「蓮見さんですか？」も何もなかった。相手はいきなりこう言った。

「六号運河の水門の近くに、お宅の預かり物の坊やを捨ててきた。拾いに行ったほうがいいですよ」

ぷつりと切れた。

「マサを連れていこう」

車を出すと、所長が言った。言われなくたってそのつもりで、俺は足踏みしていた。

「呼んでも返事のできない状態かもしれんからな」

六号運河の水門は、蓮見事務所から車で三十分は行ったところにある。加代ちゃんは飛ばしに飛ばし、二十分で水門の赤いゲートの見えるところに着いた。

橋のたもとに車を停めると、よどんだ河の匂いがする。

「水門ていったって、どこなのよ?」

この辺りにはほとんど人家がない。コンクリートで固められた運河の周囲には、ポンプ小屋、鉄鋼会社の建材倉庫、ぺしゃんこになった車がビスケットのように重ねられているスクラップ置場、立ち入り禁止の資材小屋……遠くでまぶしいほど明るく輝いているのはガソリンスタンドだが、高い土手に仕切られて、運河には背中を向けている。

俺は所長を引っ張り、橋桁のほうに降りていくことのできる細い脇道をたどり始めた。加代ちゃんは手すりから乗り出して何度も進也を呼んだ。油臭い。水というよりは汚泥だ。水門を照らす照明の光の輪のなかに、鯉の死骸がうろこをてらてらさせて浮いている。

もしこんなところにほうり込まれたら、いくらあいつでも泳ぎ切れるわけがない。ひさしぶりに、俺は口のなかに苦いパニックの味が広がるのを感じた。

あわててはいけない。走ってはいけない。俺は自分に言い聞かせた。いくら敏感な俺の鼻でも、気持がうわずっては仕事にならない。

俺が希望をかぎ当てたのは、そのときだった。ごく薄い、バーボンの匂いだ。今日一日、進也がそのために働いていたはずの舶来の酒の匂いだ。俺は地べたを這うようにしてそれをたどった。そして見つけた。

橋から見ると死角になる場所だった。太い水門の柱の後ろで、進也は手足を縛られ、汚いタオルで目隠しをされて、そのうえで柱にくくりつけられていた。所長が走り寄りながら、大声で加代ちゃんを呼んだ。

「笑ったら殴るぜ」

さるぐつわを取ってやると、まずそう言った。

「そんな強がりが言えるところを見ると、怪我はなさそうね。いったいどうしたの？　何があったの？」

手を貸して立ち上がらせると、進也はズボンをはたいた。

「オレにもわけが分かんねえよ。あの酒屋のじいさんのところを出て、角を一つ折れたらいきなりドスン！」

みぞおちをなでながら、目をくりくりさせている。

「オレさ、かねがね、テレビドラマなんかで腹を殴られるとあっけなく倒れるのは嘘だ、嘘だと思ってたんだけど、あれ、ホントだね」

「そんなこと感心してる場合じゃないわよ」

「で、気がついたらここにいたわけか？」

ロープを調べながら所長が訊いた。進也はしきりと屈伸運動をしながら答えた。

「いいや。車のなかだった。ずっと目隠しされてね。だから、どこをどう走ってたのか、分かんなかったな」

「何をされたの？」

「べつにエッチなことされたわけじゃないけど、どうやらあれこれ探られたらしいぜ」

俺はまだ周囲をかぎ回っていたのだが、きっと足を止めた。

「探られた？」

「うん。ポケットがひっくりかえってるし、なけなしの財布もバイクの免許証もキーホルダーも、全部盗られた。この辺、案外と無法地帯なんだな」

「ほかになくなったものはあるかね？」

「ないね。プライドのほかは」

進也は河にむけて唾を吐いた。

「ちっきしょう、あったまにきたぜ。あいつらふんづかまえたらもう、ヒキチギッてやるからな」

それからふいと、不思議そうな顔になった。

「だけど、加代ちゃんも所長も、どうしてオレがここにいるって分かったのさ？」

「電話がかかってきたんだもの」

「電話ぁ？」進也は目を見開いた。「なんだよ、それじゃ……これ……」

加代ちゃんは所長を見た。「おびきだされたの、わたしたち?」

「うちへ戻ろう」所長が回れ右した。

「事務所、空っぽか?」車へ走りながら進也が大声を出した。

「空っぽならいいけど、糸子がいるかもしれないのよ!」

「なんのために犬っころ飼ってんだよ!」

俺だって分身の術がつかえるわけじゃない。だが、うかつだった!

蓮見事務所は明りが消えていた。つけて出てきたはずの門灯さえ消えていた。

表玄関に回った加代ちゃんは、自分でがっちりとかけてきた錠にはばまれた。裏手で進也が叫んだ。

「こっちだ! ドア、開いてる!」

進也が二段抜かしで階段をあがっていく。つづいて走り込んだ俺は、玄関に糸ちゃんの靴がきちんとそろえられているのに気がついた。所長と加代ちゃんは、手当たりしだいに明りをつけながら気が違ったように糸ちゃんを呼んだ。

「おね、おね、おねえちゃぁん」弱々しい声が答えた。

それをキャッチすると同時に、俺はすっとんで行った。そして、風呂場のそばの幅一間の物置の扉に、モップでしんばり棒がかってあるのを見た。追いついてきた加代ちゃんが扉を開けると、ビニールテープで手足を縛られた糸ちゃんが、ワックスの缶と古新聞の間で縮こまっていた。

2

物置から救出されたあと、うろたえたり安心したり泣きそうになったりしながら一度に話しかける父親と姉さんに、開口一番、糸ちゃんが放った言葉は、

「トイレ！」だった。

「おい、大丈夫か――」

前を素通りされた進也が額に手をあて、天を仰いだ。「あの分なら心配ねえや」

戻ってきた糸ちゃんは、確かに人心地ついたような顔をして、あらためて半ベソをかいた。

「すっごく怖かったんだから」

そうだろう、そうだろう。俺はそばに寄って、糸ちゃんの脛に鼻面をこすりつけた。

糸ちゃんの話では、家に帰り、ドアに鍵がかかっていたので、自分のキーで開け、台所まできて明りをつけたときに初めて、奥の暗い部屋で人の気配がすることに気がついたのだということ。

「鍵がしめてあったんだから、お父さんもおねえちゃんも出かけてるんだろうと思ってたの。門灯のほかは、うちも事務所も明りが消えてたし。だけど足音がするし、でね、なんだ二人ともうちにいるのかと思って、声をかけたの。そしたら……」

手首についたいましめの痕をなでる。

「何人だった?」加代ちゃんは訊いた。

「二人組よ。ストッキングをかぶってたから、人相はわかんなかった。あのね、あたし、一瞬だけど、笑っちゃったの。だって、昔の特撮映画に出てくるヘンテコな宇宙人みたいだったんだもん」

「で、物置に押し込められたわけ?」

「うん。騒ぐと殺すぞって。おとなしくしていれば手荒な真似はしないって。ほかにどうしようもないし、言われたとおりにした。そしたら、三十分ぐらいで出ていったみたいだった」

「いったい何が目的だったんだろうね」

加代ちゃんは、ひっくりかえったガラステーブルを用心深く元の位置に戻し、そこらじゅうにぶちまかれている棚やキャビネットの中味を踏みつけないように歩いて、糸ちゃんが避難している台所まで戻ってきた。

「ここへ引っ越して来たときのことを思い出させるながめじゃない?」

「わたしたち、引っ越しのとき、こんなに大混乱してはいなかったと思うわ」

蓮見一家が居間兼食堂として使っている八畳ほどの広さのこの部屋は、まさに、ありとあらゆるものがひっくりかえされ、かき出され、投げ出されていた。神棚のお札(ふだ)や注連縄(しめなわ)まで床に落ちている。

糸ちゃんがため息混じりに加代ちゃんに訊いた。

「子供のころ、あたしが大事にしてたリカちゃんハウス、覚えてる？　ちっちゃいキッチン用品や、ベッドサイドのスタンドまで揃っていたやつ」

「覚えてるわよ」

「あれを持ったまんま、あたし、階段のてっぺんから転げ落ちたことがあったでしょ」

「そういえば、そんなことがあったわね」加代ちゃんはうなずいた。

「あのときのリカちゃんも、今のあたしたちみたいな気分だったんでしょうね、きっと」糸ちゃんは神妙に言った。

　所長が階下の事務所からあがってきた。娘たちの顔を見回し、

「後片づけに、みんなで残業せにゃならんようだよ」と言った。

「現金は？」

「手付かずだ」

「じゃあ、やっぱりただの泥棒ではないのね」

　今度は、階上からおりてくる進也の足音がした。

「今夜は、どっかホテルにでも泊まらないとなんないぜ」

「そんなにひどいの？」

「カバーがズタズタで綿のはみ出した布団で寝てみたいなら、とめはしないけどさ」

「どこから入り込んだんだろう？」所長が辺りを見回し、床に落ちて電池が飛び出していた時計を拾いあげた。

「ここの廊下の突き当たりに明りとりの窓があるだろ？　あそこだね。ドロちゃん、ガラス切りを持ってきたんだな。鍵の横にお月さまみたいなまん丸の穴が開いてるぜ」

所長が廊下を引き返し、頭を振りながら戻ってきた。

「あそこにも格子をつけておくべきだった」

「誰にせよ、ドロちゃん、下見をしてから忍び込んだんだな」進也が言った。

「このうちのなかで、格子のついてない素通しのガラスの窓は、あそこだけだろ？　ちょっと窮屈だけど、人ひとり通り抜けられない大きさじゃないし」

「何を探していたのかしら」

「いずれにしろ、プロの仕事ではないようだね」所長が言った。

「そうかしら。それにしては、進也君を待ち伏せしたり、私たちを外へおびき出したり、手が込んでいるじゃない？」

「そこまではの話だ。これは家捜しに手慣れた人間のやることではないよ。パニックだ」

進也が糸ちゃんのほうにひらりと手を向けた。

「こちらのお嬢さんに覆面姿を笑われたんで、どたまにきちゃったんじゃないの？」

そのとき、どこかで鈍くベルが鳴り始めた。

四人がかりで、それが電話のベルであり、その電話の本体が所長の座っているクッションの山の下になっていることを突き止めるまで、四十秒ほどかかった。その間中、俺は一生懸命、「電話だよ、所長の下だってば！」と、吠えていた。まったく言葉が通じないのは不自由なものだ。

やっとこさ、受話器をつかんだのは加代ちゃんだった。みんなの顔を見回すと、

「ひょっとすると、こんなことをした連中かもしれないわよ」

そして、録音機とスピーカー・ホンのボタンを押してから、えいっと受話器をとった。

どこか聞き覚えのある声が、「蓮見さんですか?」と言った。

「私です。『ラ・シーナ』の椎名です」

「マスター?」加代ちゃんはあとの三人を振り返った。

「そこに進也はいますか?」

「はい、います」

「あいつに、今日どこかでスリにあわなかったか、訊いてくれませんか?」

もちろん、その質問はそばにいた進也にもちゃんと聞こえていた。彼は大声で答えた。

「人を車に押し込んでから財布を盗るのもスリの一種なら、あったぜ」

「やっぱりそうか」マスターの声が元気よくなった。「今さっき、うちの店にお前の鍵を使って忍び込んだ二人組を捕まえたんだ。で、一一〇番より先にお前の意見を聞こうと思ってね」

「足の二、三本へし折ってもいいから、そいつら絶対逃がさないでくださいよ!」

「承知した」

捕らえられた二人組は、「ラ・シーナ」の階上にある、マスターの住居のほうに忍び込も

うとして発見されたのだった。

一人は三十代半ば、もう一人はまだようやく二十歳ぐらいの若者である。二人とも、もし俳優だったとしても、とうてい押し込み強盗や誘拐犯の役など回ってきそうにないタイプの男だった。軽装だが、みすぼらしい身なりではない。若いほうは、胸元にブランド名の入ったポロシャツを着ていた。

そして、ひとひとりを縛りあげる手際も、マスターのほうがずっとよかった。二人の男は、足首をくくられたうえで床に正座させられ、手首のほうは頭の後ろでひとつに縛り付けられていた。この状態からでは、立ち上がることさえも困難だ。

再度、俺は思った。このマスター、ただものではない。

「警報装置?」加代ちゃんがびっくりしたような声をあげた。

「ここにそんなものが備え付けてあったんですか?」

マスターは照れくさそうな笑みを浮かべた。進也が笑った。

「ごあいさつだなぁ。まあ、そうだけどさ」

簡素と表現するか殺風景と言い捨てるか、価値観によって微妙に評価が分かれる。そんな部屋だ。生活に必要な家具以外の唯一のものといったら、店のカウンターの後ろにおいてあったものより少し大きめの飾り棚がひとつ。

ただし、そのなかは、色もカットもとりどりの美しい薩摩切子で満たされていた。

「こいつのせいなんです」マスターは飾り棚を振り返り、誇らしげに目を細めた。

「三年ほど前に一度、私がこの収集に凝っていることを聞きつけた連中が、ここに押し入りましてね」

「そうだろう、そうだろう」

飾り棚の前を行ったり来たりしながら、所長が感嘆した。

「こりゃ、個人のコレクションとしては相当のものでしょう。俗っぽい表現で申し訳ないが、この飾り棚の中味だけで、都心のマンションが買える」

「そこまでの値段はしませんよ。まあ、頭金ぐらいにはなるでしょうが」

マスターは頭の後ろをかいた。

「そのときも、泥棒が逃げ出すまえに私が見つけたんですが、悪いことに、ちょっとしたどたばた騒ぎになりまして。一番気に入っていた水差しを一つ、割ってしまったんです。幕末に島津藩で造られたもので、あれは本当に惜しかった。で、それ以来、警報装置を付けることにしたんです」

その警報装置のスイッチは、部屋に入るドアの脇にある「椎名」という小さな表札の下に、目立たないように付けられている。正規の鍵を使ってドアを開けても、事前にこのスイッチをオフにしておかないと、装置が作動するようになっているのだという。

「オレも、ここに居候してから、この仕組みに慣れるまでに半月かかっちゃったからね」

進也は鼻の下をこすりながら、姿勢を正して目だけきょろきょろさせている二人組のほうに、のんびりと近寄った。

「さてと」しゃがみ込んでのぞきこむと、男たちは目をそらしてうつむいた。

「オレにタックルしてくれちゃったのはどちらさんかな？」

「それより、目的を訊こう」

マスターの勧めてくれた椅子に腰を落ち着けて、所長が言った。

「こんなことをするような人たちには見えんがね。まず進也君本人、次に私らの家捜し、そしてこちらと、なかなか機動力のあることは認めるが」

「ホント。広島カープみたいなやつらだぜ」

二人の男は、ピンを抜いた手榴弾を投げあうように視線を交わしあった。

「身元は割れていますよ」

マスターが所長に、ひとまとめにした二人の所持品を手渡した。そのなかに運転免許証が一枚あった。

「上野敏夫（うえのとしお）、昭和二十四年五月十日生まれ」と、所長が一本調子に読みあげた。年長の男が首を縮めた。

おやおや。俺はあることを思い出した。警察にいたころ関わった、空き巣のベテランのことだ。腕のいいやつで、仕事のときはレンタカーを乗り回し、機動力にものをいわせて荒稼ぎをしていた。その彼が逮捕されることになったきっかけは、ある晩、ひと儲けした後で、まったく別の事件が原因でひかれていた検問で、免許証不携帯をとがめられたことだった。

そういうこともあるから、まあ、仕事（ヤマ）を踏むときは免許証を持って行ったほうがいいかもしれないのだが、今のような場合もあるわけだから、あまりお勧めできるノウハウではないようだ。

俺は、捕らえられている男二人の周りをかぎ回り、所長にむかってワンと吠え、耳を寝かせた。これは、俺が示す「こいつらに間違いない」のサインだ。彼らの匂いは、ひっくりかえった蓮見家のあちこちに残されていた遺留の匂いとピタリ、一致していたのだ。所長はいかめしくうなずいて、一同を見回した。

「どうやら、免許証も本物、あんたが上野さんであることも本当のようだね」

ポケットに手を突っ込み、進也は上野を見おろした。相手は黙っている。額に汗が浮き、髪が濡れて乱れている。ひどく疲れている様子だった。

「何の目的でこんな真似をしたのかね？」所長が訊いた。

目は二つ、耳も二つある。それと同じで、心も二つある。上野のなかで、彼の二つの心が綱引をしているのが、俺には見えるようだった。一つの心は全部白状してしまおうとし、もう一つのほうは、ここにいる全員を――それができるなら――殴り倒して裸足で逃げ出そうと彼を唆していた。

上野のなかの現実的な心が勝ち、彼は口を開いた。

「……テープを探しているんですよ」

「なんのテープだよ。紙テープか？　セロハンテープか？」

進也が早口にせっついた。笑みも消えている。加代ちゃんが彼のシャツの裾を引っ張り、目顔で制した。

「録音テープなんだ。山瀬浩が持っていた」

「何を録音したものだね？」

上野のなかで、またささいな引っ張りっこがあった。今度の勝負は素早くついた。

「私が彼に、松田学園の野球部にとって騒ぎになるような事件を起こしてくれと頼んだ、そのときのものですよ」

飾り棚にもたれていたマスターが、肘をはずしてガタンと姿勢を崩した。加代ちゃんたちもそうできる姿勢でいたなら同じようになっていただろう。

「それはつまり、五月二十日に起きたあの打者人形焼き捨て事件のことだな？」

所長の落ち着いた声が続けた。

「あの事件は、あんたたちが山瀬浩にやらせたものだったんだな？」

ここで、上野を抑えていたカセが完璧にはずれた。パ、チ、ン。彼は一気にぶちまけた。

「話を持っていったときには、あのガキがそんな小細工をするなんて考えてもみなかった。それなのに、事件を起こしたあとになって、私たちのやりとりをテープにとったと言ってきたんだ。今後のことを考えて、保険として手元に保管しておく、ときた。そういう意味では、私たちも山瀬浩を甘く見ていたんですよ」

たった十八歳だ。俺は考えた。そんな少年が、どうやったらそこまで暗い方向にねじ曲がることができたんだろう？

「その話が決まったのはいつごろのことだね?」所長が訊いた。

「二か月前ですよ。そのとき、約束した報酬の半分を、前金として払ったんだ。山瀬は約束どおり事件を起こした。ところが、その直後から居所が分からなくなって……テープをとったという電話も、どこからかかってきたか分からなかったんだ」

山瀬浩が「パレス中村」に移ったのが打者人形事件の直後だったことを、俺は思い出した。報酬を手にしたあと、彼は彼なりに身の安全を考えたのだ。

「だから、事件のあと、山瀬と諸岡君の間でどんなやり取りがあったのかは、私たちにも分からない。それは本当です。だが、結果として山瀬は諸岡君を殺し、自殺した。残ったのはテープだ。あれが世に出るようなことがあったら、私たちはもうおしまいだ。だからどうしても、どんなことをしてもテープを取り返さなければならなかったんだ」

しゃべり続ける顎が震えている。

「山瀬が自殺して、警察が彼の部屋に入ったことを知ったときには、そこでもうおしまいだと思った。しかし、いつまでたってもテープの件が報道されない。ひょっとしたら、警察も気づかないままになっているのかもしれない。だからまず、山瀬の部屋に忍び込んで調べたんだ。でもあそこにはテープはなかった。それで、警察の到着より先に山瀬の死体を発見した君が――」

進也のほうに頭を振り向ける。

「テープを持ち去ったのかもしれないと思ったんだ」

「なんでオレがそんなことをしなきゃならねえんだよ?」進也は両手を広げた。

「オレだって、山瀬の裏にあんたたちがいるなんて、まるで知らなかったんだぜ」

「しかし、可能性としては考えられたんだよ。真っ先に現場に踏み込んだのは君なんだからね。だから私たちは、ずっと君の動きを探って機会をうかがっていたんだよ」

「ちょっと待って」加代ちゃんが口をはさんだ。「それよりもまず、どうして山瀬君にあんな真似をさせたんです?」

答えたのは所長だった。

「松田学園に、夏の地区予選出場を辞退させるためだ」

上野は沈黙することで肯定した。所長が続けた。

「簡単なことだ。山瀬君は退部した元部員だろう? その彼が、もとのチームメイトたちとのあいだに根深い感情的なもつれを抱えていて、その結果、嫌がらせの事件を起こしたとなったら、学生野球憲章を掲げる高野連が松田学園の出場を許すわけがない。松田学園側としても、これまでの慣例から見て辞退を申し出ないでは済まされない」

「汚え真似しやがって——」

上野に飛びかかろうとした進也の襟首を、間一髪、マスターがむずと捕まえた。

「あんたたちは誰だね?」所長は静かに訊いた。

「おおよその見当はつく。しかし、こんな卑怯な真似をした疑いを、なんの関わりもないほかの高校にかけるわけにはいかない。ここで名前をあげるだけでも申し訳ない」

所長の怒声を、俺は久々に耳にした。加代ちゃんも糸ちゃんも、まばたきもせずに父親を見つめている。

「言いなさい。どこの高校の人間なんだね？」

俺のまえで、進也が拳骨を握ったり開いたりしている。マスターはその進也をひっとらえたまま動かない。

「言ってくれなければ、調べることになるわ。それだけ余計なさざ波をたてることになりますよ」

加代ちゃんの言葉で、上野のなかの何か最終的なブロックが欠けたようだった。

「……東都明星高です」

私立東都明星高校。ぼんやりと聞き覚えのある名前だった。加代ちゃんと糸ちゃんは顔を見あわせている。所長はマスターを見やった。

「私の乏しい知識と記憶に間違いがなければ、東東京代表を争う場合、松田学園にとっての最大のライバルになるはずの学校ではありませんかな」

マスターがうなずいた。「そうです。創立してから七年足らず、豊富な資金とスカウト選手で成り立っている、いわゆる新興の『スポーツ名門校』ですよ。だが、松田学園に阻まれて、まだ甲子園出場だけははたしていなかった」

「マスター」半分吊り上げられた格好のまま、進也が言った。俺は初めて、彼が震えているのを見た。

「今オレを離してくれなかったら、一生後悔することになるぜ」

マスターはびくともしなかった。

「こんな連中を殴ったところで、お前がこの先一生後悔するだけだ」

そのとき、誰もがあぜんとすることが起きた。きつい姿勢で縛り上げられたままだった若者のほうが、泣き出したのだ。

「彼は野球部の一期生だ」上野が床を見たまま言った。

「私がこの件にまき込んだ。責任はない。後輩を甲子園に行かせてやりたいという心情を察してやってください」

所長が、低く咳ばらいをした。そうやって、喉元までこみ上がってきた感情を床のうえの見えないところに吐き捨てた、というように。

「どうして山瀬君を選んだんだね？」

「私たちの情報網は、彼の存在を以前からキャッチしていたんですよ。何かの折には……利用できると考えていた。起こす事件はどんなものでもいい。打者人形を盗んで焼き捨てることは、彼の発案だった。よほど、諸岡君に恨みがあったんでしょうな」

「そのあと警察に自首する？」

「その計画でした。出来るだけ派手にマスコミがぶちあげてくれるようにね」

「脅迫状は？　あれも計画のうちだったのかね？」

「もちろんですよ。差出人が山瀬浩であることを明記して、諸岡克彦宛に出す。さあ、諸岡君はどうするだろう？　彼だって、こんな真相が明らかになれば、三年生の、最後の甲子園出場のチャンスがふいになることぐらいわかるはずだ。脅迫状など握り潰してしまうだろう。そこへ、浩が自首するか、あるいはそれより先に警察が彼を見つけだし、その場で犯行を認めるという段取りになる。どちらでも、結果は同じことです」

「山瀬君は、本当にそんなことを承知したんですか？」

加代ちゃんが一歩踏み出して訊いた。上野は何度もうなずく。

「しましたよ。大いに乗気だった。彼自身は大して罪にならないし、もちろん名前も出ない。未成年ですからね。しかし、松田学園と諸岡克彦はそうはいかないでしょう。彼らは、地区予選も勝ち抜かないうちから甲子園での優勝候補と騒がれていた。それなのに、その地区予選にも出場できない羽目になる」

「マスター！」進也がもがいて床を蹴った。

「駄目だ」

突然、上野はどこか面白がっているような顔になった。進也に向けた視線に、いやらしい喜びが混じっている。とっておきの笑い話を一番効果的にするために、自分は懸命に笑いを堪えている――

「私たちは、山瀬浩のほかに、一度は君に白羽の矢を立てたこともあったんだよ」

進也は目を見開いた。

「何だって？」

「私たちは、松田学園を蹴落す材料を探して、探して、探し抜いた」

上野はニヤリとした。

「その材料のなかに君の名前もあったということですよ、諸岡進也君。君の行動を詳しく調べさせてもらったんだ。だから、この店のことも以前から知っていたんだ」

進也に向けて指を振ってみせる。汚い爪だった。

「諸岡進也とはどういう少年か？　スター選手の兄さんをやっかんで家出を繰り返しているひねくれた弟だ。そういう存在なら、ほうっておいても何か事件を起こすかもしれない。あるいは、兄さんを窮地に追い込むような計画に喜んで手を貸すかもしれな――」

上野が言い終えないうちに、マスターが手を離した。

けれども、進也は上野を殴らなかった。ただ、酔っ払いから加代ちゃんを助けてくれたあのときよりも、「アダム」での大たちまわりのときよりも、息を切らし、顔色を変え、わずかに前屈みになった肩が大きく上下している。

「出ていけ」

少年は低く言った。

「しかし、テープが――」

「そんなもん、どこにあってもかまわない。誰が持ってても知るもんか。山瀬のやつが自殺する前に処分したのかもしれない。どうでもいい。ただ、オレは持っていないし、たとえ持っていたとしてもそれをどうこうしようなんて気はない」

「本当か?」上野の目が晴れた。「本当に——」

「あんたの野球部員たちは何も知らないんだろう?」

所長が割ってはいった。上野はけいれんでも起こしたかのようにかぶりを振った。

「もちろんだ、彼らは何も知らない。何の関係もない。全て私たちだけの一存でしたことだ。お願いだから、うちの野球部員たちを巻き込むような真似だけはしないでくれ。あんたたちだって、それがどんなに残酷なことか分かるだろう?」

昔、俺が一本立ちの警察犬になりたてのころ、新宿のラブホテルで十六歳の家出少女が殺され、その捜査をしているうちに、悪質な組織売春の事件につきあたったことがあった。逮捕された組織のボスは、未成年の少女を八人、タコ部屋同様の場所に閉じ込めて客を取らせていながら、二十歳と十八歳の娘を育てている父親でもあった。

逮捕とほぼ同時に彼は離婚し、娘たちの姓を母親の旧姓に戻すと一切の連絡を絶った。

「私の大事な娘たち」取り調べ室でも、法廷でも彼はそう表現した。

「私の大事な娘たちには知らせないでくれ。何の関係もない」

そのとおりだ。親の罪に子供を連座させることは暴力に等しい。だが、そうでありながらも俺は、アメリカに留学している彼の長女や、免許取得と同時に左ハンドルの車を買い与えられた次女が、彼女たちにそういう満足を与えてやるために父親が稼いだ金が、彼女たちと同じ年ごろの娘たちの、文字どおりの血と汗から搾り取られたものであることを知ったら、何を思い、何をするか、どうしても知りたいと思ったものだった。

上野の顔は、そのときのボスの顔と同じだった。所長の厳しい声が遠く聞こえた。

「それなら、さっさと学校に戻ることだ。そして、部員たちの顔をまともに見られるかどうか、自分の良心にきいてみるんだな。テープのことなど、忘れるといい」

俺と加代ちゃんは、車を停めておいた場所で、進也を見つけた。

上野たちより先に、進也がドアを蹴り飛ばすように開けて出て行った。

「帰りましょう」加代ちゃんが声をかけた。

進也はボンネットにもたれかかり、じっとアスファルトに目を落していた。頭上では、さんざめくネオンが騒々しい。並んで車に寄りかかると、加代ちゃんの白いブラウスにもネオンが照り返した。

「ここにいると、蛍光ペンになったみたいな気がするわ」

ブルー。ピンク。一度消えて、またピンクに戻る。そのパターンを繰り返しながら、進也の頬にネオンが映る。

動きもしなければ、言葉もない。

「――哀れんであげてね」

爪先を見つめながら、加代ちゃんは小さく言った。

「あんなことをした人を哀れむのには、時間がかかると思うわ。だけど、そうしてあげられるように、考えてみて。進也君にならできると思うから」

何か返事があったようだが、聞き取れなかった。

通りがかりの酔っ払いが、二人のまえを過ぎるとき、ちょっと足取りをゆるめ、ためらってから、小さな声で歌をうたいながら通りすぎた。

「全部ぶちまけて、ばらしてやりたいよ」

酔っ払いの歌声が消えてから、進也が言った。

「それでもいいよ、そうしたいなら」加代ちゃんは答えた。

「お父さん……じゃなくて所長だわ、あの運転免許証を取り上げておいたから、それとわたしたちの話とで、証拠は十分だもの。問題のテープが出てこなくてもね」

「テープ、か」進也は空を仰いだ。「どうして出てこないんだろう」

ネオンのパターンがまた一巡りするまで、加代ちゃんは待った。それから言った。

「それよりもっと不思議なことがあると思わない？」

そうなんだ。俺もさっきから、上野の話の途中から、それが気になって気になって——

「なんだよ」その表情で、進也がまだ気づいていないことが分かる。

「山瀬君、遺書を残して死んでいった。事実を告白した遺書を。そんなことをすれば松田学園が地区予選の出場を辞退することになることは、充分わかっていたはずなのに」

加代ちゃんは車から離れ、しゃんと背中を伸ばした。

「じゃあどうして、自分が上野たちに雇われていたことは書き残さなかったのかしら」

その問いの意味を理解するまで、進也の表情が空白になった。やがて、電源を入れられたコンピューターのシステムがたち上がるように、目が、手が、身体全体が動きを取り戻した。

「考えられることは一つ」加代ちゃんはゆっくりと言った。「あの遺書を書いたのは山瀬君じゃなかったってこと。言いかえれば――」

「山瀬は殺されたのかもしれないってことだ」

進也は身体を起こした。真っ赤なネオンが顔を照らした。

「そして、兄貴を殺した本当の犯人が別にいるのかもしれないってことだ」

3

翌朝早く、所長が諸岡氏に連絡をとり、加代ちゃんと二人、諸岡家を訪ねることになった。もちろん、俺もお供する。

「どうしても、おやじとおふくろに話すのかよ？」進也は頰をふくらませている。昨夜はほとんど眠っていないので、まぶたが少し、はれていた。

「当然よ。克彦君は、何もないところからあなたのお兄さんとしてだけ生まれてきたんじゃないんだから」

所長が、少年の肩をポンと叩いた。

「さあ、ご帰還だ」

インタホンに応えてドアを開けたのは、諸岡氏本人だった。告別式の日と同じ、朝から冷たい雨の降る梅雨寒むの日ではあったが、それにしても、氏はセーターを着込んでいる。加代ちゃんが気遣わしそうな顔になった。

「体調を崩してしまいまして」

加代ちゃんの表情に気づいたのか、諸岡氏はそう言った。そして、後ろに控えている俺に目をとめて、眉を上げた。

「うちの一員なんです。いつもどこに行くにも一緒なものですから、今日もついてきたんですが、外で待たせておきますので」加代ちゃんが言った。俺も残念だったが、そのつもりでいた。盛り場に聞き込みに来たのとは違うのだから、仕方ない。

ところが、諸岡氏は言った。

「かまいません。遠慮せずに、連れてきてください。どうぞ」

足拭きマットの方を指す。俺は心得て、そのうえに上がった。

「克彦も犬が好きでした」

諸岡氏は俺の首を撫でた。一度は飼犬をもったことのある人間の撫で方だった。

「奥様はいかがですか」加代ちゃんが訊いた。

家のなかに、女性の空気が感じられないのだ。台所は清潔になっているが、それは、きちんと片付けている、というものではなく、ちょうどモデルルームのそれのように、誰も手を触れていないので汚れない、というように見えた。シンクのそばの食器用水切りは、カラカラに乾燥している。

「事情があって、しばらく家を離れています」

ドアを閉めていた進也が、驚いて顔を上げた。

「おふくろが？」

「ああ、そうだ」父親はうなずいた。「あとで、一緒に会いに行こう」

数瞬のあと、ためらいがちに言い直した。

「いや……会いに行ってやってくれるか」

どうしておまえが死ななかったのよ！　俺の耳の底に、諸岡夫人の叫びがまた聞こえた。

進也は黙っていた。父親を追い越し、廊下を歩いていく。

加代ちゃんたちが通されたのは、東向きに大きな窓のある部屋で、居間として使われているのだろう、蓮見事務所よりはるかに立派な応接セットがあった。

窓際のテーブルに、空っぽの花瓶が置き去りにされている。枯れた花びらが二、三枚、死んだ虫のような形になって、カーペットと花瓶の隣にある電話機の上にも落ちていた。蓮見事務所と同じように、びっしりと書かれた短縮番号のリストが壁に貼られている。

天気がよく、カーテンが開けてあったなら、まぶしすぎるほど陽当たりのいい部屋だろう。ソファに落ち着き、ちょっと身体を傾けると、克彦のこれまでの記録と記念品を収めたあの飾り棚が見える。出すぎず、控えすぎず、ちょうどいい距離で、来客は諸岡家の自慢の息子を知ることになっていたのだ。

以前は。

その飾り棚は、今では空っぽになっていた。そのかわりに、部屋の反対の端に克彦の遺影と遺骨がある。

居間に入ってきた進也がその前で足をとめるのを、兄の遺影をじっと見つめているのを、加代ちゃんが見ていた。俺もそのそばで、進也がどうするかじっと見ていた。

ほんのちょっと、右手が動き、所長と加代ちゃんの手向けた線香のほうに行きかけて、とまった。そのまま、進也は手を合わせることもせず、蓮見父娘と諸岡氏を等分に見渡せる位置にやってくると、ソファの肘掛けに腰かけた。

事態を説明することは、所長が一人で引き受けた。昨夜からの出来事を話して聞かせる間、諸岡氏はなにも質問しなかった。目を開いたまま寝ているのではないかと思うような放心ぶりだった。

諸岡夫妻は、克彦を要（かなめ）にしたジグソーパズルだったのだ。要が失われてしまった今、残された破片だけでは何の絵も描き出すことができずにいる。床に落ちて散らばった自分自身に、手をつかねてぼう然と座っている。

「どう、なさりたいですかな」

しめくくりに、少し言葉を強めて所長が訊いた。

先に口を出したのは進也のほうだった。

「どうもこうもないよ！　さっきから聞いてりゃ、くどくどくどくどおんなじことをさ」

「静かにしていなさい。私が聞きたいのは、君のお父さんの意見だ」

所長は進也に目をやらず、じっと諸岡氏を見つめていた。

膝のうえにそろえられていた氏の両手が、見えないものをつかもうとしたかのように、ふっと動いた。諸岡氏は何度かまばたきし、やっとまっすぐに所長に向き合った。

「まったく……思いもかけないことでした。山瀬君が、頼まれてあんなことをしたのだとは……」

それでまた、黙り込む。誰も口をはさまず、諸岡氏のために待っていた。

「克彦と山瀬君を殺した本当の犯人が別にいる……そうおっしゃるのですね」

「そうです」所長は大きく顎をうなずかせた。

「山瀬君は明星高校の人間に雇われて、打者人形の事件を起こしたんです。しかし、遺書のなかにはそれを書いていなかった。あの遺書はでたらめで、山瀬君を殺した誰かが、その罪を山瀬君になすりつけるためにでっちあげたものだ、という疑いが大きいのですよ」

「そのテープというのは、本当に存在するんでしょうか。警察は発見していないのですか」

「発見していません。テープがどこにあるにしろ、このことを知っているのは我々だけです」

ひょっとしたら、テープは最初からなかったのかもしれないと、俺は思っている。山瀬浩は嘘をついて予防線を張ったんじゃなかったのか。

ゆうべ、加代ちゃんは宮本刑事に連絡をとって、目的を悟られないように注意しながら、その辺のことを聞き出してみた。このことについて、警察は何もつかんでいない。宮本刑事の話は、浩の寂しい告別式のことばかりだった。克彦と違って、浩の棺には野球用具は入れられなかった。浩の母親は、たったひとつ、克彦と同じチームにいたころ使っていたグラブだけは、浩が大切にとっていたはずだというが、結局それも見つからなかったのだそうだ。

「どうなさりたいですか」所長はもう一度尋ねた。

「私たちは、お話ししたとおり、明星高校でこの件を画策した人間の身元を押えています。それと、私たちの話をそっくり警察に持っていけば、すぐにも克彦君の事件は最初から捜査しなおされることになるでしょう」

進也が何か吐き捨てるように言って席を立った。「冗談じゃねえ」と言ったように、俺の耳には聞こえた。

「しかしそうすれば、このことについて何も知らなかった明星高校の野球部員たちを巻き込むことになってしまう。警察は、必要なら事実を伏せることもしてはくれるでしょう。しかし、いったん彼らが克彦君の事件の再捜査に乗り出したなら、マスコミがほうっておくはずがない。山瀬君の書いた脅迫状さえすっぱ抜かれたほどです。再捜査のきっかけをつくったことが何であるか突き止め、必ず明星高校の名前を探り出すでしょう」

私は、できることなら、それを避けたいのです。所長の言葉に熱が入った。

「山瀬君を雇った連中のしたことは、いわば、外野席の応援団の勝手な暴走でした。その責任を、何も知らない子供たちに負わせるわけにはいかない。ひるがえって、松田学園のことを考えてみてください。克彦君が殺され、その犯人が山瀬君であるとわかったとき、チームメイトたちは何を思ったでしょうか。全てを仕方ないことだと、簡単にあきらめてしまったでしょうか。そうとは思えません。彼らは、本来なら、悲運な死に方をした克彦君の分まで頑張りたかったにちがいない。それを『不祥事』の一言で片付けてしまう。それは単に、地区大会に出場するか否かの問題ではない。あの子たちは、この先一生、間違った『連帯責任』の意味をしょっていくことになるんです」

　ひと呼吸おいて、所長は静かな口調を取り戻した。

「明星高校の野球部員たちには、そんな理不尽な理屈を知ってほしくないのです。彼らには何の責任もない。彼らはいつも公平に戦い、公平に敗れてきた。今回も公平に克彦君と戦うつもりでいたと、私は思います。プレイする子供たちには、外野席で応酬されているいかさまやはかりごとなど、一切関係ないのです」

「それは、私にもよくわかります」

　諸岡氏がゆっくりと口を開いた。小さな声だった。

「よく……わかります。私も、できることなら、克彦のチームメイトたちを地区大会に出してやりたかった」

　涙を含んだ目が、また二、三度まばたいた。

「そういうことができないのかどうか、私から連盟にお願いすればなんとかなるのではないかと、ずいぶん働きかけてみたんですが、駄目でした」

　所長が身を乗り出した。

「それと同じ思いやりを、明星高校のナインたちにもかけてあげてくださいませんか。この件を警察に渡すか、渡さないかを決める権限は、私どもにはないのです」

「だけどさ――」

抗議しかける進也に、所長はかまわなかった。目は諸岡氏だけを見ていた。

「私どもは公共機関ではありません。この件については、誰に依頼を受けているわけでもありません。普通でしたら、こちらをお訪ねすることもなく、まっすぐ警察に行って、我々の知り得た事実を知らせ、手にした情報を全て渡さなければならない義務があるのです。だからこそ、こうしてお願いにあがりました」

所長は頭をさげた。

「我々に、この事件の再調査を依頼していただきたいのです」

「お願いします」加代ちゃんも言葉を添えた。

「どんなことをしても、克彦君を殺した本当の犯人を、わたしたちの手で探し出してみせますから」

長い間があいた。

加代ちゃんと所長は、判決を待つように背を伸ばしていた。諸岡氏は自分の手を見つめている。窓際に立つ進也は、カーテンの隙間から外に目をやっていた。ぎゅっとくちびるを噛みしめた横顔が白々と見えた。

諸岡氏は顔を上げると、その進也に呼びかけた。

「なあ、進也」

少年ははっとして父親を振り返った。諸岡氏の顔が、グラスのなかの角氷が溶けるように、ゆっくりと和らいだ。

「さっきからお前がそんなふうにイライラしているのは、蓮見さんたちが、この話をわざわざ私のところに持ってきたからかね？　私なんかには黙っていて、一時でも早く真犯人探しに取りかかればいいのに、何をぐずぐずしてるんだと、そういうことだろう？」

もちろんそのとおりで、昨夜からずっと、蓮見家の面々は、荒馬にはみを嚙ませるようにしてこの暴走しがちな少年をなだめてきたのだった。

「いつもそんなふうに、短気をおこしてばかりではいけないよ……世の中には、通さなければならない筋というものがあるのだからね」

優しい声だった。

「お前と克彦は——」

遺影に目をやると、また進也を見る。それは、何を言っていいか分からないからではなく、どう言うべきか分からないからだと、俺には思えた。

「仲が、良かったんだな」

口に出されたのは、そんな平易な言葉だった。じっと見つめ返す進也に、もう一度つぶやいた。

「本当に、仲が良かったんだな」

ため息のような笑い声をもらして、諸岡氏は目を伏せた。

「克彦はお前に、山瀬君を探し出してくれるように頼んでいたんだってな。知らなかったよ。克彦がそんなことを頼めるのは、お前だけだったんだな」

「急にどうしたんだよ」

　家に戻って初めて、進也がかすかに笑みを見せた。

「何でもないんだ」諸岡氏も笑みを返した。

「ただな……お前たち二人が、父さんも母さんもいないところでだけ、やっと、安心して兄弟でいられたんだと思うと、恥ずかしくなるんだよ。そのことで、お前たちにどれほど負担をかけてきたんだろうね」

　進也は返事をしなかったし、諸岡氏も答えを求めてはいなかった。答えなどなくてもいい質問だった。

「私は、克彦の事件の再調査を、蓮見さんにお願いしようと思う」諸岡氏は進也に向かって言った。

「但し、それには条件がある」

　その言葉のほうは、蓮見父娘に向けてのものだった。

「なんでしょうか」所長が訊いた。

「進也に、その調査を手伝わせてやってほしいのです。最後の最後まで」

「オレは始めっから、一人でだって犯人探しをするつもりだったよ」

気負い込む進也に、父親は静かに首を振ってみせた。

「調査というのは、そう簡単に素人の手に負えることではないと思うよ。いかがですか、蓮見さん」

ややあって、所長が、少し笑みを含んだ声で答えた。

「私たちも、諸岡さんさえ承知してくださるなら、最初からそのつもりでおりました」

「二つの殺人事件は、それが起きたのと同じ順番で考えていくべきだと思います」

説明役は、加代ちゃんが引き受けた。昨夜、進也を引き止めておきつつ考え続けた仮説が、頭のなかにはっきりと固まっているのだ。

「それに、克彦君がなぜ殺されたのか、その理由は、まだ分かりませんが、彼を殺した犯人が——単数であれ、複数であれ——亡くなるまえの克彦君と山瀬君を囲む状況をよく知っていたことは間違いないと思います」

「つまり、山瀬から脅迫状が来ていたことや、打者人形の事件の犯人が山瀬だったことを知っていて、やつに罪をなすりつけようとしたからだろ？」

「そうすると、身近な人間——ですか」

「過去にそうであった人物でもいい」所長が言った。「諸岡さんに思い当たる人物はいませんか」

諸岡氏が黙って眉を寄せている間、加代ちゃんは進也に訊いた。

「ゆうべから何度も同じことを訊いているけれど、進也君には思い当たる人はいない？」

進也はため息した。

「いたら、とっくにしゃべってるよ。オレに心当たりがあったのは山瀬だけ」

「ごめんなさいね。ふっと思い出したかな、と思ったの」

「あるいは、克彦君の言動に日ごろとちがうところはありませんでしたか？　めずらしい人物が訪ねてきたとか、ご両親の知らない友人から連絡があったとか――」

「ちくしょう、じれったいな」進也は平手で膝を叩いた。

「オレがもっと早くに山瀬の居所を探し当ててさえいれば、こんなことにならなくてすんだんだ。兄貴だって今ごろ元気で……」

「そんなことを考えるのはもうよしなさい」

所長が必要以上にきつく言い、ちらと諸岡氏を見やった。氏はまだじっと考え込んでいたが、やがて、ふっと姿勢を正した。

「そういえば、妙なことがありました。事件にまぎれてすっかり忘れていたんですが、亡くなる二日前のことです」あとの三人の顔を見渡すと、慎重な口ぶりで続けた。

「克彦から電話がかかってきたことがありました。そのときに、『宗田』という名前が出たんです」

「どういう話だったんですか？」

「電話してくること自体は、以前から時々あることでした。合宿にいる克彦あてには、たくさんの手紙をいただきます。大部分は好意的なものばかりですが、中には……その、敵意があるというか、嫌がらせめいたものもあるのです」

「それこそ、次の大会で〇〇高校に勝ったら承知しないぞ、とか？」

加代ちゃんの言葉に、諸岡氏はうなずいた。

「そうです。そういう、特に穏やかでない手紙が来たときなど、克彦は私たちに連絡してきたんです。私たちのほうにも、そんな嫌がらせがあって驚いていないか、心配だったんでしょう」

「山瀬の件が出てくるまでは、オレにはそんなこと、一言も言わなかった」進也がびっくりしたように言った。

「お前にも心配をかけたくなかったんだろうよ」

「それで？　その『宗田』というのは？」所長が促した。

「はい……あのときの克彦は、『宗田という人から何か言ってこなかったか』と訊いてきたんです」

「宗田……ね。ご存知の人物ですか？」

諸岡氏はかぶりを振った。

「そのときは気がつきませんでした。すると克彦は、『宗田淳一と名乗っている人だよ』と言いました」

その一言に進也が文字どおり飛び上がり、俺たちを驚かせた。

「父さん、それ——」

「そうなんだ、私も、名前まで聞いてやっと分かったんだよ」

諸岡氏の顔はこわばっていた。

「それで、思わず笑ってしまったんだ。克彦に、どうしたんだいと尋ねた。すると、いや、何もなければいいんだ、ただ、そう名乗っている人が、今日学校に訪ねてきたもんだから、と。私は最初、克彦が悪い冗談でも言っているのかと思ってしまいました」

「どうしてです？　宗田淳一ってどんな人なんですか」

「そのとき克彦が話したところでは、三十代の男で、今時めずらしい長髪で、右の眉毛の下によく目立つ傷跡があったそうです」

加代ちゃんは急いでメモをとった。所長が訊いた。

「それはその『宗田と名乗っている』と克彦君が話した人物の人相ですな。教えてください。どうして、『宗田淳一と名乗っている人物』とおっしゃるんですか？　『宗田淳一という人物』ではなしに」

諸岡氏はくちびるを湿した。

「本当の宗田淳一君なら、克彦と同い年のはずだからですよ。克彦が昔、まだ地元の野球チームにいたころに、一番仲の良かった友達なんです」

「今、どこに？」

その質問には進也が答えた。真顔だった。

「探すのはたいへんだぜ。五年前に死んでるんだからね」

4

「沢田（さわだ）メンタル・クリニック」は、北の丸公園に近い静かなビルの三階にあった。待合室の窓からは、小雨に煙る千鳥ケ淵（ちどりがふち）を見おろすことができる。

もちろん、俺は建物のなかに入ることはできない。駐車場の車のなかで小一時間、雨足をながめながら、加代ちゃんと、進也と、諸岡氏が戻ってくるのを待っていた。

そこであったことは、後で、加代ちゃんが所長と糸ちゃんに話しているのを聞いて知った。その話をするとき、加代ちゃんは途中でちょっとつまり、目をうるませていた……

諸岡夫人は個室を与えられていた。真新しいネームプレートに、端正な筆跡で「諸岡久子（ひさこ）」と書かれている。

進也はまじまじとそのネームプレートを見つめていた。そのまま、怒っているような声を出した。

「いつから入院してるんだよ」

「一昨日からだ」

諸岡氏が答えた。着替えをつめた小さな紙袋を右手にさげている。

見舞いにではなく、入院している家族を世話するために病院に通う人の姿は、一様に、少し小さく見えるものだ。肩にかかる責任と疲労がそうさせるのかもしれない。

母を亡くしたときから、加代子は、この世で一番悲しいものの一つに、病気の妻を病室に訪ねる男性の姿を数えるようになった。その手に荷物があると、もっと悲しい。

「以前から、様子はおかしかったんだよ」

「兄貴が死んでから?」

諸岡氏はうなずいた。

「私がいつも一緒にいられればいいんだが、これからはそうもいかない。ここは、以前にも母さんが薬をもらっていたところだし、事情も分かっている。気心も知れている。安心して預けられると思ったんだ。母さんが、自分で自分を傷つけるような真似をしては、いけないからね」

「そんな真似、したのかい?」

進也は、誰かに針で突かれたかのような顔をした。諸岡氏はかぶりをふり——

「お前には、嘘は通じないな」と言った。

ノックには返事がなかった。

加代子は気が重かった。本当なら、車で待っていたかった。ここまで立ち入ってはいけないと思った。それでも、諸岡氏がぜひ会ってやってくれと言って、譲らなかったのだ。

ドアを開けると、空っぽのベッドの向こうに、スツールに腰をおろした諸岡夫人の背中が見えた。

「今日は気分が良いのかね」

諸岡氏が声をかけると、夫人はゆっくりとした動作でこちらを向いた。ねぼけた子供のような、無邪気で無防備な表情をしている。

「今日も雨だ。よく降るね」

「梅雨ですから」

夫人は言った。声にも張りがない。全ての動作が、壁でワンバウンドしてからこちらに届く、という感じだった。その壁が、夫人が自分で張り巡らせたものなのか、それとも薬のせいなのか、加代子にはよく分からなかった。

「今日は進也が来てくれたよ。いろいろお世話になっている、蓮見さんのお嬢さんも一緒だ」

諸岡氏が夫人のほうにかがみこみ、そっと肩を抱いて、向きを変えさせた。

「それはそれは……」

夫人は微笑んで、加代子に頭を下げた。加代子も同じように挨拶を返した。夢のなかのようなもどかしい感じがするのは、半ば焦点を失っている夫人の瞳のせいかもしれなかった。

病室に入ってからずっと、進也は両腕を身体の脇に垂らしたまま、黙って突っ立っていた。

母親の目がこちらを見ると、そのままで、はっと小さく息を吸い込んだ。

「母さん」

今まで聞いたことのない、抑えた声だった。

「具合が悪かったんだってね。知らなくて、ごめん」

夫人はじっと、進也をながめていた。加代子はどうしてか、胸がどきどきしてきた。

「気にしないでよかったのに」

やがて、抑揚のない、ぬるま湯のような声が、そう答えた。

「……少しやせたようね」

夫人は立ち上がろうとした。同意を求めるように、自分を支えている夫の顔を見あげる。

「そんなこと、ないよ」

進也が答え、諸岡氏が夫人の肩を軽く叩いた。

「心配ないさ。それより、進也こそお前のことを心配しているんだよ。早く良くなって、うちに帰れるようにならないとな」

夫人は何も聞いていないように見えた。ゆるゆると首を横に振ると、じっと進也に視線をあてたまま、こちらに足を踏み出した。

「心配ですよ。だって……」

ベッドの裾をまわり、緩い足取りで近づいてくる。スリッパが床を踏むたびに、軽い音がした。

進也のそばまで来ると、手を伸ばしてその頬にふれた。

「顎がこけたわ。肩だって……少し細くなったみたいだし」

夫人のやせた白い手が、進也の肩を優しくなでた。案じ顔で、目をのぞきこむ。そうやって、ためつすがめつ子供の健康状態を確かめようとする母親に、進也はされるままになっていた。

小柄な人だ。頭が進也の顎のところまでしかない。その小さな身体が、母親で満たされていた。

加代子はふと、どんどん身長が伸びてゆく二人の息子たちのために、この人が制服のズボンや上着の袖丈を直しているところを思い浮かべた。また短くなっちゃったのねえ。五センチ足せばいいかしら。ちょっとはいてごらん——いやねえ、こんなところが擦り切れて——

「練習がきついの?」

不意に、おっとりした口調はそのままで、夫人が言った。

諸岡氏も、加代子も、言うべき言葉が見つからなかった。進也も黙っていた。夫人は繰り返した。

「母さん、心配なのよ。お前にはめったに会えないんだもの。もう少し頻繁に帰れるようになるといいのにねえ」

諸岡氏が、何か言いかけた。口の端が震えていた。

母親の肩越しに、進也はごく小さくかぶりを振って、父親を制した。夫人はまだ、悲しげな、雌鹿のような瞳で進也を見ていた。

「なんにも心配しなくていいよ、母さん」

進也が小さく言った。

「いつだってそう言うけれど……。克彦、おまえはね、本当は、あんまり丈夫じゃないんだから――」

言葉の残りがぼやけ、涙があふれた。血の気のない頬に、涙がいく筋もあとをひいて流れ落ちる。

「大丈夫だよ、母さん」

進也は母親の小さな身体を抱きかかえた。そうして静かにゆすぶってやりながら、小声で歌をうたうようにつぶやいた。

「何にも心配することなんかないよ。大丈夫。大丈夫だからね……」


病室を出ると、進也はまっすぐエレベータに向かった。

諸岡氏は、長いこと、廊下の窓から外を見つめていた。雨は間断なく降り続け、窓ガラスに微細な粒となって散り、流れ、一つになって、夫人の涙のように転がり落ちる。

「あれには、まえまえから、神経の細いところがあったんです」

背中を向けたまま、低い声でそう言った。

「克彦が野球で注目されるようになってからは、特にそうでした」

「あんなに活躍していたのに」

加代子の問いに、諸岡氏はわずかに頭をかしげた。

「そうですね……私も、最初は不思議でならなかった。甲子園のような大きな大会に限らず、試合が近づくと、あれは夜も寝つきが悪くなるし、電話がかかってくるとビクビクするんです」

「そんなときに、こちらで？」

諸岡氏はうなずいた。

「軽い精神安定剤や、睡眠薬を出してもらって、でも飲むわけじゃないんですよ。それで少しは安心したような気持になれるんです」

「はい。わかります」

深いため息が聞こえた。

「それでも、克彦が活躍してくれるようになってからこっち、久子が本当に安心したことなど、一度もなかったかもしれません。克彦が新聞で取り上げられたりすると、まず私にそれを読ませて、どんなことが書いてあったか尋ねるんです。克彦は幸せなことに、名前が知られるようになってから酷評されたことはありませんでした。それでも、何か悪いことが書いてあるんじゃないかと思うと、怖くて読めなかったんでしょう」

外側から見た、将来を嘱望される甲子園の星の母親としての諸岡夫人は、いつでも、どんなときでも輝いていた。夫人の楽しげな、誇らしげな微笑の後ろには、それを自分で支えるだけの力のない、臆病な顔が隠れていたのだ。

「久子にとっては、克彦は思いがけない贈物のような子供だったんです」諸岡氏はつぶやいた。

「あれは本当に――おとなしいだけの女です。私の知っている久子は、いつも誰かの袖をつかんでいないと不安でいられない女でした。母親になって、子供を守る立場に立ったときも、それはあまり変わらなかった。克彦が転んで頭にこぶをこさえた。進也がちょっと熱を出した。あれはおろおろして、私の仕事先にも電話をかけてくる。医者に走るときには、子供より久子のほうが泣いていたりしたものです」

だから――加代子は考えた。克彦も進也も、成長して、今後は彼らのほうこそが、母親を守ってやらなければならないということに気がついたのではないか。

克彦は、母親にとって、母としての大きな拠りどころになる子供だった。誇りに思える子供だった。けれど、新聞記事一つにも怯えてしまう彼女を支えきってやることは、自分も成長途上の克彦にとって、決してやさしい仕事ではなかったはずだ。

思いがけない贈物をもらった母親は、それが壊れないか、傷つかないか、手のなかから逃げていかないか、始終怯えている。その怯えを消してやれるのは、贈物である克彦だけなのだ。諸岡氏にも、進也にもそれはできなかった。

進也は、そんな兄の負っている――負わざるをえなくなってしまった責任を、敏感に感じとっていたのかもしれない。だから、克彦が余計な気をつかわずにすむように、一歩も二歩も離れたところに自分のポジションを決めたのだ。

それは、あの子が強情だから。優しいから。そして何よりも、それだけ克彦を好いていたからだと、加代子は思う。

「面倒くさかっただけだって」

尋ねれば、そんなふうに答えるに決まっているけれど。

「私と久子は、息子たちにおぶさってきたようなものです」

諸岡氏が言った。

「克彦に頼り、進也に甘えてきたんです」

絶え間なく、雨が窓を打つ。

「見つけてください」

振り返らず、加代子を見ずに、諸岡氏は言った。氏の両手は、関節が白く浮き出るほど力を込めて、窓枠をつかんでいた。

「どうか、見つけてください。私たちにこんな仕打ちをした人間を見つけてください。どんなことをしても。どうか、見つけてください」


最初に戻ってきたのは、進也だった。窓から顔を出した俺は、その手で頭を撫でられて、びっくりした。そのまま、車のなかにも入らず、雨の向こうを透かすような目をして突っ立っている。雨に濡れて前髪が額に張りついている。

「風邪、ひくわよ」

五分ほどして戻ってきた加代ちゃんは、すぐにそう言って、ドアを開けた。進也はひじで顔をぬぐった。

「さあ、始めましょう。どこからかかったらいいと思う?」

深呼吸を一つし、加代ちゃんは言った。ハンドルをしっかりと握る。

「まず、松田学園から」

進也が答えた。シートベルトをしめる手に、ぐいと力が入った。

「誰かが、兄貴を訪ねてきた『宗田淳一』を見かけているかもしれない」

5

思ったより小さな学校なんだな……俺の第一印象はそれだった。

松田学園の校舎は、ぎっちりと住宅の並ぶ町のなかにポツリと建っている。そのくせ遠くからでも見つけにくいし、ひどくせせこましい感じがするのは、校庭が狭いためだと、近くまで行って気がついた。

「こんなところで、どうやって野球部が練習していたのかしら」

加代ちゃんが不思議がった。まったくだ。

校庭では、雨にもめげず、サッカー部員たちが泥しぶきをあげながら走り回っている。さほど知識のない俺にも、そのゴールとゴールの間の距離が、正規のものよりずっと短いことは見当がついた。

「練習用のグラウンドは、また別の場所にあるんだ。こっちでウォーミング・アップや筋力トレーニングをやって、それから、グラウンドの使える日は、そこまでランニングしていくんだよ」進也が答えた。

「使える日って、野球部専用じゃないの？」

「何にも知らないんだな。松田学園は、ラグビー部もちょっとしたもんなんだぜ」

「じゃ、共有していたわけ？」

「そう。地価高騰のおり、東京のスポーツ校のお家の事情なんて、どこも似たようなもんだって」

そう言ってから、進也はちょっと鼻を鳴らした。

「東都明星は、どうだか知らないけどね」

「今日はどっちかしら。野球部がグラウンドを使える日？」

「今日は、あっち」

進也は校舎の屋上を指した。ちょっとしたサーカスのテントばりの覆いがかけてある。

「あれが雨天練習場だよ」

受付で諸岡の名前を名乗ると、前田監督を呼び出してくれた。

待つ間、加代ちゃんは少し表情を緩めて、「学校」の空気を味わっているようだった。

生徒たちの下足入れが（そう表現して、下駄箱じゃないの？　と進也に笑われた）並ぶホールには、なんとなく泥と汗の匂いがする。隅っこに置かれた赤電話には、落書きがいっぱいだ。どこからかピアノの音が聞こえてくる。女生徒たちのさざめくような笑い声が、微風に乗って吹き抜けていく。俺にとって、人間の学校というところは、いつもほんの少しだけ涼しい風が吹いている、不思議な場所だ。

ドアが開け閉てされ、靴音が響く。ホールの端で、雨足をながめながら、飽かずにおしゃべりしているカップルがいる。加代ちゃんが微笑んだ。

「そういえば、あなたって学校のことは全然話さないのね」

進也は鼻白んだ。

「行ってねえもん」

「それにしたって、入学したことはしたんだから。ねえ、ガールフレンド、できた?」

「何を訊くかと思えば……」

「いいじゃない。教えなさいよ。そんなにモテないほうじゃないでしょ?」

値踏みするふりをすると、進也はくるりと背中を向けてしまった。加代ちゃんはもっともらしく顎をひねった。

「ははん、そのリアクションから見ると、これという彼女はいないみたいね」

「うるさいんだよ」

「糸子に話しておこうっと」

あさってを向いて言うと、進也は素早く回れ右をした。

「あいつに何の関係があんだよ？」

加代ちゃんは顔いっぱいに微笑んだ。

「あの子、学校で、親も認めている許婚者（いいなずけ）と同棲してるって噂を立てられたんですって」

進也の顔はまさにみものだった。

「許婚者って――それ――」

「もち、あなたのことよ。糸子は否定したらしいけど、まだそう思い込んでる友達もいるし、逆に、許婚者じゃないんならぜひ紹介してくれって頑張ってる女の子もいるんですって。あなた、どこかで糸子の友達に、顔でも見られたのかもしれないわね」

しばらくパクパクしてから、進也は言い捨てた。

「オレ、年上は趣味じゃない」

廊下の向こうから、見覚えのある顔が足早に近づいてきた。スポーツシャツ姿で、首からホイッスルを下げている。加代ちゃんは幕間のおふざけを素早く打ち切った。

「お待たせしたようだね」

前田監督は、進也のほうを向いて言った。


「眉の下に傷のある男、ですか」

俺たちは、来客を迎える際の松田学園の規則にしたがって、正面玄関の脇に設けられたささやかなロビーに通された。ホールの床を衝立（ついたて）で仕切っただけのスペースで、土足で入れる。

「もう少しいい応援セットが入るといいんですが」

前田監督が苦笑しつつ言うには、ここ数年間、校内の付属設備（食堂や生徒用更衣室、洗面所などなど）のためにとられている予算は、いつもなしくずしに野球部とラグビー部のために消えてしまっているのだそうだ。

私立の学校の大半は、常に資金繰りに悩んでいる。教育にかかる金は、教育施設そのものにとっても、存亡をかけた問題になりつつあるのだ。

俺は、東都明星高校があんな手段を選んだことに嫌悪を感じつつも、そうせざるをえなかった事情だけは、理解できるような気持になっていた。古豪と仰がれる松田学園でさえ、限られた財源のなかで、あっちを削り、こっちを減らして綱渡りのやりくりをしているのだ。「スポーツ名門校」を謳い文句に資金を集めて立ち上がっていた新参者の明星高校では、公約どおりの成果が上がらなければ、内情はもっと切実にきつかったはずである。考えてみれば、素質のある子供たちを集め、スポーツで名を上げることを目的に学校を興すというやり方は、集めた子供たちの将来を抵当に入れることでもあるのだ。あの上野という男は、焦げ付きを出さないために奔走していたにすぎなかったのかもしれない。

進也と前田監督は、もちろん、お互いに相手のことを知っている。監督は最初のうち、加代ちゃんはともかく、進也がここに来ている理由を計りかねているようだった。

「ご両親はお元気かな」

「はい、なんとか」

それだけで、後の舵取り(かじと)は加代ちゃんに任せ、進也は黙った。監督もそれ以上のことは問わないことにしたようだった。

加代ちゃんは、山瀬浩の後ろに明星高校がいたという一件は伏せて、事情を説明した。亡くなるまえの克彦君のまわりに、五年も前に死んだ友達の名前をかたって接近していた不審な男がいたらしいのです。

「その男を探し出すわけですか？」

「はい。諸岡さんのご両親のご希望で」

ほう……と、監督は言った。

「諸岡さんも大変な痛手でしょう。私も何とお詫びしたらいいのかわかりません」

「ご両親にはどなたを責めるつもりもないと思いますよ」加代ちゃんが言った。

監督はかすかに笑った。

「ええ……私の方が逆に励まされたくらいですよ。諸岡がこの大会で使うつもりでいたグラブを我々にくれましてね。一緒に甲子園に連れて行ってほしいとおっしゃって。今、二年生の投手が使っています」

あのパーフェクトのグラブ……と俺は思った。前田監督は、湿っぽくなった気分を変えるように、わざと大きく空咳をした。

「亡くなる二日前というと、五月の三十日ですね」

がっしりした手で、これまた頑丈そうな顎をなでる。野球部の監督というよりは、柔道部の顧問の方が似合いそうな体格だ。

「と、日付を特定してみても、それでどうのというわけじゃないな……申し訳ない。ただ、あの日は天気が良かったので、グラウンドの方で練習したことは確かです。今年は雨が多くてみんなクサっていましたからね。天気になると大喜びで」

「諸岡さんのお話ですと、克彦君はその『宗田』という人物が『訪ねてきた』と言ったそうなんです。監督さんには、克彦君にそんな来客のあったような記憶はありますか？」

監督はきっぱりと首を横に振った。

「ありませんし、そういうことはありえませんね」

松田学園では、野球部に限らず、運動部の選手たちへの個別の取材、訪問は一切断わっているという。合宿制をひいているのは野球部とラグビー部だけだが、どちらも人気の高いスポーツなので、マスコミはもちろんだが、押しかけてくるファンも多い。

「ですから、誰にせよ、諸岡を訪ねてきた人物がいたとしたら、まず最初に私か野球部長に話がいっているはずです」

ただ、うちはあくまで学校ですからね、と、監督は続けた。

「ガードマンを置いたり、出入りに厳しいチェックをするようなことまでは、していません。うちの部員たちの練習場所でも、特に練習の邪魔になるようなことをしないで、立ち入り禁止のところに入ってこない限り、見物している人を追い返すようなこともしていません。ですから、諸岡に直接会おうとするなら、方法がないわけではない。山瀬がそうしたように、ランニングのコースで待っていて声をかけることだってできる。そのあたりのことは、部員たちにも尋ねてみてください。特に相良なら、諸岡のことを私よりずっとよく知っているはずです」

「相良君?」加代ちゃんが繰り返した。どこかで聞き覚えのある名前だ。

「諸岡とバッテリーを組んでいたうちの正捕手です」

それで思い出した。新聞記事に名前が出ていたのだ。

ただ——前田監督は、人が追憶にひたるとき誰でもそうするように、遠くを見、声を落し、何かを手の中に保護しようとするかのように指を組むと、言った。

「どんな親しいチームメイトでも、諸岡については知らないことが多いかもしれません」

指先でテーブルにダイヤモンドを描き、そのマウンドにあたるところを、軽く叩く。

「ピッチャーというポジションは、非常に孤独なものです。その孤独さは、ほかの個人競技のスポーツにはないものだ。それだけに、ピッチャーになる選手には、体力・技能のほかに、その孤独に耐え切れるだけの強靭な精神力が求められるのです」

「そんなにひとりぼっちでしょうか。だって……」

前田監督は笑みを見せた。

「考えてみてください。ほかのどんなスポーツに、自分の成績、自分の記録に、他力本願の要素が入っている種目がありますか? 競泳にしろ、陸上競技にしろ、競争する相手はいても、結果を出すのは自分だけです。テニスでもゴルフでも、勝ち負けは自分だけのものだ。

だが野球はそうじゃない。ピッチャーが記録を作るためには、バックの力が不可欠です。しかし、そのバックの力によってそのピッチャーの本来の実力なら当然作れるはずの結果が、記録という形で残せない場合も、またあるんです。わかりやすい例が、完全試合だ。ピッチングは完璧だった。だが、ショートが一つエラーをした。それで、そのピッチャーの経歴のうえでの『完全試合』は達成されなかったことになるんです」

「でもそれは、野球が団体競技だから……」

「バレーボール、バスケットボール、サッカー、ラグビー……しかり、そのとおりです。一人では勝てないし、負けることもない。けれども、それらのスポーツでも、個人にとっての記録・成績は、純然と個人のものでしょう？　スパイク決定率も、得点率も。しかし、野球のピッチャーは違うのです。そもそも、ピッチャーという存在が動き始めなければゲーム自体が始まらない。そして、ピッチャー本人が最高のピッチングをしても、味方のエラー一つで負けることがある。ノーヒットに抑えても、一点もやらなくても、自軍が一点もとれなければ勝負はつかない。第一、ほかのどんな団体競技で、勝ち負けに特定の個人選手の名前をつけるものがありますか？　勝ち投手・諸岡。負け投手・山瀬。じつに珍しいスポーツじゃないですか」

　思いがけず熱弁を奮っていたことに照れたのか、前田監督はちょっと笑い、静かな口調に戻った。

「ですから、諸岡があのころ、心のなかで何を考えていたにしろ、それを周囲の我々に悟られるようなことはしていなかっただろうと、私は思います。今まで指導してきて、そう思うんです。あいつは孤独に強かった。誇り高かった。ただ速い球を投げたから、コントロールが良かったから、エースになれたのではない。諸岡は、生まれながらの投手だったんです」

しばらくの間、誰も口を開かなかった。降りやまない雨が窓をつたう。

「よく、わかりました」加代ちゃんは言った。「それでも、できるだけやってみます」

仕切り直しだ。メモを繰った。

「電話や手紙の取次はどうなさっているんですか」

「選手個人宛に来る手紙は、そのまま本人に渡していますが、電話は取り次ぎません。自宅からかかってきた場合でも、よほど緊急の用件でない限りは、いったん切って本人からかけ直させるようにしています。学校の代表番号はともかく、合宿の電話番号は公開していないんですが、それでもどうにかして調べてかけてくるファンの女の子たちがあとを絶たなかったものですからね」

加代ちゃんは進也の顔を見た。少年は軽くうなずいた。

「そういう点では、厳重なんだよ」

「部員たちのほうからかける電話はどうでしょう。合宿では、外に電話をかけることを禁じておられるんですか」

「それはありません。食堂に赤電話をひいてありますし、いつでも使えます。しかし、共同生活のルールがありますからね。長電話は禁止です。それは、私がうるさく言わなくても、部員たち同士で注意しあっていましたし」

「外出は？」

その質問は、前田監督の目に寂しげな影を落した。

「もちろん、無断外出は厳禁です。許可をとった場合も、門限は夜九時きっかりと決めてあります。ありますが……」

大きな手が、お分かりでしょう、というしぐさをした。

「現にああいうことになりました。私は、あまり部員たちをぎりぎりと拘束するのが好きではなかったので、自然、管理が甘くなっていたんです」

普通の家庭で、今時、門限夜九時を厳守している高校生のいるところなどあるだろうか。女の子の場合でさえ怪しいものだ。どこでも、門限はあるが守られたためしがない、というのが実情だろう。

「私さえしっかりしていれば、諸岡を死なせずにすみました」

前田監督は、何度となく同じ言葉を自分にむかってつぶやいてきたのだろう。克彦の死には、さまざまな人たちがそれぞれの意味で責任を感じている。加代ちゃんは次に何と言っていいか分からなくなってしまったようだった。

「兄貴は、そうしようと決めたなら、どんな規則や罰があっても、どんなに管理が厳重でも合宿を抜け出したに決まってます」

進也が言った。

「だから、今度のことで誰かに責任があるとしたら、それは、兄貴にそこまでさせたやつだけですよ」

しばらくの間、前田監督はじっと進也を見つめていた。その表情から、監督の中から何かが出ていったことが、俺には分かった。

「ありがとう」と、彼は言った。


相良捕手は三年生、一年生のときから克彦とバッテリーを組んできた捕手である。彼も、克彦の亡くなる二日前、つまり五月三十日に彼を訪ねてきた男を、見かけても、覚えてもいなかった。そのかわり、その結果起こったと思われることを記憶していた。

「様子がおかしかったって、具体的にどんなこと？」

加代ちゃんの勢いに、相良捕手は首を縮めた。

進也よりも小柄なくらいだが、さすがにがっちりと厚い胸をしている。坊主頭に眉がくっきりと濃い。野球選手というよりは、若い修行僧のように見える。

「練習に気が入ってなかったとか？」

「その逆です。すごく入れ込んでいて、投げたがったんです」

丸く、肉づきのいい肩がすぼまる。

当惑気味の進也と加代ちゃんに、心なしか誇らしそうに、相良捕手は言った。

「ピッチャーにとって本当に大切なことは、投げ込むことじゃなくて、走ることなんです。

諸岡は、それをしっかり分かっていました。そりゃ、投げているほうが格好いいし、それらしく見えるし、みんな騒いでくれるけど、大切なことは、黙って、毎日毎日、陸上の長距離ランナーよりももっと長い距離を走ることなんです。そうやって下半身を鍛えると、フォームが安定して重心がぶれなくなるし、球も速くなる。肩を壊す危険も少なくなる。いいことずくめなんだ」

前田監督に呼ばれ、ロビーまで降りてきてくれた相良捕手は、ほんのさっきまでの練習で流した汗を、首にかけたタオルでふき終えると、あとは礼儀正しくきをつけをして座っていた。ただ、このときだけ――俺はちょっとおかしかったのだが――口うるさい小姑（こじゅうと）のように口をとがらせて、後輩のピッチャーたちが投げ込みに励んでいる雨天練習場の方向へ指を立てて見せた。

「あいつらはまだまだ駄目です。すぐに投げ込みばっかりやりたがって、ちっとも走ろうとしないんだ。諸岡とは全然違う。あいつは、いい投手になるためにはどんな訓練が必要か、ちゃんと分かってた。目先のことじゃない。長い目で見て、本当にかっこいい投手になるために、それだけを考えて、実行してた。そういう意味では、あいつ、ええかっこしいでしたよ。でも、ちゃんと理屈が通ってたんだ。すごいやつだった」

言葉の最後で、声が塩辛くなった。

「その諸岡君が、どういうわけか、あの日に限って投げたがった……？」

相良捕手のうなだれた頭が大きく上下した。

「練習メニューもそっちのけで、アップも軽くしただけで、すぐにオレを座らせて投げようとするもんだから、喧嘩になりました。どうしたんだおまえらしくないぞって、オレもちょっと頭にきちゃって」

「兄貴、なんて答えた？」進也が乗り出した。

「どれぐらいほうれるか、確かめてみたいんだって、ね。それならそれでちゃんと順序を踏んだやり方があるんだし、そのことはあいつだって知っていたんだから、本当におかしかった。諸岡があんな練習態度をとるなんて——呼吸の仕方を忘れちまったから教えてくれって言われたほうが、まだ信じられるくらいでした」

「結局、その日はどうしたの？」

「そんなことが監督の耳に入ったら、監督だって驚くし、雷が落ちるに決まってます。オレ、なんとか諸岡を説き伏せて、いつもどおりのメニューで練習をこなしたんです」

「前田監督は、そんなことがあったことには気がついていらっしゃらなかったようよ」

相良捕手の肩が、ほっと落ちた。

「でも、なんでまた急にそんな態度をとったのかな」

空をにらんで、進也がつぶやいた。

「それに、おかしなことを言ったんだ」相良捕手が言った。

「諸岡、オレにこんなことを訊いたんですよ。『オレたちがやってきた今までの練習は、本当に効果があったんだろうか』って」

「それ、いつのこと？」

「殺される前の日です。ウォーミング・アップしながら、独り言みたいに」

今考えてみると、山瀬とのことですごく悩んでいたのかもしれないな……相良捕手は続けた。

「諸岡って、すごく強いやつだったんです。強くて、優しかった。それ、分かってくれますか」

「分かります」加代ちゃんはうなずいた。「進也君もよく分かっていると思うわ」

照れ笑いを浮かべて、相良捕手は進也を見た。

「ごめんよ。そうだよな。だけどオレ、諸岡のこと、本当にいいやつだって思ってた。ずっと一緒にやってきて、そういう思いを裏切られたことは一度もなかったよ。要領が悪いくらい真面目で、気が強くて、曲がったことが大嫌いで——」

真一文字の口と、広い肩。俺は思い出した。相良捕手と笑いあいながらベンチを出ていく写真も思い浮かべた。

「だから逆に、水臭いくらいなんでも自分だけで抱えこんじまうことがあって、そういう性格って、わりとピッチャーに向いてるんです。向いてるけど、でも、しんどいことだってあっただろうと思う。だけどあいつ、優しいから、周りにそれを出そうとしないんだ。そのくせ、山瀬みたいなやつのことまで、ずっと気にかけて、自分のことみたいに心配してさ」

「兄貴、オレに山瀬浩を探してくれるように頼んでたんだ。あいつと話し合いたいからってね」

　進也が言うと、相良捕手の子象のような目がいっぱいに広がった。

「そうか……そうだったのかぁ。諸岡らしいや」

　ぐすんと鼻をすすると、拳骨で顔をこする。少し落ち着くと、首をかしげた。

「そんなんで、図書室通いもしてたのかな」

「図書室？」

「はい。山瀬浩って、交通事故の後遺症で野球をやめたんでしょう？　でも、どこが悪くて何がどうなってそうなったのか、詳しいことを知っている人はいなかったらしいじゃないですか。諸岡、山瀬ってやつと話をするために、その辺のことを調べてたんだな、きっと」

「どういうことさ？　兄貴、図書室で調べ物をしてたわけ？」

　うなずくと、記憶をたどるために、相良捕手は顔をしかめた。

「あれは確か、諸岡があんなことになるまえの日だったと思います。それもめったにないことだったんだけど、諸岡のやつ、授業をフケてね。後で探しに行ったら、図書室にいて、なんか医学辞典みたいなものを読んでた。ほかにも、スポーツ医学や運動生理学とか何とかの難しそうな雑誌や資料が広げてあって、オレがからかっても、乗ってこなかった。すごく真剣な顔で読んでいたんです」

6

　宗田淳一の家は、かつて克彦が完全試合を成し遂げた大同製薬のグラウンドから歩いて五分ほどのところにあった。玄関の前に立って振り返ると、外野フェンスが遠く淡い銀色に光って見える。この距離からだと、野球場というよりは、場違いなところに舞い降りてきた古びたＵＦＯのように見える。

「ちょうど今日が淳一の祥月命日なんですよ」

　淳一の母、八重子は、諸岡久子とは対照的な外見の人だった。上背も高く、血色もいい。それは、常にエンジン全開で働いているからのように思えた。仏壇のある小さな奥のひと部屋に通されても、表の工場で稼動している印刷機械の絶え間ないうなりと振動音が感じ取れる。八重子の爪はインクで真っ黒だった。進也に笑いかけた丈夫そうな歯は真っ白だった。

「あんたが弟さんだったの。ずいぶん大きくなったねえ。昔、お兄ちゃんたちの試合があるときは、いつも応援に来てたっけね。ガンバレーって、おっきい声でさ。あのころはよかったよね」

　進也はもじもじした。感傷が嫌いで、誰かに照れくさい思いをさせられることに我慢のならない彼としては、それだけで黙っているなんて実に珍しいことだ。

名刺を出すことで、加代ちゃんは、八重子のくりだす探偵事務所の仕事についての質問に答えなければならなくなった。疑ったり、うさんくさがっているのではなく、宗田八重子というこの元気なおばさんは、好奇心のかたまりなのだ。

追及は、俺のほうにも飛んできた。俺は玄関の三和土に座っていたのだが、加代ちゃんが俺の役割を説明すると――ぬかりなく、俺が昔警察犬だったことや、俺の働きで犯人が捕まった事件の話を交えてあったから――足と背中の雨をきれいにふいたうえで、座敷に上がることを許された。八重子さん、俺のことを「大したワンコロ」と呼んでくれた。

加代ちゃんが仏壇に線香を上げ、手を合わせる。俺はモノクロの写真を見あげた。

可愛い顔の男の子だ。影が薄いように見えるのはこちらの思い込みだろうが、全体に線の細い印象を受ける。あまり身体が丈夫ではないのでスポーツで鍛えよう、という親の考えでチーム入りしたのかもしれない。

「克彦君も、毎月お線香を上げにきてくれてたんです。あの子があんなことになるなんて、世の中、本当に神も仏もあったもんじゃないですよ」

八重子はそう言うと、エプロンの裾で顔をぬぐった。涙とインクがあとをひいて黒い筋が残った。

「兄貴が来てたんですか」神妙に正座したまま、進也が訊いた。

「来てましたとも。淳一が死んでから、一度だって忘れたことがなかったよ。初めて甲子園に行ったときには、ほら、土を集めてスパイクの袋に詰めてくるでしょ？　あれをお土産に持ってきてくれてね。うちの子、野球はちっともうまくなかったんだけど、甲子園にはすごく憧れてたから、さぞ——」

　また、エプロンで顔が隠れた。

「うれしかっただろうと思ってね。それなのに、今度は克彦君までさ……」

　散文的な話をしてはいけないような雰囲気だった。が、八重子の涙は、誰か淳一の名をかたって克彦につきまとっていた人物がいる、という話をした途端、きれいに乾いてしまった。驚きながら、彼女はもう怒り始めていた。

「なんてふとどきなやつなんだろう。そいつ、どこの誰なの？」

「いえ、わたしたちもそれが誰かを調べているんです。お心当たり、ありませんか？」

「あらまあ……」

　八重子は目をぱちぱちさせながら、あんたは誰だと思う？　と問いかけるように、死んだ子供の写真を見やった。

「人相風体は分かってるの？」

「はい、三十代で、今どきめずらしい長髪で、右の眉毛の下によく目立つ傷跡があったそうなんです」

　エプロンをしっかりとつかんだまま、八重子は眉間にしわを寄せた。

「それだけじゃ、だって、雲をつかむようなもんじゃないの」

　加代ちゃんは情けなさそうな顔をした。八重子という人は、彼女のまえに出た人間全てに、いたらなくて申し訳ありません、という感情を抱かせるタイプなのだ。

「最近、こちらを訪ねてきた人のなかにはいませんか？」

進也が丁寧な口をきいた。してみると、八重子の霊験は彼にも通じているわけだ。

「さあねえ……訪ねてきたって言っても、うちはこの通り商売してるから――」

「ええ、ですからそういう関係は抜きで、淳一君に関わりのあった人のなかで、という意味です」

八重子はじろりと進也を見た。

「わかってますよ。今そう言おうと思ってたんじゃないの」

しばらく首をひねると、指を折って数え始めた。

「克彦君、伊勢（いせ）さん、保谷（ほうや）さん、三輪（みわ）君、木下君――あ、そうか、でも三十代だとすると、淳一の友達は除いていいわけだよねえ。だとすると」

また考え始める。その間に加代ちゃんは、彼女が口にした名前を、諸岡氏からもらった当時の町内会の野球チームのメンバー表と照らし合わせて、チェックした。それによると「伊勢」は当時の監督、「保谷」は時々コーチとしてきていた人物で、二人とも、町内会でつくっていた大人の草野球チームのメンバーでもあった。

「これって人は、いないわねえ。それに、そういう人たちは誰も、顔に傷なんかこさえてませんよ」

「いるじゃないか、忘れてるんだよ」

戸口のところで声がした。三人が振り向くと、学生服を着た細面の少年が立っている。一目で淳一の弟と分かる顔立ちだった。ただ、彼のほうはスポーツの洗礼を受けていないのだろう。淳一よりもっとひよわな身体つきだった。チタン・フレームの眼鏡の奥で、碁石のような目がしっかりと母親を見ていた。

「あら、お帰り。いやだね、いつからそこで聞いてたの?」

「ほんのちょっと前だよ。こんにちは」

きれいにカットした頭を律儀に下げる。加代ちゃんと進也も妙に真面目に挨拶を返した。

「それ、結城さんだよ。おかあさんだって『ヘンなやつだ』って、さんざん文句を言ってたじゃないか」

「あたしが?」八重子はびっくりした。無理もあるまいと、俺は思った。この人は、文句を言えば言ったそばから忘れていくタイプだ。

「よかったら、君の意見を聞かせてくれる? その『結城さん』て、どんな人? いつこちらに来たの?」加代ちゃんは座り直した。

学生服の少年は淳一の弟で、名前は省一といった。中学二年生だそうだが、秩序だてて話をすることに慣れている、滑らかな口調だった。

「去年の十一月でした。日付ははっきりしないけど、あのときおかあさんが、うちは今年も勤労できることに感謝して働かなきゃならないって、毎年と同じ文句を言ってたことを覚えてるから、勤労感謝の日よりは前だと思います。でも、おとうさんが銀行回りを済ませたあとだったから、二十日よりは後でした」

俺は心のなかでほめてあげた。

「結城って人が、おにいちゃんにお線香を上げたいっていって、急に訪ねてきたんです。それまでは、いっぺんも顔を出したことがなかった人でした」

「その人が、さっきわたしの言った人相にあてはまるのね？」

「うん。でも、そのときは髪は短かったです。だけど、髪は伸びるけれど、顔についた傷は消せないものね」

「そんなことがあったかねえ」

八重子はまだ疑わしげな顔をしている。隣に正座した息子は、母親を完全に脇において話を進めた。

「しばらく地元を離れていたんだけど、近ごろ戻ってきて、おにいちゃんのことを思い出したから寄ってみたって、そう言っていました。でも、それにしちゃなんか、そわそわしてたんだ。僕、ひょっとしたらこいつ、今夜あたりうちに強盗に入るために下見に来たのかと思ったくらいで。その人、身なりもあんまり上等じゃなかったんです」

少年はちょっと首をかしげた。

「ほら、よく駅のあたりで競馬新聞をズボンのお尻のポケットに突っ込んで、ワンカップかなんか飲んでフラフラしてるおじさんたちがいるでしょう？　あんなような身なりだった。ワイシャツは色がさめてたし、ズボンにはきちんとプレスがしてあったけど、そのかわり光っちゃってたし、ここで三十分ぐらい正座していただけで、折目がよれちゃって。ジャケットは薄くて、綿も入ってなくて、普通の人が十一月の半ば過ぎに着るようなものじゃなかったです」

「なんて具体的なご説明」進也が呆れたように小声でつぶやいた。

加代ちゃんは断固、この物言いを無視した。省一君はダイヤモンドだ。

「でも、少なくとも泥棒が目的の人じゃないってことは、そのあとで分かりました。その人、昔、おにいちゃんたちが練習のために借りていたグラウンドの整備員をしていたことがあるんだって、言ったんです。で、五年ぐらい前、おにいちゃんが死ぬ三か月ぐらい前に、おにいちゃんたちの試合の様子を八ミリビデオで撮って、みんなに配ってあげたことがあるって言いました。そしたらおかあさんが――」

後の続きは、もぎ取るようにして八重子が引き取った。

「ああ、あんたがあのときの結城さん？ って思い出したんだわよ！」

「その人の写真か何か、ないですか？」

乗り出す加代ちゃんに、省一は落ち着いて答えた。

「その八ミリの最後のほうに、写し手だった結城さんもちらっと映ってます」

八重子が、大切に保管してある八ミリビデオを引っ張り出し、セットするあいだに、加代ちゃんたちはもう少し省一から話を聞いた。

省一が言うには、結城という人物は、しきりに「淳一君の古いユニホームや野球用具をとっておいてないか、もしあったら、形見分けのつもりで譲ってくれないか」と言い続けていたという。

妙な申し出だ。ずっとつきあいのあった間柄ならともかく、ふらりと訪ねてきて言うようなことじゃない。

「おにいちゃんのこと、とても好きだったし、少年野球のチームのために働いたことは自分にとって大切な思い出だから、大事にするってね。それでおかあさん、泣いちゃって」

省一は手で顔を覆う真似をした。

「おかあさん、おにいちゃんに無理に野球をさせたことがいけなかったんじゃないかって、ずっと思っているんです。だから、おにいちゃんが死んだあと、野球用具もユニホームもスパイクも、とにかく野球に関係のあるものは全部、燃やしちゃったんです」

加代ちゃんは慎重に言葉を選んで訊いた。

「嫌な質問だと思うけれど、許してね。お兄さんの淳一君、どうして亡くなったの?」

「よく分からないんです」

省一は、意外とあっさり答えた。

「死んだあと、病院の先生が、原因を突き止めるために解剖させてくれって言ったんだけど、おとうさんもおかあさんも承知しませんでした。だから……」

「じゃ、病気だったわけ?」進也が訊いた。

「うん。結局、死因は『肺炎』てことだったんです。おにいちゃん、すごく身体が弱って、ご飯も食べれなくなって、最後のほうは点滴で腕がパンパンになってた」

筋肉のついていない自分の腕をさすりながら、省一はつぶやいた。

「最初は、何か、ものが飲み込みにくいって言い始めたんです。そのころ、僕たちは一緒の部屋で寝起きしてたんだけど、おにいちゃんの枕カバー、朝起きるとよだれでびっしょりになっていたんだ。そうしているうちに、手とか、足とか震えるようになって——すごく急でした」

「お医者様は、原因が全く分からないっておっしゃったの？」

省一はうなずいた。

「最後には。でも、そこまで行き着くまでには、脳炎だとか、脳腫瘍だとか、水銀中毒じゃないかとか。うちは印刷屋だから、インクに混じっているものに中毒しているんじゃないかとか。結局は全部はずれてて、ただ、最初から最後まで、おにいちゃんは肝臓が悪いことはたしかだって言ってた」

進也がえっと言った。

「だって、いくつだよ？　十二、三歳で肝臓なんて——」

省一はこっくりした。

「うん。僕もへんだと思った。でも、お医者さんはこう言ったんです。えーと——」

初めて、省一は記憶をたどるために時間をとった。

「SGOTだ。その価が正常値を超えているって。一〇〇だって言ってたな、確か。正常値はせいぜい四五くらいまでで、それがそんなに高いってことは、肝臓が悪いことになるんだそうです。僕、あとから医学辞典をひいてみましたけど、それはデタラメじゃなかったです。おかあさん、泣いて泣いて、すごかった。うちには肝臓の悪い人なんていないし、淳一は毎日肝油ドロップを舐めてたのにって」

ひとしきり無言で感嘆したあと、加代ちゃんは尋ねた。

「省一君、どうしてそんなに記憶力がいいの?」

少年はまばたきしながら眼鏡をいじった。どうやら、それがはにかんでいる印らしい。

「僕、もともといろんなことを記憶しておくことが好きなんです。それに、推理小説も大好きだし」

「それにしたって、並みじゃないぜ」進也は、宇宙人でも見るような目をしている。

「あれじゃないの、『スーパー記憶術』とかさ、あんなのをおやつがわりに読んでんだろ?」

「シャーロック・ホームズとか、ポワロとか、みんなすごく記憶力がいいものね」加代ちゃんが言った。

省一はにっこりした。はからずもそれは、プロが——少なくともセミプロが素人に向ける暖かな微笑になっていた。

「ドイルもクリスティも大好きだけど、僕のごひいきはローレンス・サンダースって作家なんです。知ってますか?」

答えなくても、加代ちゃんたちの顔で判断がついたようだ。省一は楽しそうに続けた。

「アメリカの作家です。その人の書く小説のなかに、ディレイニー署長っていう、すっごい刑事さんが出てくるんですよ。たとえば撃たれた部下を見舞いに病院に行くでしょう。すると、そこの待合室でほんの数分一緒だった人たちのことを全部思い出せるかどうか、やってみるんです。それで、誰それの足にはバンドエイドが貼ってあったとか、誰それは背丈がどれくらいで髪はなに色だったとか、ほとんど記憶してるんです。とにかくすごいんだ。僕、推理小説を読み始めてすぐにディレイニー署長のファンになったから、真似してみたくて」

進也に笑いかける。

「うん、『スーパー記憶術』も読みました。役に立ちますよ」

「おそれいりました」

「頭の柔らかいうちに訓練しておくのは、いいことだわ」加代ちゃんは言った。

「そうやって鍛えていったら、将来はすご腕の刑事になれるわよ」

省一はかぶりを振った。

「記憶の訓練は続けるけど、刑事にはなりたくない」

「そう。どうして？」

「僕、医者になるんです」

そのとき、八重子がビデオの用意ができたと呼んだ。

多くの子供たちに混じって、克彦がいた。淳一がいた。山瀬浩もいた。丈夫そうだが色の褪(あ)せたユニホームにゼッケンを縫い付けて、跳ねている。投げている。走っている。カメラに向かい、今も昔も共通のピースサインを振り回す。歓声が入り乱れて画面からあふれ出てくる。

ビデオが始まるとすぐに、八重子が涙を流し始めたことに、俺は気がついていた。まのあたりに過去を見ることのできる文明の利器は、ひょっとすると実に残酷な刃なのかもしれない。俺はときどき思うのだが、人間のつくりだすものの半分は、あとの半分のものが原因でおこるトラブルを解決するために使われているのだ。過去を見る。心を乱されて眠れなくなる。で、精神安定剤のお世話になる。

「これなら、うちにもあるかもしれない」画面から目を離さないまま、進也が言った。

「見覚えがあるの？」

「うん。ずいぶん昔の話だけどさ」

「あるはずですよ。結城さん、チームの全員にダビングして配ってくれたんです」

省一が言う。俺はいっぺんで彼が好きになっていたし、感嘆の思いを込めてそばによっていったのだが、省一は、痴漢から逃れる若い女の子のように、じりじりと遠ざかっていく。がっかりだ。

「あら、ごめんなさいね。犬、苦手？」

彼の苦境を察して、加代ちゃんが俺の首輪を引っ張った。省一は目に見えて安堵(あんど)したようで、大きくこっくりした。

「すみません。僕、小学生のときに近所の犬にふくらはぎを嚙みつかれて、それ以来、犬がそばに来るとその傷がうずくんです。頭では大丈夫だって分かってても、ふくらはぎには理性なんてないから」

俺はあきらめて、加代ちゃんの後ろに座った。省一君は犬嫌いか。あんまり物覚えがいいと交遊関係が狭くなるよ。

画面は続く。今度はベンチにいる子供たちだ。試合中だろうか、ユニホームの前を真っ黒にした子供がいる。頭よりよほど大きそうなヘルメットをかしげて素振りをしている子供もいる。

克彦はベンチの手前で投球練習に余念がない。小さな背中が上下する。ゼッケンの縫い目がほころびているのか、風が吹くたびにヒラヒラしている。画面の外から入ってきた山瀬浩が、一人前にベンチに脚を投げ出すようにして座ると、たぶん清涼飲料が入っているのだろう、ストローのついたプラスチックの水筒を取り上げた。半透明の水筒の中に半分ほど入った液体が揺れている。

俺はちょっとびっくりした。その液体が、飲んだら胃が染まってしまうんじゃないかと思うほどの、鮮やかなブルーだったからだ。五年前なら、スポーツドリンクとかいう不可思議なものも売りに出されていただろうけれど、あんな色のものがあったかどうか、俺には思い当たらなかった。

ベンチの奥から別の子供の手が伸びて、山瀬浩の手から水筒を受け取った。浩は手のなかでボールをこね始めた。淳一がバットを振り始める。

ビデオが進むにつれ、八重子の涙の量も多くなった。途中で小さく詫びて中座してしまった。

二人一組での柔軟体操の場面になったとき、俺は奇妙なことに気づいた。

映っているのは淳一と克彦だ。この二人は仲良しだった。それはいい。カメラを気にして、ときおりふざけたように向き直るのもいい。だが——

「ね、淳一君の目、すごく光ると思わない?」

さすがは加代ちゃんだ。同じところにひっかかっていた。

「光るって?」

省一が画面を戻した。身体をそらし、戻す運動。手を引っ張りあって橋のように——

「ほら、ここ!」

加代ちゃんが指差したところを、省一は何度も何度も繰り返して映してみた。進也は膝を乗り出し、顔を近づけて画面に見入った。

「分かんないぜ。どこだよ?」

「くっつきすぎるから見えないのよ。省一くんには分かる?」

柔軟体操の途中で、淳一がふざけて急にカメラに近づき、写し手をびっくりさせるところがある。画面が振れ、急いで元に戻る。淳一も離れる。そのとき、光が反射したのか、何かの色が映ったのか、淳一の瞳が一瞬、赤褐色に光るのだ。

「そう言われてみると、そうですね」省一は眼鏡を磨き、かけ直してまた見る。

「うん……おにいちゃん、こんな目の色はしてなかった。日本人そのものの、オセロの駒みたいな瞳でした」

文字どおりしびれを切らし、あぐらをかきなおして進也が言った。

「どっちにしろ、関係ねえことじゃん。早く先にいこうぜ」

探し求める「結城」は、ビデオの最後のほうで、子供たちに囲まれて登場した。明らかに写し手が交代し、それまでのカメラマンも一緒におさめて、記念にしたのだ。子供たちは元気よく手を振っている。

「この人です」

画面に指の形の影を落として、省一が示した。指差された「結城」は髪も短く、ラフな運動着姿はそれほどみすぼらしくはない。

しかし、右の眉の下に、真一文字に走る五センチほどの傷跡があった。

ビデオが終ったあと、進也が真っ先に疑問を口にした。

「だけど、この『結城』が訪ねてきたんなら、兄貴はすぐにそうと分かったんじゃないかな。『宗田淳一と名乗っている人』なんてまどろっこしいことを言わなくても」

「そうね。でも、だからこそ、そこに意味があったのかもしれない」

目を真っ赤にした八重子が部屋に戻ってきた。

「思い出したんだけど——あのとき、結城さんもここでビデオを見たんですよ」

「本当ですか？」

「本当だよ。僕も今、それを言おうと思ってたんだ」省一がうなずく。

「自分の手元には原本がなくなってしまったからって、それは見たがりましてね。で、途中でなんだか泣き出して、中座して。今のあたしみたいに」

「それなのに、一度中座して戻ってきたと思ったら、すぐに帰っちゃったんだ。だから、おかあさんも『ヘンなやつだ』って言っていたんじゃないか」

加代ちゃんははっとした。畳に指をつき、宗田母子の方に乗り出す。

「そのあと、お宅から何かなくなったものはありませんでしたか？」

「何かって？」

「淳一君にかかわるものです。形見のようなものです。ありませんか？『結城』という男に何か見せませんでしたか？」

「野球用具は残してなかったんだ」省一が言った。

じっと見守るうちに、八重子の額に寄ったしわが深くなっていった。彼女はつと立つと、大柄な身体を急がせて、仏壇のある部屋へと戻っていった。

あっ、という声がした。俺たちは駆けつけた。

仏壇の下の小引き出しを開け、八重子は小さな白い箱を手にして突っ立っている。

「ここに、あったはずなんです。あの人があんまりせがむもんで……気持も入っているように見えたし、あたしもほろりとして、それで見せちゃったんですよ。それがなくなってる。こんなもの、なくなるはずがないのに」

「何がなくなったんです?」

八重子はまた泣き出しそうだった。

「淳一の遺髪です」

幕間（インタールード） 再び木原

宗田との取引の日の朝、木原は早くから目を覚まし、ベッドに仰向いたまま、天井にじっと目を据えていた。

シミュレーションしていた。頭のなかに、やるべきことを順々に思い浮かべ、トランプのカードのように切り、並べかえてみる。

「わたしのほかに、四人の人間が関わることになりました」

昨夜の打ち合わせのとき、涼子が言った。

「信頼の置ける人物ですか？」

「幸田専務の部下ではなく、わたしの仕事仲間です。ですから、もちろん万全の信頼をしていただいて結構です」

私を監視している人たちでしょう？　事件にはもう以前から関わっているじゃないですか。言いかけて、やめた。なぜか、それを口にして公然と認められることが怖いように思えたのだ。代りに、木原はこう言った。

「傭兵部隊ですな」

昨夜の涼子は、鮮やかな深紅のスーツを着ていた。深夜、木の葉の揺れる音だけが聞こえる闇の森のなかにぽっかりと咲く花のように見えた。

「そう大袈裟な言葉を使わないでください。わたしたちはただのメッセンジャーですよ」

涼子は笑い、またあの風変わりな煙草を手にした。

「一つお教えしましょう。木原さん、製薬業界に限らずどの業界でも、それぞれの企業はすべて一つ一つ別々の砦(とりで)です。警戒は厳重で、誰何(すいか)に答えない不審な訪問者は一歩たりとも内部には入れない。要塞です。でもね、木原さん。これらの要塞の裏口はすべて開けっ放しにされているんです。わたしたちは、その裏口を通って情報を運ぶメッセンジャーにすぎません……」

台所で時計が鳴り始めた。数える。八時だ。

もう少し眠ろう。木原は目を閉じた。昼日中、死人のように眠るのだ。

そして、由美子の夢を見た。

午後四時。

指定された喫茶店の席についていると、電話で呼び出された。木原は足元の大きなバッグにちらと目をやり、持っていこうかとためらった。五千万だ。置き去りにするには危険な額ではないか。

二つ先のボックスで新聞を広げている男が、かすかにかぶりを振って「そのまま行け」と合図をよこした。木原はキャッシャーの横の呼出し電話へ歩いた。

「やあ、また会ったな」

宗田の声の背後には、やかましいほどの雑音が流れていた。ここのすぐ近く、宗田からは木原が見え、木原からは見ることのできないどこかで電話をかけているのだろう。

「ご苦労だけど、金の入ったバッグを持って、駅まで行ってくれ。北口のコインロッカーにバッグごと預けたら、またここに戻ってくるんだ」

それから、と、陽気に続ける。

「喫茶店の席に五千万も置きっぱなしにするのはまずいと思うぜ。重たかろうが、やっぱり持ってきて電話に出てほしかったな。あんたにくっついている見張りにも、そう言ってやりなよ」

木原は言われたとおりにした。

二度目の呼出し電話は、それから一時間後にかかってきた。喫茶店は、仕事がえりのOLやサラリーマンたちでこみあってきた。ガラス窓の外を行き交う人の数もぐんと増えた。

宗田は頭のいい男だ。木原は素直に認めた。前回もそうだったが、彼は車を使わない。徒歩で、電車を使ってやってくる。指定してくるのは、いつもこの時間帯。そしてオフィス街だ。ラッシュ時の人ごみにまぎれて姿を消すことはやさしい。尾行者がどんなに優秀だろうと、東京の交通事情には勝てまい。

「店の外で待ってる」それだけ言って、電話は切れた。木原はコーヒー二杯の支払いを済ませ、ガラス戸を押した。

宗田は、店のまえの電話ボックスのなかにいた。木原の顔を認めると、にこにこしながら近づいてきた。髪をさっぱりと刈り、背広姿だ。そこらじゅうにいるサラリーマンたちの誰とも区別のつきにくい、それが彼の変装だった。変わらないのは、右の眉のしたの醜い傷跡だけだった。

「鍵を交換しよう」

宗田はポケットに手を突っ込み、オレンジ色の札のついたキーを引っ張り出した。

「南口のコインロッカーだ。そのなかに、あんたたちの欲しい証拠の一つが入ってる。中味を見れば分かるだろうけど、実は、コピーのきくものでね」

「証拠の一つ？」

木原は心臓がどきりとするのを感じた。ネクタイピンのマイクがその音を拾っているかもしれない。

「取引はこれが最後ではないという意味か？」

「そうじゃない。俺だって馬鹿じゃないから、引き際は心得てるつもりだ」

宗田は笑って首を振った。

「要するに、俺の手元に残してあるものは、保険だよ。あんたたちが変な気を起こさないように、払った金を惜しがって取り戻そうとしたりしないように、な」

宗田は、木原の手から金をおさめたロッカーのキーを受け取ろうとした。その指を、木原はがっちりと押えた。

「どんな保険だ？」

二人の指の間でキーが揺れる。宗田はにやりとした。

「データを持ってる」

「投薬実験のか？　実際のデータか？」

「そうだよ。だが、あんたたちのところから盗み出したわけじゃない。俺が足で稼いで調べたんだ。あんたたちが、グラウンド貸出しという太っ腹なことをやっていた土地を回ってね」

宗田はぐいとキーを引っ張った。

「これで安泰が買えるなら安いもんじゃないか」

宗田が人の流れに消えてしまうとすぐに、背後から木原の肩をつかんだ手があった。強い力で、一瞬木原は顔をしかめた。

「行きましょう」

さっきの男だった。木原は一度、宗田の去った方向を振り返り、男に引き立てられるように歩き出した。

南口のコインロッカーから出てきたのは、使い古しのスーパーの紙袋に入った八ミリビデオのテープだった。改札に急ぐ人の群れのなかから、漂うように涼子が現われ、木原と並んだ。

「尾行はしたんですか」

「無理と決まっていることに労力は割きません。録音はしてあります。それにしても、無欲な男のようね」

涼子の口元が歪んだ。

「とにかく、急いでこれを見てみましょう」


木原たちが帰ったところは、大同製薬が幹部社員たちのために借りている都内の高級マンションの一室だった。幸田専務が先に来て待っていた。指のなかでいらいらとキーをいじくりまわす。その細い金属音が木原の神経に刺さった。

「今夜は私の名前で借りてある。邪魔は入らん」

木原はふと、奇妙な感覚にとらわれた。嫌悪だ。幸田専務を見てまっさきに感じたのはそれだった。宗田にではなく、幸田専務に。木原は自分がどっちの側に立っているのか分からなくなってしまった。

美穂はどうしているだろう。するりと入れ替わるように、その思いが忍び込んできた。あの男たちは今夜も監視しているだろうか。家政婦はちゃんと、時間外に残って美穂を見てくれているだろうか。

気がつくと、専務と涼子にじっと見られていた。木原はうつむいて眼鏡をずりあげ、何かふさわしい言葉をあわてて探した。

「盗聴の危険はありませんか」

専務は歯をむき出して笑った。

「きいたふうな口をきくな」

上着を脱いで椅子の背にかけながら、涼子が答えた。

「ご心配なく。調査して、安全であることは確認してあります。下手にホテルに部屋をとったり、専務の私邸に入るより、ここのほうが怪しまれません」

木原についていた男は、涼子と合流したときから姿を消していた。テープを見たのは三人だけだった。

少年野球だ。木原はぼう然と画面に見入った。本当だったのか、本当にこんな子供たちを巻き込んでいたのか。

柔軟体操をしている二人組の子供。ユニホームには名前がないし、それほど立派なものでもない。兄弟や選手たちの間で使い回しにされているような、洗いざらしのものだった。

子供の一人が、カメラに向けてぐっと近寄る。カメラマンが驚いて、画面が振れる。音を消してなければ、笑い声や歓声、ひょっとすると、カメラマンが尻餅をつく音まで聞こえるかもしれない。

「ここだわ」

涼子が指さし、画面を止めた。

カメラに向かっておどけてみせた少年の瞳が、赤褐色に光っている。フラッシュのあてかたで、スナップ写真に写った人の目が光ってしまうことがあるが、それと似ていた。

が、色が違う。めずらしい、だがどこかで見た覚えのあるような色だ。木原はふさわしい例(たと)えを思い浮かべようとして、しばらく考えた。

そうか。真新しい十円硬貨の色なのだ。

「これは……なんです？」

「ナンバー・エイトの副作用の特徴です」

涼子が平らな声で言った。視線をたどると、彼女は問題の少年ではなく、その相手をしている少年を見つめていた。眉間にしわが浮いている。

ビデオは三分ほどの長さだった。元はもっと長いものだったのだろう。宗田が必要な部分だけ編集してよこしたのだ。

「こんなものか」幸田専務が吐き捨てた。

「こんなものに五千万か。私はまた、医師の診断書のようなもっと確定的なものと思っていた」

「これでも充分確定的です」

画面に見入ったまま、涼子が答えた。

「ナンバー・エイトの副作用の特徴を顕著に表わした子供と、その子供が死んだ事実と、その子の遺髪からナンバー・エイトが検出されたという事実の三つが揃えば、ほかに何が必要です？　国内でも国外でも、生産・販売・投与を禁じられている薬が、五年前に死んだ子供の髪から出てきたことの理由を、どうやって説明します？」

「我々が投与したという証拠はない」専務は言いきった。

驚いたことに、涼子は実に汚い悪態をついた。充分に汚い、そして的の真ん中を射止めた悪態だった。そして続けた。

「この子たちが練習していたのは大同製薬のグラウンドですよ。それなのに、うちは無関係だと言い通せますか。現行犯で捕らえられた泥棒が、自分はただの通りがかりの者だと言い訳するようなものです。しかも、盗品を手に持ってね。馬鹿な言い逃れに頭を使うのはよして、このグラウンドがどこだか思い出してください」

怒りすぎて、専務は口をきくこともできないようだった。ますます馬鹿になる。木原は心のなかで思い、涼子の質問に答えようとした。販売課にいたころ、イベントや宣伝のためにグラウンドを使用したことがある。もちろん、練習場所に困っている野球やサッカーのチームにグラウンドを提供していることも、よく知っている。ここはどこだろう？

記憶は眠っていたが、起こすのに手間はかからなかった。

「晴海の埋立地近くにある、第二グラウンドですよ」木原は落ち着いて答えた。

「間違いありませんか」

「確かです。私はここで、大同製薬主催の家族運動会の進行係をしたことがあるんです」

涼子はさっと立ち上がった。電話に向かう。

「投薬実験のデータは処分されていても、当時、いつ、どんなチームにグラウンドを提供していたか、その記録は残っているはずですね？」

「もちろん」

「それを照会させましょう。宗田という男は、この子供たちに親しい人間だったはずです」

プッシュボタンを押し終えると、すぐに相手が出た。あの男たちの誰かだろう。木原は思った。散って、それぞれの作業にかかっているのだ。

涼子は手早く用件を言いつけた。切ろうとしたとき、相手が何か言ったようだった。彼女はぎゅっと受話器を握った。

「なんですって?」

木原と専務には見えない会話が続き、やがて涼子は言った。

「わかったわ。その探偵社を調べてみて」

電話を切ると、胸の前で腕を組んで専務を見おろした。

「今日、人事部に、昔、大同製薬の第二グラウンドで管理人をしていた人物の勤務状況を教えてほしいといって、蓮見探偵事務所というところから人が来たそうです」

「どういうことだね?」

専務がおそるおそる質問した。いまや、全ての主導権は涼子の手のなかにある。

「その人物をこれから採用しようとしている会社のための、採用調査だと言っていたそうです」

涼子は木原に訊いた。

「単なる偶然でしょうか?」

木原は黙っていた。涼子は答えを知っているのだ。

「蓮見探偵社の話では、その人物の名前は『結城』。右の眉毛の下に目立つ傷跡があるそうです」

「宗田だ」木原はゆっくりとつぶやいた。

「『結城』を調べるために蓮見探偵社を頼んだ依頼人が誰なのか、ぜひとも知りたいものです。単なる採用調査とは思えませんから」

「世の中には思いがけない偶然というものがありますよ」木原は言った。

「そうかしら」微笑みが消えた。

「わたしは、このビデオの中の少年に、どうも見覚えがあるような気がするんです。ナンバー・エイトの副作用で死亡した子供ではなく、その子と一緒に映っている子供のほうです」

もし、わたしの記憶に間違いがなければ——涼子は低く言った。

「宗田という男は一石二鳥を狙っていたことになります。汚いやり方だけれど、頭がいいわ」

涼子はキッチンにたち、コーヒーを淹れてきた。彼女は、的確な悪態をつく才能とともに、うまいコーヒーを淹れる才能にも恵まれているらしかった。

最初の情報は、木原についていた男が持ってきた。ドアチャイムが二回鳴り、涼子が出た。戻ってきたときには書類の入った封筒を手にしていた。彼女はその中味を、一人だけで、専務にも木原にも背を向けて読んだ。専務は文句も言わなかった。

それから一時間後、今度は電話が鳴った。これにも涼子が出た。

彼女はほとんど口をきかなかった。小さくうなずきながら、相手の話を聞いている。

「ご苦労さま」最後にそれだけ言って、受話器を置いた。

涼子はデッキに近づき、さっきのビデオテープをもう一度かけた。

「何をするんだね」

「もう一度ごらんになってください」

ユニホーム姿の二人の少年。赤褐色に、奇妙に光る瞳。木原はじっと画面を見守った。

「こちらの、死亡した少年の相手をしている子供を見てください」

涼子は木原を振り向いた。

「木原さん、高校野球はお好きですか?」

木原は当惑した。

「好きというほどではないですが……」

「じゃあ、ご存知ないかもしれませんね。こっちの少年、これは諸岡克彦です」

どこかで聞いたことがある名前だ。木原は思った。そして、思い出した。

「つい最近、確か、同級生に殺されたはずだ」

エース、火だるまに。見出しが目に浮かんだ。

涼子はうなずいた。

「表向き、そう見せかけられているだけですよ」

「見せかけられている?」

「そうですよ。だって、犯人と断定されて、自殺したことになっている山瀬浩という少年の名前も、グラウンドを利用していたチームのリストのなかにあるんですもの。当然ですけれどもね。彼と諸岡克彦とは、少年野球チームのチームメイトだったと、新聞にも載っていました」

涼子は指先で軽くリストを叩いた。

「そして、公に報道されているかぎりでも、山瀬浩は健康体ではなかったことがはっきりしています。どうやら、ナンバー・エイトの副作用ととてもよく似た症状に苦しんでいたようですよ」

混乱する頭で、木原はビデオに目を戻した。今はもう死んでしまった子供たち。

涼子は専務に向き直った。

「木原さんに、投薬実験の具体的な部分をお話ししてもいいですか？」

「勝手にしろ」専務はこちらを見もしなかった。「どのみち、木原には最後までやりとげてもらわねばならんのだから」

涼子は木原の向かい側に腰をおろした。

「練習場に困っている少年野球やサッカーのチームにグラウンドを提供する。それ自体は企業のイメージアップに役立つ、なかなかの美談です。でも、全くの無料というわけではなかった。それと引き換えに、市価より割安ではありますが、スポーツドリンクや栄養補助食品を買ってもらう。それは木原さんもご存知のことですね？」

木原はうなずいた。

「それでも、グラウンドを借りるよりは安いものですし、実際、子供たちに必要な肝油とか、栄養強化飲料の宅配とか、そんなものです。どこでも必要としているものだし、決して押し売りしたわけではない」

「ナンバー・エイトはそれらのなかに混ぜられていたんです」

爆弾発言のはずだった。が、木原は吹き出してしまった。

「馬鹿ばかしい。そんなことをするわけがないじゃありませんか」

「なぜです？」

「投薬実験というのは、もっと非常に微妙なものじゃないんですか？　私はその分野では素人だが、そんな安直なものではないことぐらい分かっています。ほかの薬品や食品に混ぜて適当に服用させて、あとはどうするんです？　どうやって効き目をみるんです？　どうやってデータをとるんです？」

話しているうちに、笑いから怒りが生れてきた。

「そんな下手な方法をとるよりも、もっと確実で正確な方法がいくらでもありますよ。現に、新薬の実験に協力してくれる人材を求めて、大学や専門学校に募集をかけています。そこに書かれている内容と、実際の実験内容とどの程度の差があるのかは、私には分かりません。しかし、そういう簡単で正攻法のやり方がある以上、なにもほかの手の込んだ、危険な真似をすることはないんです」

木原は専務を見やった。

「まさか、人を雇う金を惜しんだわけではないでしょう?」

専務は涼子のほうに手を振った。

「続けてやれ」

涼子は続けた。

「ナンバー・エイトに限っては、それができなかったんです。以前申し上げましたでしょう? 企業とは、裏口が開けっ放しにされている要塞なんです。どんなに注意していても、どこで、今、どんな新薬を開発している、実験している、という情報は漏れ出てしまうものなんです。そして、ナンバー・エイトと同時期に開発されていたある新薬が、やはりそうでした。その新薬があったからこそ、ナンバー・エイトは絶対に秘密裏に実験開発されなければならなかったんです」

「どんな新薬です?」

ひとつ息をつくと、涼子は答えた。

「成長ホルモンのたんぱく同化ホルモン——一般に、筋肉増強剤と呼ばれているものです。よそでもごまんとつくっていますし、どんどん新しいものになっている。でも、大同製薬がそのとき開発していたこの筋肉増強剤には、他社のものと決定的に違っている点がありました」

涼子は一言、はっきりとくぎって言った。

「ナンバー・エイトでは検出できない薬物だ、ということです。つまりナンバー・エイトとは、その時点で大同製薬が開発していた新薬以外の、全ての筋肉増強剤を検出することのできる、テスト薬品だったんですよ」

　木原の頭には、それがどんな使い道のある薬品なのか、すぐには具体的なイメージが浮かばなかった。月に二、三度、打ちっぱなしにいくことがある程度のゴルファーで、スポーツ中継もプロ野球ぐらいしか見ないほうだ。やっと納得がいったのは、涼子の口から「ドーピング」という言葉が出てからだった。

「つまり、ドーピング・テストに使われる試薬だったというわけですか」

「そうです」

「しかし……あれは、私の知っているかぎりでも、検出する薬物にはもっといろいろな種類があったはずじゃないかと――」

「ええ、そうです。筋肉増強剤だけではありません」涼子は教師のような口調になった。

「現在のところ、公式の大会で使用禁止リストに載せられている薬物は一〇三種類あります。大きく分けて、興奮剤・β遮断剤・利尿剤・麻薬性鎮痛剤、そして筋肉増強剤の五つで、現在の検査方法では、競技の終ったあとで、くじびきであたった選手や上位入賞者のみの尿のサンプルを七十五ｃｃ採取して、この一〇三種類全ての薬物を検査し終えるまで、二十四時間かかっているんです」

「ナンバー・エイトが導入されれば、その時間が短縮されることになるということですか？」

「いいえ。競技会におけるドーピング検査では、ナンバー・エイトはあまりその威力を発揮しません。さっきも言ったように、検出できるのは筋肉増強剤だけですからね。ただね、木原さん。今日では、ドーピングをする側にも専門家がついていて、非常に綿密な計画を練って、検査にひっかからないように注意して薬を使っているものなんです。実際問題として、検査にパスできなかった選手は薬の使い方が下手だった、失敗したと言われるのが現状です」

　そこで、検査する側の体制にも変化が出てきています。涼子は続けた。状況を忘れ、木原は興味をもってその話を聞いていた。

「競技会の場だけではなく、選手がトレーニングしている場所に出向いて、文字どおりの抜き打ちで薬物の検査をする。そういう方法も、新しい傾向の一つです。日本ではまだまだ思い付きでしかありませんが、世界的な流れとして、向こう数年以内にそうした検査が一般化するようになるに違いないと、わたしたちは考えています。その場合、記録や勝敗のかかっていない、鍛錬の場で使用される薬物として、真っ先に考えられるのは筋肉増強剤ですからね。ナンバー・エイトはそのときのために、最も適した試薬です。しかも、検査にかかる時間が、従来とはくらべものにならないほど短くて済むんです」

「検出方法も簡単で良かった」

　専務が言った。どこか懐かしんでいるような、惜しんでいるようなその声の調子に、木原は身震いした。

「現在のように、尿や血液を採取して、時間をかける必要がない。陸上競技でも、重量挙げでも、競技は何でもいい。選手たちにナンバー・エイトを経口服用させる。そして、一定時間が経過したら、ユニホームでも、靴下でも、タオルからでもいい、その選手の汗を採取する。専用の吸取紙を腕に張り付けるだけでもいい。それだけで、筋肉増強剤を服用していれば、ナンバー・エイトが反応して、たちまち『陽性』とわかるという仕組みだ。まさに画期的な薬だった。理論上と、動物実験ではな。あと必要なものは――」

「人体実験だけだった、というわけですか」木原は言った。

専務は明らかに残念がっていた。木原の言葉の刺にも気づかず、頭を振る。

「まず、ナンバー・エイトを世に出す。スポーツ界の一部では、薬物使用はいまや常識だからな。大パニックが起きただろう。そのあと、こっそりと、新しい筋肉増強剤を出す」

だいたいがそういったものだ。あぜんとしている木原に、専務はむっつりと言った。

「この種の薬物に抱き合わせの開発はつきものだ。そう驚くな」

「だから、子供たちでもよかった」涼子が言った。

「毎日毎日、ごく微量の筋肉増強剤を、宅配の乳酸飲料や肝油に混ぜて、子供たちに与える。その筋肉増強剤自体は、量的にも、質的にも、一年や二年服用したところで問題になるものではありません。もちろんナンバー・エイトで検出できる種類の、既成のものでした」

「そして、いざ実験というときに、ナンバー・エイトを飲ませる」

木原は言った。気分が悪くなりそうだった。

「宅配の飲料に、その日の朝だけナンバー・エイトを入れることもできる。あるいは、子供たちにスポーツドリンクを差し入れてやることもできる。誰が飲んで、誰が飲んでいないのかは、ゼッケンを見れば分かることだ」

「だから、野球やサッカーを選んだんです」涼子が答えた。

「普通、筋肉増強剤やドーピングにはあまり縁のないスポーツですけれど、ゼッケンをつけるし、ユニホームに小道具が多い。とりわけ、野球はね。練習が終り、子供たちはグラウンド施設内の更衣室で、汗に濡れたユニホームを脱ぎ、お風呂に入ったり、シャワーを浴びたりする。その間に、ソックス一足、タオル一本、盗んだりすり替えたりすることぐらい、造作もないことです。そうして、ナンバー・エイトが見事に筋肉増強剤を検出しているかどうか、狂喜しながら確認した、というわけです」

ところが、そのナンバー・エイトには恐ろしい副作用があった。子供の命を奪ってしまう副作用が。木原はがんがんする頭を抱え、死んだ由美子のことを考えた。由美子と同じようにデータの一つとして死んでいった人間がいたのだ。ここにいたのだ。

「蛇足ながら――これはわたしの推測ですが」涼子はじっと幸田専務を見た。

「専務としては、目の前に、何の疑いもなく跳びはねている子供たちがいるのをごらんになっていて、誘惑に負けたということもあったのではありませんか？　こちらで御膳立したのではなく、きわめて実際に近い臨床実験を行なえる絶好のチャンスだったんですから」

幸田専務はその質問を無視した。

「しかし、宗田が一石二鳥を狙っていたとは、どういうことだ」

木原には、専務の質問が遠く聞こえた。

「わたしたちは、子供にナンバー・エイトを投与していたことで、強請られていました。その事実のうえに立って彼に弱みを握られているのは、わたしたちだけです」

涼子が答えている。

「でも宗田という男は、その事実の裏面にまで頭を使っていたようです。わたしたちは、ナンバー・エイトの効き目を確かめるために、スポーツに興じる子供たちに筋肉増強剤を投与してきました。誰にも知られないように、一年以上にわたって、成長期の彼らに投与してきたんです」

涼子がため息をついた。初めてのことだった。

「過去に被験者となった子供たちのなかに、現在、スポーツ界で優秀な成績をおさめている子供がいたとしたら、どうでしょう？　その子供は、彼の優秀な成績が、ひょっとしたら彼の努力と素質だけでない、薬物の働きによるものかもしれないと世間に思われるような事実を暴露されることを、はたして喜ぶでしょうか」

木原の目が、涼子の目とあった。彼女は何の感情も表わさず、こんなことをしゃべっているのだ。

「それが、諸岡克彦――」

「そうです。間違いありません。先ほどの電話は、宗田――もう、昔大同製薬のグラウンドで働いていた『結城』と呼んでいいでしょう――の勤務履歴を照会してきた蓮見探偵事務所を見張っていた者からの連絡でした。彼は、そこできわめて興味深い人物を見かけたそうです」

　間を置いて、涼子は言った。

「諸岡克彦の、父親です」

　木原の頭のなかで、胸の悪くなるような解答が閃いた。

「そうか……だから小切手だったんだ」

「小切手だと？」専務がおうむがえしに言った。

「最初の要求は小切手だった。どうせ換金することもできないし、額も少ない。それでいて、絶対に大同製薬が正式に振り出したものでなければ駄目だと言い張ってきた。宗田は、いや、結城は、諸岡側を強請るために、薬物に暗い、そして容易に信用するはずのない相手を納得させる材料として、小切手を使ったんですよ」

「これこのとおり、大同製薬は強請に応じておりますよ、とね」

　涼子は腕組みをした。寒いのだろうか。木原は思った。せめて、こんな話に寒気をおぼえるくらいの人間味はあってほしいものだ。

「だから、諸岡家は結城を探している。何としても見つけ出すでしょう。実際、わたしたちは彼らから、宗田が結城であることを教えてもらったんですから」

「なぜ、今になって探しているのだろう？」

　木原は、ほかにどうすることもできず、涼子に訊いた。

「探してどうするつもりなんだろう？　諸岡克彦は、同級生に殺されて――」

「ですから、それこそありえない偶然だと思いませんか?」

涼子は薄い笑みを浮かべた。木原の心をすっと撫で切りにするような微笑だった。

「諸岡克彦が強請に屈せず、真実を暴露しようとしたら、結城としてはどうしようもない。口をふさいでしまうしかないでしょう? そしてその罪をなすりつけ、もう一つの危険分子であった山瀬浩も『自殺』させてしまったというわけです」

「諸岡克彦と山瀬浩は、あまり前向きとは言えない形ではあったが、つながりを持っていた……」

報道された事件の内容を苦心して思い出しながら、木原は言った。

「そうです。でも、山瀬浩の存在は、結城にとっては予想外のものだったんでしょう。彼は後遺症に苦しんでいただけで、強請の対象になるような存在ではありませんから、結城のほうからアプローチしていたはずがありません。山瀬浩はたぶん、諸岡克彦を通して、自分を苦しめているものの元凶を知ったんでしょうね。とたんに、彼らは結城にとって、金づるどころかとんでもない爆弾になってしまった。そこで、結城は一石二鳥の方法を考え出したというわけです」

そして、克彦の親は、もちろん強請のことを知っているはずです。涼子は動ずることもなく続けた。

「克彦が話したでしょうし、いえ、結城が最初にアプローチしたのは、親のほうだった可能性が高い。順序としてね。だから、子供を殺された親は、全て暴露して子供の名誉を損なうことをせずに結城を見つけ出そうと、探偵事務所なんか雇っているんですよ」

「結城を殺すつもりだろうか」専務が立ち上がった。そうしてくれれば有り難いと言わんばかりだった。

「警察にも知らせていないところを見ると、私刑をするんでしょうね」

涼子はこともなげに言いはなった。

「そうなれば、こちらも細工がしやすくなります」

木原に向き直る。

「関係者一同、揃ったところで始末できますからね」

「始末――」

「そうですよ。誰が一人残っても不公平ですものね」

「殺人という意味ですか」木原の問いを、幸田専務があざ笑った。

「しかし、しかし、それでいったい何人の人を殺すことになるか分かって言っているんですか?」

「殺人は、本来、馬鹿のすることです」涼子はぴしゃりと言った。

「最悪の手段ですからね。でも、やむをえずその最悪の手段をとるときは、根刮ぎにしなければやる意味がありません。それに、大量殺人のほうがむしろ隠しやすいんですよ。一人が刺し殺されたなら警察も騒ぎます。でも、五人が車の転落事故で死亡しても、それは事故ですものね」

「どうするつもりかね」専務が訊いた。木原はソファに座り込んだ。

「彼らと結城を引き合わせてやることから始めましょう」涼子が答えた。

そのとき、またドアチャイムが鳴った。涼子は満足げに微笑むと、木原を見た。

「人間よりもずっと信頼のおける機械を使ってと申し上げましたよね。どうやら、その機械の一つが答えを出してくれたようです」

ドアに向かう。今度戻ってきたときは、仲間の男と一緒だった。木原には見覚えのない顔だ。

「結城の居所が分かりました」男が言った。

「ワンチャージで十二時間使える発信機を、現金を詰めたバッグの底に仕込んでおいたんです。尾行より確実でしょう？」涼子は煙草に手をのばした。

木原はなにも言うことができなかった。

「簡単なことですよ、木原さん。あと少し、手を貸してください。それで全て解決。あなたも、またもとの生活に戻れるというわけです」

言葉を切り、充分間を置いてから付け加えた。

「お嬢さんと一緒に、ね」

その瞬間、木原は運命を悟った。逃れるすべはない。それでも、今この場で命を絶って魂だけでも美穂のもとに帰りたいと、切実に思った。

第三章　最後にマサは語る

1

「思い出しましたよ」

ビデオを見て、諸岡氏は言った。「確かにこういう男がいました。あのころは、克彦たちが世話になって、なついていた」

「何だってこいつが、死んだ宗田淳一の名前なんかかたって、兄貴に近づいてきたんだろうな」

それからというもの、進也と加代ちゃんは、メンバー表を頼りに当時の関係者たちを訪ね歩き、一方で結城の現在の居所を探し出すことにかかりきりになった。大同製薬には、結城雅之（まさゆき）を――フルネームを覚えていたのは、当時の伊勢監督だった――これから採用しようとしている会社からの依頼を受けて、勤務履歴を調べている、というふれこみであたってみた。整備員として雇われていた当時の住所しか分からなかったが、そこから現在までたどってくるようなことなら、時間はかかるだろうが、探偵社の守備範囲内のことだ。

このごろの進也は、夜になると家に戻ったり、ときには「ラ・シーナ」に顔を出したりして過ごしている。一時でもじっとしていることが辛いようで、普通の状態でいても怒っているような顔をしていた。

「『アダム』でどんちゃかやったときの連中が、おまえに仕返ししようとカリカリしてるらしい」

一度、マスターからそんな忠告があった。

「出歩くときには注意しろよ。俺も気をつけておくが、蓮見さんたちを巻き込んじゃいけないからな」

結城探しを続ける一方、克彦君殺しをもう一度最初から洗い直すことも始めていた。加代ちゃんはまず真っ先に、事件当夜、松田学園の寮の付近で山瀬浩の運転する車を見かけた目撃者に会いに出かけていった。

「コアラのぬいぐるみ?」

その目撃者は近所に住むサラリーマンで、おとなしい感じの男だった。最初のうちは口数も少なくて、話を聞き出すには骨が折れた。だが俺は、経験的に、雄弁な目撃者ほどあてにならず、しかも危険なものはないと思っているから、この慎重な目撃者には安心感をもった。

「サイドウインドウに?　いや、そんなもの見ませんでしたよ」

「確かですか?　カーアクセサリーですからそんなに大きなものじゃありませんけれど、吸盤で窓ガラスに張り付くようになっているものです」

「もし、そんなものがあったら気づいていたと思うけどなぁ。運転手の顔がちゃんと見えたくらいですから」

「それが山瀬浩君だったことに間違いはありませんか？」

サラリーマンは肩をすくめた。

「間違いないと思いますよ。まだ高校生ぐらいに見えたので、あ、無免許運転かなと思ったし」

あとで、進也が不服そうな顔をした。

「コアラのぬいぐるみに、何でそんなにこだわるんだよ」

俺は教えてやりたかった。松田学園で目撃された車と、俺たちが工場団地で見かけた車と、が、ひょっとしたら別のものだったかもしれないからだよ。つまり、車が二台使われた可能性があるからだよ。

車に関する聞き込みの間に、思いがけない拾い物があった。克彦のファンで（加代ちゃんは『グルーピー』という俺には耳慣れない言葉を使ったが）、寮の周りでうろうろしていることが多かったという女の子に出会ったのだ。

彼女は、松田学園の寮やグラウンドの周囲で、長髪に、右の眉の下に傷跡のある男を、一度ほど見かけたと話してくれた。

「何をしてました？」

「何って——あたしたちと同じよ。じっとグラウンドを見てたり、窓を見上げたり」

「克彦君、残念なことになってしまって、悲しかったでしょう」

グルーピーの女の子は、長い髪の毛をかきあげた。

「ショックだったわ。あたし、彼が死んで一年たつまでは、ほかの選手のファンにならないことに決めてるの」

「そんなに野球が好き?」

「ぜーんぜん」ケロリと答えた。

「あたしが好きなのは、野球選手よ」

いやはや。だが、彼女の言葉で、俺たちの結城探しに勢いがついたのは確かなことだった。

結城探しが始まってから、諸岡氏はほとんど毎夜、蓮見事務所を訪ねてきた。調査の進行状態を聞き、その合間に、ぽつりぽつりと昔のことを話す。思い出話を楽しみながら、不意に、今現在その克彦がいないのだということを思い出して口をつぐむ。

それは、昔のチームメイトや伊勢監督、コーチたちも同じだった。

昔、大同製薬のグラウンドで働いていたころの結城を一番よく知っていたのは、当時の伊勢監督だ。理髪店の主人である伊勢監督は、今でも小さな少年野球チームを率いている。現在でも、大同製薬の第二グラウンドを週一回、借りている。

「大人でも使えないような施設を無料同然で貸してもらって、うちみたいなチームはうんと助かってますよ。グラウンドだけじゃなく、更衣室やシャワーも貸してもらえるからね。今どきの子供はぜいたくだからあたりまえのような顔をしているけれど、こりゃ、大変な厚意ですよ」

「向こうさんだって宣伝なんだから。引き合うもんがなきゃやりゃしないわよ」

同じ理髪店で腕っこきの奥さんにとっちめられて、伊勢監督は首を縮めた。

「いやだねえ、女ってのは。心意気ってもんを理解しないときてるから」

「結城さんて、どんな人でしたか？　その頃まだ二十代でしょう？　どうして整備員なんかしてたのかしら。アルバイトでしょうに」

「さあねえ」伊勢監督は、さりげなく加代ちゃんと進也の頭の格好を観察している。

「実家はどこか地方ですよ。まあ、東京にひと旗揚げに来たって口だな。古い言い回しだけど、やっぱりそういうのは今でも多いですからね。悪い男じゃなかったですよ。子供らもなついていたしね」

「なんとかって商売をするんだって言ってたじゃないの」細君が口を出した。

「ほら、なんとか、ナーとかいうの」

「それじゃわかんねえだろうが、馬鹿」

怒鳴ってから、伊勢監督は考えた。向こうでは、細君が威勢よく剃刀(かみそり)を研いでいる。

「スポーツ・トレーナーだ」うんうんとうなずく。

「プロ野球でさ、選手がデッド・ボールをくらうとベンチからスプレー持ってすっとんで来るのがいるでしょうが。あれですよ、あれ。あれでなかなか、難しい仕事らしくてね。食えるようになるまで、ずいぶんと勉強したり、資格をとったりしなくちゃならないらしいよ。

それだって、仕事の口は限られてるしね」

帰り際に、よく光るはさみをかざして、伊勢監督は言った。

「ところで、進也君て言ったっけ、ちっとばかし散髪していかないかい？　もうちっと短めにするとサッパリすると思うね、オレは」


その晩、事務所に戻って（もちろん、進也は散髪せずに逃げてきた）諸岡氏と話をしているとき、氏はふと、訊いた。

「今でも、グラウンドを貸してもらう代りに、乳酸飲料や肝油を買っているのかな」

「別になにも聞きませんでしたけれど、昔はそうだったんですか？」

「そうですよ」諸岡氏はうなずき、進也に訊いた。

「お前、覚えていないかい？」

進也はしばらく考え込み、やがてゲッという顔をした。

「兄貴、まずい肝油を食ってなかったっけ？」

「食べていた」諸岡氏は答えた。

「今、伊勢さんが預かっている子供たちには、やめさせたほうがいいな」

加代ちゃんがその理由を問わないうちに、氏は話題を変えてしまった。

人間というのは、俺たち犬族のように身一つで生きていくことができない。だから、どんな暮しをしていても必ず、航路のようなものを残している。戸籍や住民票のようなあらたまったものでなくても、電話や水道・ガス料金の支払いや、家賃や、日常のこまごまとした必要を満たすためには、完璧に匿名を貫き通すわけにはいかない。所在不明の人間を追いかけるには、その航路のはしっこを何とかしてつかみ、あとはこんがらがらないように注意深く、根気よくたぐっていけばいいのだ。

その作業を始めて十日目の晩、いつものように諸岡氏の車が外に停まる音がした。寝そべって床に耳をつけていた俺は、その足音がいつもより乱れ気味で、事務所に入ってくるまで三度も立ち止まるのを聞きつけて頭を上げた。

「こんばん――どうなさったんですか？」

日報を書いていた加代ちゃんが驚いたほど、諸岡氏の表情はこわばっていたのだ。

「進也はおりますか」

戸口に突っ立ったまま、そう訊いた。

「はい、奥に」

「進也と蓮見さんがたに一緒に来ていただきたいのです」

俺は起き上がった。諸岡氏は言った。

「ついさっき、結城から電話があったんです。私と会いたいと」

「ここですね」

助手席から身を乗り出して、諸岡氏が言った。いつも、それほど血色がいいとは言えない顔が、のっぺりと白くなっている。

結城が指定してきた場所は、大同製薬の第二グラウンドの——昔、克彦や山瀬浩や宗田淳一が練習のために借りていたあのグラウンドだ——裏手にある駐車場だった。「関係者専用」の大きな掲示板がかかっており、車は一台しか停まっていない。ダークブルーのツードアで、あちこち泥だらけ。少なく見積もっても三か月は洗車していないように見える。

「人けがないですね」

ハンドルに手をあずけた加代ちゃんは、背中をぴんと伸ばしている。もしここで俺がくしゃみでもしたら、室内灯に頭がぶつかるほどの勢いで飛び上がってしまうに違いない。言葉の語尾も震えていた。

俺と進也と所長は、後部座席でくっつきあって、窓よりも下に頭をさげていた。腹が出っぱり気味の所長は苦しそうだ。

「場所に間違いありませんか？」

「はい。ここです。ひどく急いでいる様子でした」

加代ちゃんが、クラクションを小さく二度鳴らしてみた。

返事なし。人影なし。

「降りてみます」諸岡氏は助手席のドアを開けた。

「気をつけて」

諸岡氏の足が見え、ドアから離れると上半身が見えた。車のまえを回るとき俺の視界から消え、やがて、駐車場の中央にゆっくりと歩いていく姿が浮かんだ。

小雨が降っている。駐車場の端に取りつけられている常夜灯に、銀の針のような雨足が光る。

所長がそっと、俺の側のドアを、俺がぎりぎり通り抜けられる幅だけ開けた。俺は冷たいアスファルトに降りると、素早く車の後ろを回り、常夜灯の届かないところへ走った。

諸岡氏は独り。

「宗田さん」

呼んでみる。しばらく待つ。返事はない。諸岡氏は、少しためらってから、放置されているツードアに近づいた。

ドアに手をかける。またためらう。加代ちゃんたちの車を振り向く。それから窓越しに中をのぞきこむと、ドアに電流でも流れていたかのように手を引っ込めた。

ドアは開いていたのだ。諸岡氏が激しく後ずさりした。それに続いてドアが開く。力をかけたわけでもないのに。内側から押されているように。

諸岡氏の足元に、ドアを押し開けたものが転がり落ちた。頭を下に、鈍い音をたて、重たげで無力に。加代ちゃんがつきとばすようにドアを開けた。

「宗田です」諸岡氏の声が調子を失った。

暗がりからながめている俺の目に、転がり出てきた男の右の眉のしたの傷が見えた。

そう。死んでいる。

「動かないで」

女の声だった。突然、諸岡氏の後ろに、すらりと背の高い、真っ赤なブラウスを着た女が現われた。彼女の白い手が諸岡氏の喉元にのぞいている。その手に、およそ不似合なアーミーナイフが握られていた。

「なにしやがんだよこの――」

俺が動くより先に、後部のドアから進也が飛び出した。ドアの脇に、黒っぽい背広の男がもう一人立っていた。縦横のあるいい体格の男だが、動きは早かった。その手に、ナイフではない何かがあって、飛びかかっていった進也にむけて突き出された。

青白い火花が散り、大型のヒューズがとんだような音がした。進也が棒杭のように倒れ、オゾンの匂いがかすかに走る。

スタンガンだ。そう思ったときに、また別の男の存在に気づいた。遅かった。

2

俺は辛い道中を過ごした。

結城の死体が転がり出てから起こったことは、何が何だか分からなかった。判断のついたのは、この状況では俺一匹ではとうてい勝ち目がないということだけだった。

そこで俺は、得体の知れない赤いブラウスの女たちに発見されないよう、闇を拾って素早く動いた。結城の乗せられていた車の下に滑り込むと、ぴったりと身体も耳も伏せて成り行きを見守った。

連中は俺には全く気がつかなかった。所長が、今回のような場合には必ず俺を連れていき、かつ、俺がそこにいることを誰にも悟られないように行動させてくれることに、あらためて感謝した。

連中は、倒れている加代ちゃんたちをどこかに運ぶつもりらしい。もちろん、結城の死体もだ。男の一人が結城を回収に近づいてきたときは、俺はじっと息を止めていた。

まもなく、中型のヴァンがゆっくりと駐車場に入ってきた。車体は黒く、窓はハーフミラーになっている。サンルーフがついているが、もちろん、今はぴったりと閉められている。重い音をたててドアが開く。

加代ちゃんたちが運び込まれていく。一人に二人がつき、頭と足を持つ。慣れた動作で、まあ、妙な言い方だが、見ていて安心はできた。意識のない人間を荒っぽく扱うと、思いがけない怪我をさせることがあるのだ。この連中は、少なくともその辺のことを心得ていると見た。だがそれで、この連中が何者で、どんな目的を持っているのかという謎が解けたわけではない。

そこで、意外なことが起きた。

諸岡氏だけはヴァンに乗せられなかったのだ。二人の男が両側から彼の肩を担ぎ、結城の死体が乗せられていたツードアにもたれかからせた。赤いブラウスの女がヴァンの中に向かって声をかけた。

「あとは頼んだわ。時間はかけないつもりだから、この人を連れていくまで待っていてちょうだい」

そこでちょっと、声の調子が変わった。

「木原さん、安心してください。これが片付けば、美穂ちゃんは無事にお返ししますから」

声にこたえて、ドアの端から新しい顔がのぞいた。貧相な顎の眼鏡をかけた男で、ひどく青白い顔をしている。何か言ったが、俺には聞き取れないほど小さな声だった。そしてすぐに顔を引っ込めてしまった。

なにがどうなっているのかさっぱり分からないが、とりあえず、ここに選択肢ができた。加代ちゃんたちと諸岡氏の、どちらに尾いていくか、だ。俺は加代ちゃんたちを採った。女の言葉を解釈するなら、いずれは諸岡氏も加代ちゃんたちと同じ所に連れていかれるのだろうから。

俺は連中が加代ちゃんたちを運び込み終え、残りの男がヴァンに乗るのを確認して、そっと車の下から出た。

エンジンがかかる。車体が勢いでぐんと揺れる。その一瞬に狙いをすまして、俺はヴァンのルーフに飛び乗った。車自体の音と振動が、俺の発した揺れと音をごまかしてくれる。背後を見ると、諸岡氏の肩を担いだ男二人と赤い女が駐車場を出ていくところだった。酔っ払いを家まで送っていくように見える。近くに別の車が用意してあるのでなければ、諸岡氏が連れ込まれるのはここのごく近くなのだろう。

スタートしたヴァンは、球場を迂回して走り出した。俺はサンルーフの部分に爪をたててしがみついていた。細かいが間断のない雨に、尻尾の先まで濡れながら。

小一時間も走っただろうか。高速には乗らず、町中を走ったが、運転者は目的地までの道をよく知っているらしく、滑らかな走りぶりだった。必要と思われるとき以外はできるだけ、混雑する国道を避け、寝静まった家々のあいだを通り抜けていく。

蓮見事務所のある町を遠く離れて、同じ住宅地でも、もっと高台のほうへ向かっていることは、土の匂いがすることで分かってきた。ビルがめっきり少なくなり、かわりに、しゃれた造りの住宅の間に、ぽかんと、家庭菜園に毛のはえた程度の畑や、夜風に震えるビニールハウスが見えるようになってきた。

行儀よく軒を並べている似通った家並みを抜け、飛び飛びの街灯をやり過し、道が少し上り坂になってきたところで、ヴァンは舗装道路からはずれた。車体の揺れ方がランダムになり、俺は爪が抜けそうになった。

川沿いの、広い空き地を走っているのだ。左手は緩やかな斜面になっていて、ヘッドライトに照らされ、雨に濡れた下草がビロードのように光る。街灯も人家も遠くなり、視界はヘッドライトの届く範囲だけだ。

前方に、夜よりなお暗い大きな建物のシルエットが浮かび上がった。ヴァンはそこに脇腹をぴったりとつけて停まった。

運転手が降りる。つづいてヴァンの後ろのドアが上げられる。俺は屋根の一部になろうと努力をした。

連中は、加代ちゃんたちを建物のなかに運び入れ始めた。ヘッドライトが消され、ちょっと遅れて、建物のなかで鈍い明りがついた。小さな窓が浮かび上がる。

倉庫だ。ただし、相当荒れている。ペンキは剝げているし、乏しい明りで見えるかぎりでも、二か所の窓に放射状のひびが入っている。換気ダクトの蓋が外れ、泥んこの道に落ちていた。

倉庫そのものには、どこの誰の所有にかかるものであるか判別できるものが掲示されていない。だが、後ろを見ると、ヴァンが走ってきた広い空き地の真ん中に、傾いた立て札があるのを見つけた。漢字の苦手な俺は、えらい苦労をしてそれを判読した。

社有地　大同製薬株式会社
許可なき立ち入りを禁ず

大同製薬。俺は考えた。しばらくして、十字架を背負うとか何とかのきざなコマーシャルを思い出した。

連中は、加代ちゃんたちを運び込むと、たてつけの悪いアルミ枠のドアをしめてしまった。

「木原」と呼ばれた男は、なぜかひどく躊躇しているようで、ドアの前でぐずぐずしている。結局、後部座席に乗っていたほうの男が引き返してきて、背中を押すようにして中へ入れた。耳を澄ますと、鍵をかける音が聞こえた。俺は地面に飛び降りた。

中に入るのは、易しい仕事のようだった。ほったらかしにされてきたらしいこの空き地は、近所の住宅地に暮す人間たちにとって、格好の粗大ゴミ捨て場になっているらしい。空き地の真ん中では目立つと思うのか、あるいはそこは子供の遊び場なのか、シートの破れた椅子だの、埃をかぶったテレビだの、旧式の冷蔵庫だのが、倉庫の壁に片寄せて、文字どおり山になって積み上げられている。そこを足掛りによじ登れば、普通のビルの中二階ぐらいの高さにとられている外開きの窓に届く。俺は周囲をぐるぐる回り、入り口に近い窓が、ちょうど俺にうれしい幅で開けられているのを発見して、そこまで登っていった。

耳をたたみ、鼻先を忍び込ませると、中の様子が見えた。汚れと埃と役に立たなくなった機械。雨漏り。カビの匂い。梱包用の発泡スチロールが、素人芝居の小道具の雪のように散らばっている。

加代ちゃんたちは縛り上げられていた。まだ、誰も目を覚ましていない。スタンガンの威力は強烈だから、もう二、三時間は無理だろう。俺は、中で交わされている連中の会話に耳を澄ませた。

「どうする？」

後部座席にいた男が言った。「木原」と呼ばれた男は、結城の死体を見せられたときの加代ちゃんたちよりも、もっと怯えたような顔をしている。両手をぶらりと身体の脇に下げたまま、とろい潜望鏡のように首を動かし、ただ辺りを見回すばかりだ。

その視線が、倒れている加代ちゃんたちのうえで止まった。じっと見ている。俺の目には、この木原という男が震えているように見えた。

運転していた男は、こうして見ると、レスラーそこのけの大男だった。後部座席にいた男の倍はありそうだ。声まで太い。

「何もすることはないさ。待つだけだ」にやりと笑い、木原という男を見やった。「リラックスしてくださいよ。まだ時間はたっぷりあるんですから」

木原という男は、どもりながらしゃべった。

「どうしてもこんなことをする必要がありますか？」

荷台の男が答えた。

「会社のためですよ」

「それに、あんたのためでもある」大男が続けた。「大丈夫ですよ。あんた一人に全員を殺れと言ってるわけじゃない」

俺はどきりとした。もちろん、こいつらが加代ちゃんや所長と麻雀をするために誘拐してきたとは思っていなかったが、こう正直に言われるとね。それに、俺は品のない言葉遣いが嫌いだ。「殺れ」とは、いただけない。

どこからとりかかろうか。俺は考えた。力はどう見ても大男のほうがありそうだが、荷台の男は機敏そうに見える。ブルドッグとドーベルマンの組み合わせという感じ。木原という男は問題外だ。いつでも片づけられるし、ほかの二人を倒せば、俺が何もしなくたって尻をまくって逃げ出すだろう。

実際、木原という男は脅されてここにいるように感じられた。さっき女が言った、「美穂ちゃんは無事に返す」という言葉が引っかかる。

俺が作戦を練っているとき、背後で別のヘッドライトがきらめいた。あわてて頭を低くする。まぶしい。雨と闇をついてエンジン音が響き、白のプリマスが一台、ヴァンの後ろに停まった。

諸岡氏か？　見守る俺は、降りてきた人物に目を見張った。運転していたのは駐車場で見かけた連中の一人だったが、彼が車から担ぎ出してきたのは糸ちゃんだったのだ。

糸ちゃんを倉庫に運び込み、所長のそばに転がしてしまうと、彼女を連れてきた男は出ていき、プリマスも走り去った。

これはどう見ても、綿密に計画されたものだ。俺は慎重になった。俺一匹で救出作戦を展開するには危険が大きいかもしれない。この連中、少なくともブルドッグとドーベルマンは、単なるチンピラや凶暴なだけの素人ではない。

だいいち、連中の手にはスタンガンがある。

誰か一人でも目を覚ましてくれるまで待とう。できれば所長か、理想的なのは進也だ。「アダム」での手際から推して、あいつなら頼れる。

待つ間、三人の男たちは無言だった。後部座席の男はドアのところで行ったり来たりしている。大男は、倉庫の一部を仕切ってつくられた詰め所のようなところから、ガタのきた椅子を引っ張り出してきて、腰かけた。木原という男は床に腰を降ろし、頭を抱えている。

それから三十分ほどして、所長が目を開いた。ゆるゆると頭を振り、かなり苦労して身体を起こした。

ここはどこ？　あんた誰？　何をしてる？　という、答えをもらえるあてのない質問がひとしきり、所長の口をついて出た。特に、糸ちゃんの存在は所長を仰天させた。

俺は待った。所長が男たちと目を合わせているときに俺の存在を気づかせてはまずい。

所長があきらめて口をつぐみ、辺りの様子を確かめるように頭を巡らせたとき、俺は様子をうかがいながら、千切れそうなほどに尻尾を振った。

所長は気づいた。俺がここにいることを期待して探していたのだ。そして俺は、レスキュー隊員の命綱のように期待に応えられる犬なのである。

「やれやれ、ささらほうさらだ」所長が大声で独りごちた。

俺はピクリと動きを止めた。「ささらほうさら」は、所長の生まれ故郷の方言で「いろいろなことがあるものだ」という程度の意味だが、俺と蓮見事務所の調査員たちの間では、「合図を待て」という合言葉になっている。

糸ちゃんが目を覚まし、加代ちゃんが意識を取り戻す。俺は遠くて聞きとりにくいやり取りにじっと耳を傾けながら、辛抱強く待った。あとで聞いた話も加え、その時の様子を再構成すると——

どこかで水がしたたっている。

加代子は目を開いた。見慣れない角度で、人間の足が見えた。太い格子のように、加代子の顔のまえに立ちはだかっている。頬が冷たいのは、コンクリートの床に右の頬をくっつけているからだ。加代子の顔から五センチと離れていない場所に、嚙み捨てられたらしいガムの黒い残骸が落ちていた。

身体のあちこちに、しびれが切れたような感覚が残っていた。腰がひどく痛む。倒れたとき強く打ちつけたのだ、きっと。

倒れたとき。それでやっと、頭が整理されてきた。結城に呼び出され、諸岡氏とみんなで指定の場所にやってきて、いきなり襲われたのだ。

手足が動かなかった。ぴっちりと固定されている。信じられないことだが、縛られているのだ。両腕は背中にねじり上げられ、足はくっつけられて、足首と、膝の部分の二か所で縛られていた。

次第に目は慣れてきたが、辺りは薄暗かった。それに、スラックスをはいていてよかった。不自由な姿勢で、加代子は思った。ゆとりがあるわけではないが、せめてそれぐらい、この状況に楽観的なところを見いださないと、呼吸をするのが嫌になりそうだった。

それにしても、ここはどこだろう？　普通の部屋にしては、天井が高い。

「気がつきましたか」

太い格子のうえのほうから、男の声がした。

「そうみたい。でも、これじゃお話ができませんね」

実際、それだけ言葉を口にするだけで、息が切れてきた。

「起こしてくださると、あなたの顔も見えるんですけど」

背広の袖が見えた。かすかにシェイビング・コロンの匂いがして、二本の腕が加代子を支えてくれた。ちょっとのあいだ、やっぱり転がしておいて下さい！　と叫びたくなるほど苦しくなったかと思うと、加代子は床に座っていた。

「ありがとう」

長身でやせぎすの、眼鏡をかけた男だ。一目見て、病み上がりかと思った。相手は神経質に眼鏡をずりあげ、立ち上がって加代子のそばから離れた。

倉庫だ。天井が高いだけでなく、奥行も広い。そこここに、梱包された荷物や油の切れた機械が放置されている。加代子は梱包の一つにもたれかかるような姿勢になっていた。荷物につけられている送り状は黄ばんでいて、文字も薄れている。空気がカビくさい。ひとつ隣の梱包は包みが解け、詰め物の発泡スチロールのかたまりが床に転がっていた。金網入りの曇りガラスの窓が両側の高いところにあるが、どちらも放射状のひびが入っていて、そこから雨音が聞こえる。ここに着いたときより、何時間かたっているようだ。加代子は時計を探した。シャッターのたてきられている搬入口の脇に、詰め所のような狭い事務所があり、そこの壁に時計が見えたが、時刻は一時半を指したまま、赤い秒針も止まっている。明らかに、ここは使われていない場所なのだ。

「加代子」

父の声だった。急いで頭を巡らすと首筋がひどく痛んだ。

「お父さん……これ、どういうこと？」

父親は加代子と同じように縛り上げられ、膝をあわせて床に尻を下ろしていた。頭のうえに半分ほど開いた窓があり、そこから雨がふきこんでいるので、髪が濡れていっそう薄く見えている。それに寒そうだ。

さらに、その向う側に、なんと糸子までいた。父親に寄りかかり、やはり縛り上げられている。

「糸子？　糸子がどうしてここにいるの？」

「この人たちに連れてこられちゃったの」

驚いたことに、糸子は怖がっているというより怒っていた。

「家宅侵入と誘拐だわよね。あたし、これからゼッタイ、一人で留守番するの、嫌だからね」

「我々は一網打尽になったようだよ」父親はあっさり言った。

「進也君は？　諸岡さんは？」

「進也君はお前の後ろだ」

加代子は苦労して振り向き、自分と同じように縛り上げられている進也に気がついた。埃をかぶり、タイヤが二つともパンクしている小型のフォークリフトの下に身体を丸めて、目を閉じている。まだ意識が戻っていないので、自分の置かれた状況にも気づいていない。したがって安らかな顔をしている。あまり穏やかな顔なので、一瞬、死んでいるのかと思った。Tシャツの胸がゆっくり上下しているのを確かめるまでは、加代子も息を殺していた。

諸岡氏の姿は消えていた。

「諸岡さんは?」加代子は、眼鏡の男に訊いた。彼は困ったように首を横に振っただけだった。

加代子の頭は、ようやくはっきりしてきた。見張りの男は三人いる。眼鏡をかけたやせぎすの男。彼のそばには、詰め所から持ち出したのかシートの破れた椅子が何脚かあり、その一つを占領して、進也を倒した男が座っていた。そして出入口に頑張っているのがもう一人。小柄だががっちりした体格で、狭い通路を行ったり来たりしている。右手に、黒い棒のようなものを持っている。ちょっと考え、ようやくそれが何であるか思いついた。スタンガンだ。わたしたち、みんなあれでやられたんだ。

同業者かもしれない。手際の鮮やかさを思い出して、加代子は考えた。といったところで、秋刀魚(さんま)もピラニアもどちらも「魚類」、と分類するのと同じ程度の共通点しかなさそうだが。

椅子の男の手にもスタンガンがあった。膝のうえには、あのとき見かけた女の手にあったのと同じ、アーミーナイフが載っている。

男の陣取っている場所と、加代子たちとの距離は二メートルもなかった。間にあるのは雨漏りでできた直径五十センチほどの水たまりだけだ。

加代子は天井を見上げた。防水板でふいた天井のあちこちに隙間が見える。床に目を戻すと、鏡を割って散らばしたように、大小の水たまりができていた。

「あんたたち、どういうつもり？　なによこれ。集団緊縛ショーじゃない」

糸子はぶんむくれ、男たちに大声を出した。

「糸子」父親がたしなめた。「おまえ、嫁入り前の娘なんだよ。言葉に気をつけなさい」

「あいつの口の悪いのがうつっちゃったのよ」糸子は顎で進也を指した。

「一人だけ平和に寝てるじゃない？　いいかげんに叩き起こしたほうがいいわ。さもないと朝まで寝てるわよ」

「そうね」加代子も同意した。やせぎすの男にむかって頼んだ。

「起こしてやってくださいませんか」

やせぎすの男はちょっとためらい、相棒のほうを振り返った。

「こんな格好じゃ、何の抵抗もできませんから。せめて床に座らせてやってください」

アーミーナイフの男は無言だった。やせぎすの男が近寄って、進也を抱き起こした。

いくら子供でも、体格からいって、加代子よりは重いのだ。やせぎすの男は苦労して、汗を流していた。途中で何度か手を離し、休み休み、ようやく進也を座らせたときには、はあはあ言っていた。

「アイテ……」

寝言のようにつぶやくと、進也が目を開いた。その目がすぐに加代子の目とあったのは、彼にとって幸運だった。そうでなく、アーミーナイフの男の視線をとらえていたら、この短気な少年は、手ではない場所でアーミーナイフを持つ羽目になっただろう。

「静かにして。どうやらわたしたち、捕まったらしいから」

「そうしてください」

やせぎすの男が、馬鹿丁寧な口調で言った。この人、わたしたちよりびくびくしてる。加代子は思った。

「何がおっぱじまったんだよ、いったい」

ごく当然の疑問を、進也が述べた。やせぎすの男が口を開こうとすると、アーミーナイフの男が首を横に振った。

「なんでぇ？　おい、おっさん、こっちの質問には何にも答えられないってのかよ？」

「黙っていろ」

いきなり、アーミーナイフが言った。特に威嚇的な声ではなかったが、銅像が突然口をきいたようで、加代子はびくっとした。

「なんだよ、おめえも口がきけたのかよ」

「黙ってなさい！」加代子は言った。

「そのほうがいい」やせぎすの男が言った。

「どのみち、無駄だから」

ここはどこだろう？　どうなっているのだろう？　スタンガンの後遺症のせいか、頭が痛む。今の事態が愉快なものでないということ以外、加代子には何が何だか分からなかった。

「おやじはどこにいるんだよ？」進也は負けていなかった。

「君が知る必要もないことだよ」

「無事なんだろうな？」

「今はな。下手に騒ぐと、君たちが危ないことを説明すると、すぐに理解してくれたようだ」

本当に自分たちが危ない立場にあるのか確かめたくなったのか、進也は後ろに回されている自分の手を引っ張るしぐさをした。すぐに、痛そうに眉をしかめる。

「おっさんよォ、オレは宅配便じゃねえんだからよ」

「少し静かにしてなさいってば」加代子は首をよじって叱りつけた。

「ホントに宅配便にされちゃうわよ」

チンピラのように肩をゆすると、進也は不服そうに頬をふくらませた。

「加代ちゃん、情けなくねえの？　え？　なんだよこれ。オレたちが何したってんだよ？　この純粋無垢のオレたちがなんでこんな目にあわされなくちゃならないわけ？　教えてもらいたいもんだよ」

男たちは答えない。

「なぁ、オレたちはただ、結城さんと会見しに来ただけだったんだぜ。それをどうしてこんな――」

「やめなさい。訊いても無駄よ」加代子は言った。

「だって、どうせ殺してしまうわたしたちに、事情を説明する必要なんてないんだもの」

「なんで殺されなきゃならないの？」糸子が口をはさんだ。

「わからない。でも、結城さんを殺したのもあなたたちなんでしょ？」

山びこより愛想のない男たちは沈黙を守る。

加代子は父親と目をあわせた。父親はゆっくりと言った。

「ともかく、我々全員、ここに勢揃いできてよかったよ」

「だけどあたし、進也と一緒に死ぬのは嫌だ」糸子はぷんぷんしている。進也は糸子をにらみつけた。糸子は舌を出した。

「こういうことは先に言ったほうが勝ちだよーだ」

「糸子」父親は天を仰いだ。進也は男たちに向き直った。

「不公平だぜ。なんにも知らないなら、どうして殺されなきゃならねえんだよ？」

「生かしておいたら、あっちこっちさぐりまわったり、警察に行ってしゃべったりするからよ。バカね」

「じゃあ、なんだって今すぐやっちまわないの？」

そんなことを訊いて、相手がその気になったらどうするつもりなんだろう？　加代子は呆れた。幸い、男たちはそれにも答えなかったし、その場を動こうともしなかった。

進也は脇を向いて唾を吐いた。

「どうでもいいけどさ、いつまでこんなことやってんの？　疲れるじゃんか」

「心配するな、もうすぐだ」

アーミーナイフが平たい声を出した。

「用が済んだら、片をつけて運び出してやるよ」

「オレが大声を出したらどうすんだよ？」進也は口をとがらせた。

「勝手にするといい。どこにも聞こえんからな」

アーミーナイフは、ナイフの幅と同じくらいぶ厚いくちびるを歪めた。それが笑顔だとすると、人類の祖先にはまぎれもなくゴリラが存在していたことを証明だてる、見事な笑顔だった。やせぎすの男はなだめるように言った。

「それはよしたほうがいい。どうも君は、状況がよく呑みこめていないようだ。君が無駄を承知でしたいようにするのは一向に構わんが、あまりうるさいと、手荒なことをしなければならなくなるよ」

やせぎすの男は、加代子の目に、脅かされて嫌々この監視役をしているように見えた。その意味では隙がたくさんあるが、この事態の主導権を握っているのはゴリラめいた男の方らしい。まあ、えてしてこんなものなのだ。

「疲れんなぁ」

進也は吐き捨てると、尻でずっていって、発泡スチロールのかたまりの一つに頭を持たせかけた。

「さて、教えてくれないかな」

やせぎすの男は、アーミーナイフに並んで立った。

「この件に関わっているのは君たちだけかね？　それとも、まだほかに事情を知っている人間がいるなら、早く言ってしまったほうがいい」

「あのな、おっさん」

進也は目をつぶってしまっている。そのまま、昼寝中に邪魔をした人間を追い払うような口調で言った。

「あんたが何を言ってんのか、こっちにはさっぱりわかんねえんだよ」

「とぼけるな、小僧」と、アーミーナイフ。

「とぼけていられる立場じゃないことぐらい、わかってんだよ。でも、わかってんのはそれだけなんだよ、実際」

「君は諸岡克彦の弟だろう？　兄さんを殺した本当の犯人を探していた」

やせぎすの男は言った。

「それがあの結城だ。彼は、君たちを強請るときには、宗田という名前を名乗っていた。そうだな？」

進也はパッと目を開いた。彼だけではない。全員、驚いた。

「結城がオレたちを強請ってたってぇ？」

こういうのを異見の一致というのだ、加代子は思った。どうやら、この連中も結城を探していたらしい。そして、同じように彼を探していたわたしたちの存在に気づくと——どこで気がついたんだろう？——目的まで同じだと思い込んでしまったのだ。

「おい、なんだよそれは！　なんでオレたちが強請られなきゃならねえんだよ？」

だけど、何だって？　結城が諸岡家を強請ってたって？

「ちょっと待って。落ち着きなさい」

加代子は後退りして進也に近寄った。

「もう少し詳しく説明してくれないと、こっちだって答えようがないわ。わたしたち、確かに結城を探していた。あの男が克彦君の事件と関わりがあるかもしれないと疑ってもいた。でも、強請なんてなんのことだか知らないわよ」

「嘘をつくな」アーミーナイフは可能な限り短く話すことに執着していた。

「こんなことで嘘をつくわけないわよ。嘘のつきようがないわ。教えてよ、強請ってなんのこと？」

「おねえちゃん、無駄よ。見込みないわよ。あたし思うんだけど、この人、ワンセンテンス以上はしゃべれないんじゃない？　外国人よ、きっと」

糸子は言ったが、今度は父親もたしなめず、窓のほうを向いたままだ。

初めて、アーミーナイフのほうがやせぎすの男の顔を見た。やせぎすの男はポカンと口を開いていた。

「——君のお父さんは、結城に強請られていたことを認めているんだぞ」

今度は加代子たちが顔を見あわせる番だった。進也はもっとも簡単な結論に飛びついた。

「おっさんたち、なんかとんでもない人違いをしてんじゃねえの？　初心に戻れよ、初心によ」

まぎれもなく、男たちは当惑していた。加代子たちが驚いているのと同じ、それは隠しようのない事実だった。

やせぎすの男はくちびるをなめ、空咳をした。

「じゃあ、君たちは、投薬実験のことも何一つ知らないわけか？」

「トーヤク実験てのはなんだよ？」

進也は怒り始めた。立場や状況にかかわらず。

「一つ質問すると、わかんねえことのほうが増えちまうじゃねえかよ。非能率的なんだよ、会話が」

アーミーナイフも、ここでもっとも安直な結論を出したようだった。彼はゆっくりと立ち上がった。

「じゃあ、おまえたちからはもう何もきく必要がないわけだ」

そのとき、やせぎすの男がいきなりアーミーナイフめがけて突進した。

ブルドッグは素早かった。しょせん勝負にならなかった。最初の一撃をかわすと、背後から木原の首筋にこぶしをふりおろす。襟首をつかむとぬいぐるみでも扱うかのように木原の頭をコンクリートの床に叩きつけた。木原が死守していたスタンガンは手を離れて転がった。ブルドッグがかがんで拾いにかかった。

木原と同時に俺は飛び出した。ドアを固めている男のスタートも速かった。木原がこぶしを振り上げたと同時にこちらに走ってきた。俺は窓を擦り抜けて躍り込むと、床に足がつくが早いかそいつ目がけて突っ走った。後足で床を蹴って飛び上がると、喉笛を狙う。

思ったとおりやつはすばしこかった。だが俺には牙(きば)がある。犬に牙があることは人間なら誰でも知っている。当り前のその知識が、男の自衛本能を呼び起こした。俺はディフェンスがら空きでジャンプしたから、もしそのときスタンガンをつきつけられていたらひとたまりもなかったろう。だがやつは顔を覆った。ほんの一瞬。それで十分だった。俺は風呂敷のように男の顔に覆いかぶさった。いっしょくたに床に転がる。頭に噛み付くと男は悲鳴を上げた。スタンガンを持つ手をめちゃくちゃに振り回す。俺はその腕にも牙をたて、男のてのひらが開いてスタンガンが床に落ちるまで顎を緩めなかった。それからがぶりと、喉仏を飲み込むようにひと噛みしてやると、やつは床に大の字になった。俺はその身体のうえにのっかったまま振り向いた。ブルドッグの手があと十センチでスタンガンに届くところだった。

そのとき、俺と加代ちゃんたちの間を横切って何かが飛んだ。鋭い音をたててブルドッグの肩を打った。おもちゃのような折り畳みナイフだ。ダーツの矢が的に刺さるようにブルドッグの肩にとどまり、男が向き直った勢いでかちんと床に落ちた。

「ストライク！」

進也が叫んだ。両手は自由になっていた。身体をよじり、ブルドッグが肩を押えて立ち上がろうとするところに、今度は手当たりしだい発泡スチロールを投げつけた。

「おっさん！　死んでもいいからしっかりしろ！　早く早く！」

呼びかけられたのは、倒れていた木原だった。彼は鼻血を出していた。目が見えないようにふらふらしていた。

スタンガンだ。木原が動き出せないのを見て、進也は床に転がった。ブルドッグが体勢を立て直して向かってくる。俺はブルドッグの背中に飛びかかった。背中に爪を食い込ませ、よじのぼって頭を狙う。ブルドッグは俺を振り落しにかかった。

進也の手がスタンガンに届いたが、彼が横に転がって避けた場所にブルドッグが俺を背中にくっつけたまま倒れかかった。進也は横っ飛びに逃げた。ブルドッグの顔にもうひとつ発泡スチロールが飛んだ。それをかわしたとき、おんぶおばけのように離れない俺の体重でよろけて、水たまりに足が入った。跳ねた水が俺の顔にかかった。俺は激しくまばたきし、もっと強くしがみついてやろうと頭を振った。

そのとき、進也の動きが見えた。転がったままこっちを狙っている。見ているのはブルドッグの足元だった。俺は即座に彼の意図を理解した。進也の手からスタンガンが離れるより一瞬早く、俺はブルドッグの背中から飛び降りた。

進也はスタンガンを投げた。ブルドッグ男にではなく、その足元の水たまり目がけて。加代ちゃんが膝の間に顔を埋めるのが見えた。俺も目をつぶった。それでも目の裏に火花が飛んだ。バシュッ！　という音が聞こえた。

目を開けると、ブルドッグ男は伸びていた。肉をローストしすぎたときのような不愉快な匂いもしている。

「哀れゴリラは感電死……」進也はほうっと息を吐いた。

「それ、知ってたの？」加代ちゃんはまだ震えが止まらなかった。

「何を？　スタンガン？」

「そうよ。高圧電流が通ってるって知ってたの？」

「オレ、物理の成績だけはいいんだ」

加代ちゃんは頭を振った。

「この件を無事に切り抜けたら、あんた、逮捕されるわよ」

糸ちゃんが言ったが、声は勝利にはずんでいた。

「マサぁ！」俺を呼ぶ。俺はひと声吠えて蓮見姉妹に駆け寄った。所長が俺を荒っぽく撫でた。

「ロートルのわりにはやるじゃんか」

足のロープをほどいた進也が言った。

俺は木原という男を見やった。鼻血は止まっているが、ひどい顔だ。頬骨が折れているのかもしれない。

「この人、どうして助けてくれたの？　どうして進也君は手が自由になってたの？」

「このおっさんが、オレを起こすときにこっそり切ってくれたんだよ。そのときにナイフもくれたんだ」

そのとおり。俺はその現場を見ていたよ。

自由になった加代ちゃんが鼻血をぬぐってやると、男は痛そうにうめいた。

「じゃ、あんた、気がついたときから縛られてなかったの？」と、糸ちゃん。

「いい演技だったろ？」

進也が木原の頭と肩を支えて、床に座らせる。近づいてきた所長がかがみこんで言った。

「仲間割れか、城のなかの反乱軍かな。どっちにしろ、助かりましたが」

男の腫れ上がった口元が、ちょっと笑ったようだった。

「私は、木原といいます」辛そうに身を起こすと、加代ちゃんたちの顔を見回した。

「説明はあとにしましょう。何よりも、早く諸岡さんを助け出さないと」

それから、傷の痛みよりも激しい苦痛が顔をよぎった。

「そして、手を貸してください。私の娘も助けてほしいのです」

3

木原はダイヤルすることもおぼつかなかったので、かわりに加代ちゃんが電話をかけた。

「あなたを脅して協力させようとしていた連中がどこにいるのか、本当に知らないんですか？」

木原の顔をじっと見て、所長が訊いた。木原は辛そうに顎をうなずかせた。傷口で血が固まりになっている。

「あの人たちは、私にあなたたちを殺させることによって、私が事実を明るみにすることができないようにしようとしていたんです。そのために、娘の美穂を人質にとりました。だから、万が一でも私が警察に知らせて美穂を助け出したりすることのできないよう、居場所が分からないようにしてあるんです。そこには、まず間違いなく諸岡さんもいるはずです」

「じゃ、この電話は誰にあてかけてるのさ？」進也が訊いた。

「この事件の、全ての元凶ですよ」

木原の口調は、ほとんど毒づいているという感じだった。

「一人だけ、手を汚さずにすまそうとしているやつです」

電話が鳴る。倉庫を出て一番近くにあった公衆電話である。雨は小降りになってきていたが、気温は低い。進也と所長が両側から支えてやっても、木原はふらふらしていたし、顔も真っ白だった。

ダイヤルし終える。待つ。やがて、相手が出たのか、木原の表情がひきしまった。

「専務。私です。分かりますか。木原です」

相手が何かまくしたてているのか、木原はじっと黙っている。途中で一度、ぐっと目を閉じた。

「よろしいですか。落ち着いて聞いてください。彼らは死にました。彼らです。植田涼子の仲間。そう、二人ともです。残っているのは私だけです」

また間があく。加代ちゃんが進也の顔を見る。進也は無言でちょっと肩をすくめた。

「そうです。蓮見事務所の調査員たちは、植田君の予想よりずっとタフでしたよ……私などには手を出せない騒ぎになりました」

そして私は——木原は重々しく言った。

「捕まったんです。そうです。逆に私が捕まっているんです」

顎を割られているせいで、「つはまっているんでふ」と聞こえる。相手も何度も聞き返す。話が進むうち、それはあながち聞き取りにくいためだけではないと、俺にも分かってきた。

木原は懸命に言った。

「分かりますか？　私たちは早まったんです。この人たちは、確かに結城を探してはいました。だが、投薬実験のことはもちろん、結城が諸岡克彦を強請っていたことさえ知らなかったんです。本当です。彼らはもう、怒り狂っています」

相手がまた何か言い、木原はそれをさえぎった。

「諸岡氏がなんと言っていようと知りません。とにかくこの人たちは知らなかったんです。何も知らなかったんです。私たちが絡んでいることを知らなかったんです。そのことの意味が分かりますか？　この人たちは、私を引っ立てて警察に行くそうです」

木原の額に汗がにじみ始めた。加代ちゃんが横から手を出してふいてやった。

「警察に突き出されたら、私だってしゃべらざるをえなくなります。もうほかにどうしようもない。そうなって、この人たちの言うことと、私の言うことを突き合わせたら、警察だって動き出すでしょう。何といっても、私の話すことは内部告発になってしまうんですから」

ここで、進也が受話器をもぎ取った。ふらりと倒れかかる木原を、所長と加代ちゃんが支えた。

「分かったかい？　おやじには手を出さないほうがいいぜ。殺人の未遂と既遂じゃ、刑がぜーんぜん違うんだからさ」

五分ほど、相手はまくしたてていた。進也は耳から受話器を離し、加代ちゃんたちにむかって、こめかみのところで指をぐるぐる回してみせた。

「怒るとバカになるんだ」

受話器が静かになると、進也はおもむろに切り出した。

「ただ、一つだけ妥協案があるんだ。聞く耳はあるかよ？」

要求は簡潔だった。

「オレたちは、この木原さんのおかげで今やっと事情をつかんだところなんだ。あんたらもずいぶんだよな。結城にも腹が立つ。おやじがオレたちに、結城に強請られていたことだけ伏せていたのは、こんなことが表沙汰になると、死んだ兄貴の名誉にかかわると思ったからなんだろうな。だから、こっそり結城を見つけ出して始末しようと思ってたんだろうよ」

オレもそれには賛成なんだ。だから、あんたたちが、おやじをこっちに引き渡してくれれば、こっちは全て手を引く。結城はあんたたちが始末してくれたから、もういいよ。あんたたちは結城のデータも握り潰したんだろ？　これで木原さんが黙っているなら、お家は安泰。めでたし、めでたしってわけだ。声は明るいが、顔はちっともめでたがっていなかった。

「分かったかい？　この取り引きで不服なら、こっちはそれで構わない。オレたちは木原さんを警察にお連れするだけだからさ。それで兄貴のことが表沙汰になるのは、まあ、仕方ないや。そうなった以上、我慢する。だけど、あんたたちには選択の余地はないし、待ったなしだぜ。部分的に妥協してこっちの要求を吞むか、全ておじゃんにするか、どっちかだ」

もう一度、木原が受話器を握った。

「私からも、一つ、条件があります。そのとき、美穂も連れてきてください。あの子を返してください。私はもうこんなことはたくさんです。ごめんです。美穂さえ返してくれたら、あの子と二人、どこかあなたたちの目に触れないところへ行って、誰にも何も言わずに、事件のことなど忘れて暮します。私の望みはそれだけです」

電話の向こうで、相手がなだめるようなことを言っているらしい。木原は激しく首を横に振った。

「もう聞きたくありません。この人たちの側にいれば警察に行くことになる。それでは美穂は無事に済まないでしょう。では、あなたがたのところに帰ればどうなるか？　やっぱり、私も美穂もあなたがたに殺されるでしょうね。いや、私だって馬鹿じゃありません。それぐらい分からないわけがありませんよ。だから、もし美穂を返してくれないのなら、今度は私が、私自身の意志で警察に向かいます。この人たちも、それをとめようとはしないでしょう。分かりますか？　私とこの人たちの、それぞれの要求が分かりますか？」

結局、相手は承知したようだ。最後は進也がしめくくった。

「時刻はぴったり午前二時。場所は、晴海の工場団地だ。あんたたち、オレの兄貴の死体が発見された場所、分かるかい？　分かんなきゃ調べろよ。場所はそこだ」

電話を切ったあと、進也はほうとため息をした。

「何にも分かんない状況で嘘をつくってのは、ホネだぜ」

「ご苦労さま。でも、まずこうしておかないと、お父さんたちが危ないのよ」

進也は、木原の肩をぐいと持ちあげた。木原は顔をしかめた。

「さてと、もう一度車にどうぞ。道中、説明を聞くからさ」

そして、木原は語った。


話は小一時間を要した。運転席には所長が座り、時折、地図で道を確かめながら、工場団地へとひた走る。俺たちは後部座席に座り、木原の声に聞き入った。

「……投薬実験」

加代ちゃんは腕をさすりながらつぶやいた。鳥肌が立っていた。

「何にも知らない子供たちに――」

鬼畜とは、まさにこういうことをする人間のことです。宮本刑事がいつか言った言葉だ。それをそのままぶつけてやりたいと、俺は思った。ただし、畜という文字は抜きだ。人間は簡単に犬畜生などと言ってのけるが、俺たち犬族はもちろん、動物たちは絶対にこんなことをやらかしたりしない。

「兄貴は、強請なんかに負ける人間じゃなかった」

床をにらんで、進也が言った。

「絶対にそんな人間じゃなかった」

「だから、殺されたんです」木原がつぶやいた。

「君のお兄さんを殺し、それをあの山瀬浩という少年の仕業に見せかけたのは、結城でしょう。まず間違いない。克彦君が強請に屈しなかったから、自分にとって不利になる材料があっても暴露しようとしていたから、殺してしまわないわけにはいかなかった。結城は強請る相手を間違ったんです」

「兄貴は何も知らなかったんだぜ」

たまりかねたように、進也は怒鳴った。

「被害者じゃないか。それなのにどうして、だまされて薬を飲まされていたことが兄貴の不利になるんだよ?」

それを説明することは、誰も気がすすまなかった。最終的には加代ちゃんが引き受けた。

「飲まされていた薬の一つが筋肉増強剤だったからよ……」

暗い顔をした。

「世間とは勝手なものでね。五年前に飲まされていた筋肉増強剤が、はたして克彦君のエースとしての経歴にどんな働きをしてきたものなのか、好きなように解釈するわ。専門家が出てきて、そんなことと、克彦君の投手としての成績とは無関係だと説明してくれたところで、はたして通用するかどうか怪しいものと思う」

克彦君のファン、彼を応援していた人たちはたくさんいた。加代ちゃんは強く言った。

「でも、考えてみてよ。明星高校のような連中もいたのよ。ああいう連中は、鬼の首でもとったようにこのことを利用するでしょう。克彦君は、悪くすると生涯、野球と――いえ、全てのスポーツと縁を切らなければならなくなったかもしれない」

「だけど、正しいのはどっちだよ？」

進也は窓を叩いた。

「そんなの偏見じゃないか。兄貴のやろうとしていたことのほうが筋が通ってた。兄貴は闘うつもりだったんだ。そういう人間だったんだよ、兄貴は」

そうだった。俺は思った。あんたたち兄弟は本当にそっくりだったんだ。

「でも、克彦君だけでなく、なぜ山瀬君まで？」

糸ちゃんが口を開いた。膝のうえで手をよじっている。木原がそれに答えようとするまえに、加代ちゃんは訊いた。

「ナンバー・エイトの副作用は、具体的にはどんなものだったんですか」

木原は姿勢を正した。

「先ほども話したように、ナンバー・エイトは筋肉増強剤を検出するための画期的な新薬でした。人間の新陳代謝に働きかけて、ある意味ではそれを異常に促進することで、どんな微量の薬物でも検出できるようにするのです。しかし、その反面、人体がもともと持っている通常の代謝作用の一つを妨害することがあったんです」

銅の代謝作用です、と、木原はゆっくりと言った。

「人間の身体は、鉄や銅、亜鉛などの金属を必要とします。微量ですが、必要とします。そして、余った分、不要な分は体外に排泄する。ナンバー・エイトは、その銅を代謝する自然の働きを妨害してしまう。そして、排泄されない銅が身体のなかに溜って中毒症状をおこすのです」

「なぜそんなことに……」

「わかりません。副作用というものは、おこってみないと原因をつかめないことが多いものなんです。私はただの営業の人間で、研究には素人です。ただ、ナンバー・エイトがあまりに急激で過激な代謝作用をおこすために、複雑で微妙な人体の代謝作用のバランスが狂ってしまうからではないかと言われていることは、聞きました。もともと、銅代謝ができない、もしくはその力が少ないために慢性の中毒をおこす病気そのものが存在しているくらいですから」

「そんな病気があるんですか?」

「ええ。父親と母親の双方に染色体異常があったときに発現する遺伝病で、非常に珍しく、また発見されにくいものだそうです。この遺伝体質をもって生まれた人の体内では、生まれたそのときから、容赦ない銅の蓄積が始まっています。しかし、中毒症状がいつ始まるか、それは分からない。始まってみなければ分からない。それほど難しい病気なのです」

ただ、早期発見の目安となるものはあります、と、木原は自分の目を指さした。

「代謝し切れなくなった銅は、まず肝臓に溜ります。そこでも溜め切れなくなると、血液に混じって銅の溜りやすいほかの臓器へと流れ込んでいきます。その一つが角膜なんです。角膜に銅が蓄積する段階に達すると、『カイザー・フライシャー輪』と呼ばれる色素沈着が見られるようになるそうです」

宗田淳一の、赤褐色に光る目だ。俺は思い出した。

「この段階で発見できれば、患者は助かります。この遺伝病は、予防することも治療することもできませんが、要は溜っている銅を身体の外に出してやればいいわけですから、対症療法はあるんです。ちょうど、腎臓病の患者が透析を受けるように、患者さんは一生、自分では代謝できない銅を薬で代謝して生きていくことができるんです」

ただ——木原は首を振った。

「普通、この段階ではなかなか診断することは難しくて、もっと進んで、銅の溜りやすいもう一つの臓器——脳が侵されるまで、なかなか分からない。いや、そこまで進んで症状が出ても、ほかの病気と間違われたり、精神病と思われたりして、見逃される場合が非常に多いのだそうです」

「どんな症状が出るんですか?」糸ちゃんが質問した。俺には答えが分かった気がした。

「脳がやられるんですから、神経障害ですよ。よだれを垂らすようになったり、ものが飲み込みにくくなったり、言葉がはっきりしなくなったり。手が震える。歩行が困難になる。寝たきりになることさえある」

「山瀬浩――?」

進也がつぶやいた。木原はうなずいた。

「そうです。そして彼の場合も、交通事故の後遺症だと考えられていた」

「ひどい……」糸ちゃんが顔を覆った。

「お分かりでしょう? 大同製薬が、ナンバー・エイトに危険な副作用があるというアメリカの研究報告が出た途端、実験を打ち切り、後は口をぬぐって知らん顔をできた理由が。もともと、銅の蓄積による病気というもの自体が発見されにくいものだ。今の日本の家庭医で、今申し上げたような症状の患者さんに、すぐ『カイザー・フライシャー輪』を探してみるような医者がはたしてどれだけいることか、私は心もとないです。そのうえに、もし慧眼の医師が銅蓄積を発見したとしても、そこには『遺伝病』という隠れみのがある。誰も、五年以上も前に一度学会報告されただけの、それきり忘れられてしまっている薬の副作用のことなど思ってもみないでしょう。また、副作用というものはどんな薬物でもそうですが、一様に、誰にでも同じように現われるわけではない。ナンバー・エイトの場合も、危険なほどの副作用を発現させる率は一パーセント、つまり百人に一人と言われてきました。誰かが、きわめて稀なはずの遺伝病の頻発に目をむく、という可能性も、非常に少なかったんです」

うつむいて自分の両手をながめながら、木原は独り言のようにつけ足した。

「私は、何とかして、アメリカで発表されたその研究報告に目を通してみたいと探してみたんですが、現物は手に入れることができませんでした。ただ――」

「ただ、何です?」

「ナンバー・エイトというのは大同製薬がこの薬につけた仮の名前でして、開発順に番号をふっただけのものですが、アメリカの業界では別の名前で呼ばれていたことを知ることはできました。やはり通称なんですが、この薬が非常に美しい青色をしていることからついた名前だそうです。『パーフェクト・ブルー』と言って――」

パーフェクト・ブルー。俺は思わず起き直った。加代ちゃんが驚いて俺を振り返り、手を伸ばして首を叩いてくれた。

「ナンバー・エイトが美しい薬であることは、この件に関わっているある女性から聞いていました。彼女はその話をしたとき、硫酸銅の溶液のようなきれいな色だ、皮肉な話だと言ったのです」

「何人いたんだよ」進也が低く訊いた。

「大同製薬が薬を飲ませていた子供は何人いたんだよ?」

木原は目をそらした。

「――百八人だ。そのリストは、大同製薬の側には残っていなかった。結城が持っているのは、彼が自分で調べてつくったものだよ。今頃はもう処分されているだろうが」

「彼はなぜ気づいたのかしら？」

「昔、大同製薬のグラウンドで働いていたときに、何か見たのかもしれない。それが、後になって、宗田淳一君が死に、子供たちもバラバラになったあとで、何かのきっかけで結びついたんでしょう」加代ちゃんが言った。

「彼はスポーツ・トレーナーを目指していた。ドーピング検査薬についての文献を読んでいた可能性は高いと思うの。あとはこつこつと、大同製薬が施設を貸して援助していたスポーツクラブやチームを当たっていったんでしょう」

「もうたくさんだ」

進也は背を向けた。加代ちゃんはひるまずに続けた。

「結城はまず、克彦君と諸岡さんのご両親に接触した……そして、克彦君から、山瀬浩の存在を知った。克彦君は結城の話を聞いて、すぐに山瀬君を思い出したにちがいないわ。彼の手元には、山瀬君の書いた脅迫状があった。山瀬君があんな形で野球から離れなければならなくなった本当の原因を見つけたと思った」

「現実に、ナンバー・エイトの副作用で苦しんでいる子供」糸ちゃんが言った。

「そしてだからこそ、結城にとって二人は邪魔になってしまったんだわ」

加代ちゃんは進也の背中を見やった。

「諸岡さんは全部知ってた。それでも口をつぐんで、わたしたちにも全て話さないで、ただ、『宗田』という男を探そうとしていた。あくまでも私的にけりをつけたかったとしか思えない」

「おやじと話す」進也の声は、小さいがきっぱりしていた。

「おやじが黙っていたのは間違いだったたって、そんなことは兄貴も望んでいることじゃなかったたって、話さなきゃならない。納得するまで、何日かけても」

それだけ言うと、後は黙って外に目をむけている。

沈黙が流れた。加代ちゃんの腕時計の針は、二時まであと一時間のところを指していた。

「木原さん。一つだけ、教えてください」

加代ちゃんの声に、木原は腫れあがった顔を上げた。

「あなた、なぜ裏切ったんです？　結城に強請られているとき、あなたは大同製薬の側の人間だった。それがどうして、わたしたちを助けてくれようとしているんです？」

「だって、この人は最初から巻き込まれただけの人だもの」糸ちゃんが口をはさんだ。「今日だって、お嬢さんを人質にとられて、仕方なく手を貸していたんでしょ？　そうでなければあんなことしなかったわよね？」

返事は長いこと、戻ってこなかった。それは木原が迷っているからではなく、適切な言葉を探しているからのように見えた。やがて口を開いたときも、彼はゆっくりと言葉を選んで語った。

「それだけでもないんです」糸ちゃんに暖かく笑いかけた。

「私は、三年前に妻を亡くしました。運転していたオートマチック車が暴走して、トラックに衝突したんです」

声が曇ったのは、怪我のせいばかりではない。

「その頃、オートマチック車の事故が頻発して、大きな問題になっていました。家内の事件も、その一つだったんです。私は自動車会社を訴えることを考えました。誰かに責任を取らせたかった。私の妻は、遺体の見分けもつかないほどになっていた。それなのに、その原因がコンピューターの誤作動だというのでは、あんまりだ。都会にはさまざまな電磁波があふれ飛んでいて、その一つがたまたまあの日、家内の運転する車に取り付いて、IC回路を狂わせて、それで家内は死んだ。どこにも尻をもっていきようがない。それではあんまりだ。そう思いました」

私が相談した弁護士は、訴訟が難しいものになることを延々と説得してくれました。木原は続けた。

「長くかかるだろう。彼は言いました。かまわない。私は答えました。たいへんな金がかかる。そんなことは平気だ。私は言いました。本格的な訴訟になれば、相手も本腰を入れてくる。奥さんの運転ミスの可能性だってないわけじゃない。泥仕合になり、みすみすあとの人生を棒に振るだけだ。和解して、弔慰金をもらって、忘れなさい。奥さんは運が悪かった。自動車会社にとっては、こうした事故はリスクの一つでしかないんだ、と」

リスクですよ。彼はこぶしを握った。

「家内は死んだのです。それがリスクだった。すでに計算されていた、危険率の一つでしかなかった。データでしかなかった。責任は誰にもない。家内の命は、数字でしかないのです。私たち家族は、年表の記述と記述の間にある空白でしかないのです」

今度のことが起きたとき——しばらくして、ようやく木原は言葉を続けた。

「最初のうち、私は、ただ恐ろしいだけでした。巻き込まれただけの第三者のように思っていた。しかし、なぜ強請られているのか、そのわけが分かってくるにつれて、気持が変わってきたんです」

彼は目を上げ、蓮見父娘をじっと見つめた。

「ナンバー・エイトの投薬実験に使われていた子供たち、彼らもデータでした。私の家内と同じ、リスクの一つでしかなかった。そのために彼らがどんなに苦しもうと、マクロの目で見ている人間には、彼らの存在は見えないのです。ただ運の悪かった人間に過ぎない。私は、それに我慢ができなくなってきた。私は、自分が味わった苦しみを、今度は人に与えてしまっている、大同製薬という組織の一員だったことで、私も加害者になっていたんです。それを、お前には責任はない、何も知らなかったんだからと、仕方なかったんだとすませてしまうこともできる。だが、私はそうしたくなかった。私は何とかして、結城の手から彼の集めたデータと証拠を取り返し、それを暴露するつもりでいました」

最後に、木原はちょっと笑った。

「こんなことを言っても、私が自分のしてきた仕事に、大同製薬に誇りを感じていないわけではありません。人間がそうであるように、組織だって、いいこともすれば悪いこともします。大同製薬は、ポリオワクチンをつくり、インフルエンザの予防を研究している会社でもあるのです。大切なのは、間違いがあったなら、それを認めることです。隠さないことです。ミスで生まれた犠牲を最小限度にくいとめるために、力を惜しまないことです」

時計が、午前一時半を回った。

「もう、うかがうことはありません」加代ちゃんは静かに言った。

俺も、できるならそう思いたかった。だが、頭の中に、「パーフェクト・ブルー」という言葉が反響して、しかるべき回答を求めている。パーフェクト・ブルー……。

4

雨はやんでいた。雲の切れ間から月がのぞき、ことのなりゆきを確かめようとする陰気な傍観者のように工場団地を照らし出している。空気には潮と重油の匂いがした。

「私にかまうことはありません」

助手席の木原は、腫れた顎を押えている。

「連中には、この取り引きを断わる理由はない。諸岡さんを助けたら、その足でまっすぐ警察に駆け込むことです」

「甘いんだなぁ」

後部シートで頭をかがめていた進也が、ため息混じりに言った。

「あんた、向こうにはこの手のことになれているプロがついてるって言ったじゃないか。オレたちが普通にここから出ていけるわけねえよ」

「しかし、ほかに方法がないじゃないかね」

進也はにやりとした。さっきから、右手につかんだ細い鉄パイプで、ときおり肩をたたいてみたりしている。

何を考えているのか、俺にも分からない。ただ、ここに着くとすぐふっと姿を消して、五分ばかり戻ってこなかった。鉄パイプもそのときどこかで拾ってきたらしい。

「木原さん、『前門の虎、後門の狼』ってことわざ、知ってる?」

木原は大きく眉を上げ、痛みで顔を歪めた。

「何だね、そりゃ」

「まあ、見てりゃ分かるよ」

運転席についていた加代ちゃんがくちびるに指をあてた。ここでの運転には彼女が最適だ。所長はどこかの暗がりに身を潜め、様子をうかがっているはずだった。

「来たわ」

前方、五メートルほどの距離を置いて、白のプリマスが一台、停車した。糸ちゃんを連れてきた、あの車だ。ライトを落とす。エンジンはかかったままだ。

「おやじたち、無事か？」

加代ちゃんは目を前に据えたまま小さくうなずいた。

時刻はぴったり二時。プリマスの右のドアが開き、すらりとした女が一人、降り立った。グレイのパンツスーツに、襟元にネックレスが光る。その姿は、弱い月明りの下、細身のナイフのように見えた。

木原がぐいと顎を引き、助手席のドアに手をかけた。

そのとき。

搬入路の先から、腹の底に響くような音が轟き始めた。無数の太鼓がいっせいに打ち鳴らされるようなその音は、低いうなりと人声を伴って近づき、近づきながらコンクリートに反響した。まずプリマスの車体に、次に俺たちの車にライトが突き刺さる。まぶしさに一瞬目を閉じた俺が次の瞬間に見たものは、プリマスのドアに手をかけて立つ女目がけて突っ走っていく一台のオートバイだった。

マスターだ！　その認識が頭に駆け上がったときには、マスターのバイクは女をかすめて走り抜け、あおられて姿勢を崩した女は車にぶつかった。

「加代ちゃん、走れ！」

声と同時に後部ドアから進也が飛び出した。加代ちゃんはヴァンをバックさせ、次に左旋回しながらアクセルを踏み込んだ。反動で頭が揺れ、プリマスの白い脇腹が目の前で躍った。

俺たちは後部シートでごった返し、いち早く立ち直った木原がドアを開けて飛び降りる。俺も後に続いた。

虚をつかれたプリマスも急発進をかけた。そのまえにマスターのバイクが回り込む。突っ走る進也がプリマスに追いついたとき、マスターを追ってなだれこんできたバイクの群れが視界をさえぎった。破壊音がして助手席の窓が砕け散った。

進也はプリマスのボンネットに飛び乗った。女は身体を半ば車内に入れていたが、間一髪進也より早く車を離れた。女は一人ではなくなっていた。腕に小さな女の子を抱いていた。木原が何か叫んだ。俺は吠えた。プリマスが行き過ぎるとき、瞬間、後部座席の諸岡氏が見えた。進也は右手につかんだ鉄パイプをふりあげた。

「おやじ、頭ひっこめろ！」

プリマスのフロントガラスが吹っ飛んだ。ドライバーは手で目を覆い、惰性のついた車は気の違ったロデオの馬のように大きくバウンドした。前方にいたバイクを二台巻き添えにひっかけてようやくとまる。進也は車内に転げ込んだ。

プリマスの後方からもう一台の車が走ってくる。カッと開いたライトにバイクたちが浮かび上がる。夜間照明に照らされた毒々しいバラクーダのようなライダーたちに、マスターの大声が響いた。

「あれだ！　あの車だぞ！」

標的にされた新しい車は急カーブを切って逃げ出した。フロントガラスのないプリマスが後に続く。ドライバーを車外に叩き出し、ハンドルをとった進也は、エンジン全開で追いつくとその車の脇腹におよそ優しいとは言えないタッチをくれて、バックしてから走り出した。

走るヴァンにマスターが追いつき、追い越していく。

「あっちです！」

示す方向に別の搬入路がのびている。後ろで非常ベルの悲鳴が始まる。プリマスが追いついてくる。エンジン音が乱れ飛ぶ。加代ちゃんのヴァンは工場団地の搬入路を駆け抜け、曲がり角で壁をこすって金属音をたて、停まった。

「木原さん早く！」糸ちゃんが叫ぶ。

俺は女を追って走った。遅れながらも必死でついてくる木原の荒い息遣いが聞こえる。所長が走ってくる。女はもがく美穂ちゃんをおしつぶすように抱きかかえ、途中で靴をけとばして脱いで逃げる。

俺は女のふくらはぎに体当たりした。女の足がもつれて前のめりになる。俺は喉いっぱいに吠えたてながら前に回り込んだ。美穂ちゃんは息を詰めて目ばかり開いている。追いついてきた所長と木原に退路を絶たれ、女は立ちすくんだ。

走ったことで、木原の傷からまた新しい血が流れ始めていた。

「パパ」美穂ちゃんが泣き出した。女の腕に残酷なほどの力がこもるのが分かる。だが、二人がぴったりくっついているので、俺も飛びかかれない。

「その子を渡しなさい」所長が厳しく言った。女の目は素早い生き物のように逃げ道を探している。

「もう終ったんだ。渡しなさい」

そのとき、幽霊のような顔色の木原が言った。

「また、子供を盾にしてその陰に隠れますか」

一瞬、女がひるんだ。腕が緩んだ。俺はためらいなくその背中に食らいついた。女が叫び声を上げて美穂ちゃんを離す。美穂ちゃんは父親に走り寄った。

「パパ！　パパ！」

木原がその小さな身体を抱き留めた。

俺たちをバイクのライトがまともに照らした。所長が木原父娘をかばって手を広げる。俺は急接近するバイクに身構えた。

そのとき、騒音に新たな音が加わった。パトカーのサイレンだ。おいすがってきたバイクたちが、一台、また一台と脱落していく。てんでんばらばらの軌道を描きながら去っていく。ユーターンを切って、進也の運転するプリマスが引き返してきた。風圧に顔をしかめ髪を飛ばされながら、進也はバイクたちの尻に呼びかけた。

「お疲れさーん！　助かったぜ！」

そして、俺たちのそばで車をとめた。

「どうだった、木原さん。前の虎と後ろの狼の対決ってわけだ」

木原は泣いたり笑ったりした。美穂ちゃんをその腕に抱き上げて。

「あの連中は何です?」と大声で訊いて、美穂ちゃんに頬ずりした。

バイクから降りたマスターが陽気に答えた。息も切らしていなければ、汗もかいてない。

「気にしないでください。進也の友達ですよ。やれやれ」

思うに、進也は「アダム」に電話をかけ、「このあいだの借りを返すぜ」などと言って暴走族の連中を呼び出したのだ。ちょうど、俺たちの「取引」の現場に彼らが乱入してくるように。

「早くそこから降りろ。お前、無免許運転の現行犯でつかまる気か?」

マスターに言われて、進也はあわてて車のドアを開けた。その振動で白濁したフロントガラスの残骸がいっぺんに崩れ落ちた。俺はそこに、青ざめてはいるが無事な諸岡氏の顔を見た。

加代ちゃんのヴァンが戻ってきた。サイドウインドウから顔を出す。ちょっとスケールは小さいが、コンボイの女運転手というところだ。

「みんな怪我はない?」

進也が指を立てて答えた。そして諸岡氏に笑いかけた。

諸岡氏は笑い返した。だが、その笑みはすぐ消えた。近づいてくるパトカーのライトが映るその顔は、フロントガラスと同じように砕けているように見えた。もうなにも残っていないように見えた。

「進也」

彼は息子の背中に呼びかけた。破れたTシャツの裾を引っ張りながら、進也は振り向いた。

「お前に、話したいことがある。警察が来るまえに」

そして先に立って歩き出した。所長が、加代ちゃんが、マスターが、そして糸ちゃんが、不安げにその背中を見守る。進也はその人たちをちょっと振り向いてから、父親のあとを追った。

倉庫の壁が見える。そのうえに月がかかっている。クレーンのライトが泣いている。

どすどすと足音がして、「蓮見さん！」と、聞き覚えのある声が呼んだ。宮本刑事だ。

「どうしてもっと早く知らせてくれなかったんです？　これはいったいどういうことです？」

「説明すると長くなったものですから」

加代ちゃんは、諸岡氏と進也の消えた方向から目を離さず、ぽつりと答えた。

「どうしたんです？　あっちに何かあるんですか？」

いまにも走り出しそうな刑事の腕を、糸ちゃんがちょっと乱暴につかまえた。

「今はね、あっちは関係者以外立ち入り厳禁なの」


俺たちから少し離れた場所で木原は倒れた女のそばに立っていた。

俺には確実な手答えがあったから、彼女は傷を負っているはずだ。それだけでなく、倒れたときにどこか折れたのかもしれない。動けないようだった。下になっている右側のくちびるの端が切れ、血が糸をひいている。

木原は彼女の頭のそばに膝を突いた。女の目が開いて、木原を見た。

「しっかりしなさい」

木原は言った。驚くほど優しい声だった。

「あなたには、生きていてもらわなくてはならない。私には、あなたと話したいことがたくさんあるんです」

救急隊員の制服の白い腕が、二人の間に割り込んだ。木原は彼らを見上げ、言った。

「この人を助けてください。必ず助けてください」

「大丈夫です」隊員は答えた。「それより、あなたも手当てが必要なようですよ」

「ここなら、しばらくは見つからないだろう」

諸岡氏は、倉庫の陰の細い通路に入った。腰を降ろしたのは、路上に書かれた「コノ先徐行運転注意」の黄色いペンキの上だった。

加代ちゃんたちを後に残し、俺は諸岡父子にこっそりとついてきた。どうしても気になる。諸岡氏の顔には何かがあるのだ。そして、グラブの件もある。積み上げられた廃材の陰に隠れ、耳を立て、二人を見た。

「そんなことより、早く病院へ行ったほうがいいんじゃないの」進也が言った。

諸岡氏は、一見したほど無事ではなさそうだった。あちこちにあざができかかっているし、口元が腫れている。

「連中に、小切手の置き場所を問いつめられたんだよ」

何でもないことのように言った。

「小切手?」進也はおうむがえしに言った。ここ数時間でつめこまれた情報を懸命に検索してみる顔をした。

「ああ……わかった。大同製薬が結城に振り出したやつだろ? 木原さんは、結城はそれを、強請の根拠の一つとして父さんたちに見せたはずだと言っていた」

諸岡氏はうなずいた。

「お前、どこまで話を聞いているんだね?」

冷えたコンクリートに座ると、進也は木原から聞いたことを繰り返した。

そうか……目を閉じ、壁に頭をあずけて父親は言った。

「結城は、小切手を私たちに見せただけじゃない。くれたんだ。それを見て、よく考えてくれと言った。あの男は、ひょっとしたらそう悪い人間ではなかったんじゃないかという気がしないでもない」

「冗談じゃないぜ」

父親は微笑んだ。

「結城が私たちに何を要求したと思う?」

「金だろ、もちろん」進也は肩をすくめた。

「金なら、大同製薬からとるさ。結城は大同製薬から強請りとった金で、商売を始めようとしていたんだよ」

「商売？」

「ああ。あの男はマッサージ師の資格を持っていたし、東洋整体術の勉強もしていた。腕は悪くないらしい。自営を始めるのに必要なのは、まとまった資本金だけだった。ゆくゆくは、プロでもアマでも、優秀なスポーツマンが大勢集まってくれるようなクリニックにしたいと言っていた」

そしてな……進也の首筋に落ちていた、フロントガラスの破片をつまんで捨てる。

「克彦に、自分の店をひいきにしてほしいと言ってきた。金など要らない。まあ、一種のサクラになってくれと頼んできたんだ。克彦の将来に開けている明るい展望に、ちょっと相乗りさせてくれればいいという表現だったよ。そしてもちろん、それほど難しい要求でもなかった」

二人とも、口をつぐんだ。遠くで行き交う人の足音と、声が聞こえる。風が出てきた。

「父さん、どうして……どうして黙っていたんだ？　結城から強請られていたことをさ。『宗田という人物が克彦の周りにいた』なんて思わせぶりなことだけ言ってさ」

「お前はどう思う？」

進也は答えた。オレたちにそれを話せば、その——オレの性格からして、絶対に黙っちゃいないし、蓮見事務所の人たちは探偵事務所の義務として、警察にその事実を話すだろう。そうすると、結城はすぐに捕まえられるかもしれない。でも、兄貴が昔、たとえ知らないうちにでも筋肉増強剤を飲まされていたことが世間に分かってしまう。父さんはそれを避けたくて、事実を伏せたままオレたちに結城を見つけさせて、結城を殺そうと思っていたんじゃないの──

「事実を話せば、お前たちが黙っていないと思ったこと、そこまではあっているよ。だが、私は結城を殺そうとか、復讐しようとは思っていなかった。あいつを警察に突き出すつもりだった。あるいは、自首するように説得してみるつもりだった」

「オレはとても、そんな寛大な気分にはなれないね。あいつは兄貴を殺したやつなんだ」

諸岡氏はじっと進也を見つめた。

「私がひそかに結城を見つけたかったわけは、別にあるんだ」

私はね。進也の目を見て、父親は続けた。

「結城の持っていた、投薬実験のデータが欲しかったんだ。特に、データの中の、投薬された子供のリストが欲しかった。結城は実によく調べていたんだよ。私は、それを握り潰してしまいたかったんだ」

進也は驚いた。

「そんな馬鹿な！　だって、いちばん具体的な証拠の一つじゃないか！」

「そうだね。そのリストと、結城の持っていた本物の宗田淳一の遺髪だ。それが物的な証拠だった。二つとも、今はもうなくなっている。大同製薬の連中は、結城を捕らえると真っ先にその隠し場所を聞き出して、処分してしまったそうだ」

進也はくちびるを噛んだ。

「そうなると、この先たいへんだな。根拠はオレたちの話だけになっちまう」

「そんなことはないさ」

父親は優しく言った。

「大きな物的証拠を、お前は持っているよ」

「オレが？」

わかんないことばっかりだ。無言でそう言っている。父親はまた、微笑した。

「考えてごらん。あとでゆっくりと」

背を伸ばし、立ち上がろうとする。進也が支えようと手を伸ばすと、穏やかに、だがきっぱりと、その手を押し返した。

「私は先に行くよ。一人でいい。お前の手を借りることはできないんだ」

「なんでさ？　いったいどうしたんだよ？」

「なあ、進也。お前だったらどうする？　お前が克彦の立場だったら。強請に応じるだろうか？」

「とんでもない」進也は答えた。

「そうだな……その点でも、お前たちはそっくりだ。まっとうに、まっすぐに闘おうとする。逃げたり、脇道を探したりしない。結城が初めて接触してきたあと、克彦は私たちに電話をかけてきた。私と母さんに。そのときはまだ、半信半疑だったようだ。私たちはもう、結城と会っていた。彼はまず私たちに会いに来て、それから克彦に――」

諸岡氏はかぶりを振った。

「そのことだけでは、私は結城を恨んでいる。なぜ、私たちだけにしてくれなかったのか。なぜ直接克彦に話したのか」

「――父さん？」

進也はつぶやいた。悟りつつあった。そして、それが信じられない、信じたくないという目をしていた。

俺だって信じたくない。でも――

「そうだよ」諸岡氏はうなずいた。

「克彦を殺したのは結城ではない。彼は指一本触れていない。克彦は、あの夜うちに帰ってきていたんだ。山瀬君と一緒に、彼の盗んだ車でね。その車は、警察が発見して、彼の使った車と断定した車ではなかった」

あの、足立ナンバーの車ではなかったんだ。やっぱり車は二台使われていたんだ。

「克彦は、結城から聞いたことをもとに、自分でも調べていた。そして、理解したんだよ。私たちの態度からも悟ったものがあったのかもしれない。そこへ、山瀬君が現われた。克彦は彼にも事情を話し、うちへ連れてきた。私は、二人を安心させようとした、騙そうとした。だがね、お前も知っているとおり、母さんはあまり強い人ではない。嘘をつき通すには、強い意志が必要だ。母さんは、結城の強請に根拠があることを認めてしまった。小切手も見られてしまった」

それから頼んだんだ。ゆっくりとまばたきして、諸岡氏は続けた。

「こんなことは忘れてしまおうと。結城の要求は酷なものではない。山瀬君はちゃんと治療を受けられるようにすればいい。ことを荒だてたところでなんになる？　下手に行動を起こせば、大同製薬に狙われる羽目になるかもしれないぞ」

立ち上がりかけていた進也は、すとんと膝を折った。

「そうやって、一度は山瀬君を帰した。彼は怯えていたよ。本当に怯えていた。大同製薬に狙われるかもしれない、という一言がきいてしまったんだな。彼自身が、投薬実験の生きている証拠なんだからね……。そのあと、そんなふうに彼を怯えさせたことでも、私たちは激しい口論をした。克彦は怒っていた。真底怒っていた。大同製薬にも、結城にも、私たちにも。あの子はお前と同じように、何一つ手札を伏せずに闘おうとしていた。なにも恥ずかしいことなどない。隠すこともない。そしてうちを出ていこうとした。どこかこのことを話せる場所に、警察でも、新聞社でもいい、飛び込むつもりだと言って」

私たちは二階にいたんだ。かすかに震えている。克彦の部屋にいたんだ。

「だが、私と母さんには、なにも隠すことがないとは思えなかった。このことを明るみにする引き換えに克彦が失うものは、あまりに大きいと思った。世間は克彦の思うほど真直でも、正直でも、甘くもない。それは今でもそう思っているよ。だからこそ、投薬実験を受けていた子供たちの名前を公表したくないんだ。その子たちの中に、ひょっとしたらスポーツに自分の夢を見つけている子供がいるかもしれない。あるいは、これから見つける子供もいるかもしれない。リストを公表することは、彼らから夢を取り上げることになる。被害者である彼らに、追討ちをかけるようにそんな残酷なことはできないと思ったんだ」

手で目を覆う。思い出すだけでも恐ろしい光景を見ていられない、というように。

「克彦を追いかけた母さんは、あの子にとりすがった。体格が違う。力が違う。克彦は母さんに怪我をさせたくなかった。母さんは必死だった。誰よりも怯えて、恐れていたから必死の力を振り絞っていた。そうして、克彦は階段から落ちた」

諸岡氏は膝の上に頭を伏せた。

「あっという間で、止めることもできなかった。私はでくのぼうみたいにただ突っ立っていた。克彦は死んでしまっていた」

長い沈黙のあと、進也が訊いた。

「どうしてあんな細工をしたんだい？　兄貴を焼いちまうなんて、ひどいと思わなかったのかよ？」

諸岡氏は、今まででもっとも辛い答えを口にするために、肩を丸めた。

「どう言い訳をできただろう？　克彦が合宿を抜け出し、うちに帰ってきてまで私たちと何をしていたのか、うまく説明をつけることなどできただろうか。しかも、その結果、事故にしても死んでしまうような結果をもたらす、何が私たちの間にあったのか——誰かにきかれたとき言いつくろえる理由など、私には思いつかなかったんだよ」

「どこか外に運んで――」

「交通事故にでも見せかけるか？　それも考えなかったわけじゃない。だがあの日、うちの階段はワックスをかけたばかりだった。その缶があのときまだ、階段の一番下の段に置いてあった。克彦が落ちたとき、缶が倒れて中味がこぼれ、身体にも着ているものにも、髪にもついた。量は大したことはないが、そのままにしておけば、警察はきっと気がつくだろう。着替えさせたところで、寮を出るときの克彦の服装を、同室の部員が見ているかもしれない。いたずらに疑いを招くだけだ」

「それに、山瀬は生き証人だ」進也は言った。「何もかも知ってる」

「そうだよ。だから、ああするしかなかった。山瀬君に濡衣(ぬれぎぬ)を着せるしか、方法がなかったんだ」

　そして、グラブがあった。俺は思った。山瀬浩は、なんの憂いもなく野球を楽しむことのできていた少年時代のグラブを、大同製薬のグラウンドを駆け回っていたころ使っていたグラブを、大切に持っていた。そのグラブには、浩の汗と一緒に、ナンバー・エイトもしみこんでいたはずだった。

　克彦の葬儀のとき諸岡氏が棺のなかに入れたアメ色のグラブ――あれがそうだったのだ。

　完全試合をしたときの克彦のグラブは、後輩の少年が使っている。そのことを知ったときから、俺の頭に、葬儀のときの諸岡氏の言葉が引っかかっていた。パーフェクトのグラブではないはずのグラブを息子の遺体のそばに置いてやりながら、氏はなぜ「パーフェクト」と言ったのだろう、と。

そして、木原の口から「パーフェクト・ブルー」という言葉を聞いたとき、その意味を知ったとき、諸岡氏のしたことの意味も分かったのだった。そうなると、それがどんなに望ましくないことであっても、俺としては考えざるをえなかった。克彦の死の真相について、諸岡氏はすべて知っているのではないか、と。

「本当に、ほかには方法が考えられなかったんだ」諸岡氏は淡々と繰り返した。

その声に、理解を求めるような哀願の響きはなかった。それをするにはあまりに疲れすぎていた。そして、起きてしまったこと、してしまったことそのものより、それに理解を求めることのほうが進也にとってより残酷であることを、諸岡氏は知っているのだ。

「克彦が死んだのは、あの夜十一時過ぎのことだった。私と母さんは、一時間近くもただ座り込んでいた。二人して、そうしていれば今に克彦が起きてくるんじゃないかという気がして、座り込んでいた。それから思い出したんだ。お前がうちに帰ってくる」

閉店時間まで仕事をして、それから帰っておいで。俺はあの夜のことを思い出した。諸岡氏は顎をうなずかせた。

「そうなんだ。加代子さんが最初にお前を連れ帰るという電話をくれたとき、あのとき、うちに克彦がいた。山瀬君もいた。私は、お前をこのことに巻き込みたくなかった。いや、正直に言えば、お前が怖かった。克彦とお前の二人を相手にして、二人とも説き伏せられるだけの自信がなかった。だから、ああ言ってお前をうちから遠ざけたんだ」

「じゃあ、なんであの日、オレをうちに呼び返そうとしたんだよ?」

「蓮見事務所にお前を至急連れ戻すことを頼んだときには、まだ、その夜克彦たちがやって来るとは思ってもいなかったからだよ。私はどうしても、お前にはこのことを知られたくなかった。だから、ひとまずうちに呼び返して、打者人形事件にかこつけて、結城の件を克彦が忘れてしまうまで、お前と克彦がしばらく連絡をとれなくなるように、お前をどこかへ預けるつもりでいた。お前が自分の裁量でうちを出て、好きなところにいたら、克彦と自由に連絡を取り合えるだろう? そうすれば克彦は、遅かれ早かれお前に話すだろう。現にお前は、脅迫状の件で克彦に頼まれて、山瀬君を探していたくらいなんだからね」

「帰っていればよかったよ」進也は言った。

たったそれだけのことで、ひょっとしたら事態は全く違っていたかもしれない。その可能性に気づいて、父の告白よりもはるかに強い衝撃を感じているのだと、俺には分かった。何とかできたかもしれなかったのに、という後ろ向きの希望は、絶望より悪い。

「帰っていれば——兄貴だって生きていた。父さんも、母さんも、何もかも違ってた」

「それは違う」

父親はかぶりを振った。「それは違う。お前がそんなふうに自分を責めたら、私がお前たちに結城を探させたことも間違っていたことになってしまう。私たち両親を憎んでも、恨んでも、軽蔑してもいい。これから一生の間そうしてくれていい。だが、お前が自分を責めるのは間違いだ」

手をのばし、まだそうするだけの資格が残っているかどうか危ぶむようにためらったあと、諸岡氏は進也の肩に手を置いた。

「今まで口に出して言う機会はなかったが、私はね、進也、克彦と同じくらい、お前のことを誇りに思ってきた。お前の一本気な気性が好きだった。私にとって何よりも大切だったことは、お前たち二人がいることだった。一緒にいることだった。お前たち二人が、私と母さんといるときに、お前たちにだけしか分からない無言のサインで何かを通じあわせているとき、どちらか一方にしか話してないはずのことをいつの間にかもう一人も知っていることに気づくとき、私は本当に幸せだった」

克彦は逝ってしまった。諸岡氏の頰を涙が伝った。

「もう戻ってこない。お前たちが二人一緒にいるのをながめることは、もうできない。私と母さんに、それ以上の罰はない。それ以上の罰を、どうか私たちに与えないでくれ。父さんと母さんのしたことには、父さんと母さんだけで苦しめばいいことだ。頼むから、残されたお前がそれを引き受けないでくれ」

人の足音が近くなった。諸岡氏は進也から手を離すと、顔をぬぐった。

「何とかしなければならない。頭にあったのはそれだけだった。克彦は死んでしまった。死んでしまったからこそ、どうして死んだのか、なぜ死んだのか、その理由を世間に知られて、死んだあとの、もう闘うことのできない克彦を、偏見や好奇や疑惑の目にさらし、後ろ指をさされるようなことにしてはならない。絶対にならない。それだけだ」

震えながら、ため息をつく。

「本当に危ない綱渡りだったんだよ。もう一度やれと言われてもできないだろう。私はまず克彦を自分の車に乗せ、山瀬君から聞いておいた彼の住いまで、『パレス中村』まで出かけていった。そのときに、ウイスキーに、母さんが沢田クリニックから処方してもらっていた睡眠薬を混ぜて持っていった。克彦をバックシートに隠したまま、山瀬君に会った。これからどうするか、どう動くか相談しようと話すと、彼は、可哀想なほど怯えていた彼は、私にすがるようにして部屋に入れてくれた。ウイスキーをあおった。私は彼を眠らせると、『パレス中村』の近くで車を盗んだ。それがお前の見た足立ナンバーの車だったんだ。克彦をそれに移すと、工場団地の現場まで運んだ」

諸岡氏は口をつぐみ、沈黙することで、その場でしたことを説明した。

「そこを逃げ出したとき、お前たちとすれ違った。すぐに発見されることは、もちろん予想していた。だが、それがお前だったとは、私はあのとき——あのときこそ、気が違うかと思った。お前に顔を見られ、『父さん！』と呼びかけられるかと思った。克彦の身体にあんなむごいことをしたのも、全て無駄になるかと思った。だがお前は気づかなかったし、追ってこなかった。私は走って、走って、『パレス中村』に戻った。山瀬君はまだ眠っていた。私は彼のかたわらで、彼の脅迫状を手本に、彼のレポート用紙で遺書を書いた。そのあと彼を殺したんだ」

そのとき、俺はある辛い事実を悟った。

あの遺書は、確かに偽物だった。でっちあげだった。山瀬浩の手になるものではなかった。だが、真実を語っているものではあったのだ。

――目をつぶると、諸岡がすごく悲しそうな顔でおれを見る。

あれは本当はこうだったのだ。目を閉じると、克彦がすごく悲しそうな顔で父さんを見る。

「思い出すと、そんな自分が信じられない気がするよ。指紋を残さないように手袋をして、人目を盗んだ。長年中古車を扱ってきたことが、他人の車を盗むことに役立つとは」

「警察が――」

言いさして、進也は黙った。言葉を続けられるようになるまで、じっと堪えていた。

「警察が兄貴を発見して、うちに知らせに訪ねてきたとき、だから父さんは留守だったんだね」

「そうだよ。私が社に泊まり込みで仕事をすることはよくあったから、警察が来たらそう言うように母さんに言い含めておいた。母さんはあのとき、ショックでぼう然としていたが、まだ、なんとかしなければならないことを判断できるくらいの意志が残っていた。克彦は死んでしまった。今は、どうして死んだのか、それを隠さなければならない。私は母さんに、これから私が克彦の身体に何をしようとしているかだけは伏せて、警察が来たら、私は会社にいると答え、ただ、私に連絡をするときは、会社ではなく、『パレス中村』の山瀬君の部屋に電話するようにと言っておいたんだ。それも、事前に準備しておいた。うちのプッシュホンの短縮番号簿を覚えているかい？『01』が父さんの事務所になっている。それを、あのときだけは、山瀬君の部屋の電話番号に変えて登録し直しておいたんだ。母さんがどんなに取り乱しても、警察の人が電話をすることになっても、そうしておけば間違いなく『パレス中村』に電話がかかってくる」

プッシュホン。蓮見事務所のとよく似たタイプの電話だった。

そして、待っていたその連絡を受けると、うちに戻った。諸岡氏は言った。

「あとはお前も知っているとおりだ。母さんが壊れてしまったのは、警察に行って、私が克彦に何をしたか、その目で見たときだった」

進也は冷えたコンクリートに目を落した。

「さっき、ああするしかなかった、山瀬君に濡衣を着せるしか方法がなかったと言ったね。だが、今考えると、それは違っていたかもしれない。進也、私はそうしたかったんだよ。そうしたかったんだ。それはたぶん、あのとき私が真底、山瀬君を憎んでいたからだろう。彼さえいなかったなら、彼があんな脅迫状など出さなかったら、克彦だって私たちの説得に応じたかもしれない。現実に投薬実験の副作用で苦しんでいる彼の存在が見えなければ、克彦の考えだって変わっていたかもしれない。そんな見当違いの逆恨みで、私は彼を利用することが小気味よかったんだよ」

そして、その彼の死体もお前が見つけた。遺書が偽物であることを見破ったのもお前たちだった。私は、山瀬君が誰かに頼まれて打者人形の事件を起こしたことまでは知らなかったんだ。だから遺書にもそのことは書かなかったんだよ。

「お前は事件を調べ直すという。ほかの誰でもない、お前がそうするという。私はそこに、お前のなかに流れている克彦の遺志を感じ取った。だから、あのとき、すんでのところで全てを話してしまうところだった。告白すれば、結城も捕らえられる。そして何よりも、あんなことをした大同製薬の連中の息の根を止めてやれる」

諸岡氏の声は力強くなった。

「だが、そのとき気づいた。そうすれば、事件はもうお前たちの手を離れてしまうだろう。私が全てを告白し、警察が乗り出せば、結城の持っている投薬実験のデータも、子供たちのリストも、そっくりそのまま表に出てしまう。それだけはできない。どうしてもできない。私たちと克彦が味わった苦しみが、あと百人もの子供たちの家庭で繰り返される。それだけはどうしても避けたかった。だから、お前たちが『宗田』という男を探し出すようにだけ仕向けて、あとは黙っていたんだ」

よろめきながら、諸岡氏は立ち上がった。

「それになあ、進也。お前、あの段階でそれを知っていたら、すぐには気づかなくても、いずれは私たちを疑っていたんじゃないか？　克彦が強請に屈したりしないことを、お前はよく知っていたんだからね」

膝をついたまま足元を見つめている進也に、諸岡氏は深く頭を垂れた。

「どんな事情があったにしろ、理由があったにしろ、私と母さんはお前から兄さんを奪ってしまったんだ。許してくれと詫びてすむことではないが、母さんのために、言わせてくれ」

すまなかった。そう言うと、進也を残して諸岡氏は歩き出した。搬入路に戻る途中で、加代ちゃんとマスターを見つけた。

「進也を頼みます」

足をとめ、頭を下げ、彼はパトカーへと歩きだした。

エピローグ

諸岡氏は、逮捕されてから数日間で全てを語り終えた。大同製薬の関係者がそうするには、もっと長い時間を要した。いや、これからも要するだろう。彼らには、語らなければならないことが、ずっと多くある。

事件は生々しい段階を通りすぎ、公判という、どんなセンセーショナルな事件にもやってくる、報告と、証言と、法律用語に満ちた、一種の独立国へと移行しつつある。諸岡氏は身柄を拘束されたまま保釈を請求することもなく、その日の来るのを待っている。

ナンバー・エイトの投薬実験のデータは失われた。リストも消えた。今、警察が積極的に行なっているのは、かつて大同製薬の援助でグラウンドを借りていたスポーツ・チームの子供たち、その親たちに、ひそかに、そして速やかに名乗り出てくれるよう呼びかけることである。その意味で、彼らは諸岡氏の望んでいたとおりの保護下に置かれている。

そして進也は、父の言った「お前の持っている大きな証拠物件」が何であるか、ずっと考え続けていた。

「おやまあ、いつのまに和解調停を結んだわけ?」

事務所に戻った加代ちゃんが、ドアを開け、開口一番にそう言った。

電話番をしている所長の机のそばで、進也がさかんに俺にじゃれついているのだ。まったく、このごろいやに俺にかまう癖がついてしまって、困ってしまう。進也としては俺と遊んでやっているつもりなんだろうが、事実は逆だ。それに、俺はくすぐられるのが大の苦手ときている。

「アテ！　こら噛みつくなよ。引っ張るなって、おい！」

初夏を迎えて、俺は抜け毛の季節だ。転がったり跳ねたりしている俺たちの周りには、羽毛のような細い毛が漂っている。おやおや。加代ちゃんは笑った。

「はしゃぐのはいいけど、あとでちゃんと掃除をしていってね。この季節のマサを、わたしたちは爆弾みたいにそうっと扱ってるんだから」

進也はこのところ、ずっと「ラ・シーナ」で暮している。以前と違うのは、昼は学校に行くようになったということだ。所長の一言が、よほど効いたらしい。

「その方が面倒くさくない。面倒を起こさないために世間と妥協しておく、という経験も、時には必要だよ。まして、将来本当にうちで働きたいなら、なおさらだ。あたりまえの学生生活も知っておきなさい。話のタネでもかまわないから」

そんなわけで、たまに事務所に遊びに来る進也を、ほかの調査員たちは「採用内定者」と呼んでいる。

それだけでなく、このごろはあまり糸ちゃんとぶつからなくなった。いや、相変わらず盛大にぶつかってはいるのだが、その傾向が変わってきたと言ったほうがあたっているかもしれない。以前はパチンコ玉のようにやみくもに衝突していたのが、このごろはビリヤードの球のように相手のリアクションを計算している。平たく言えば、衝突を楽しんでいるのである。勝手にしてくれ、と言いたい。

進也はようやく俺を解放し、来客用のソファにでんと座り込んだ。やれやれ。俺は部屋の隅に引っ込み、尻尾を丸めた。

「テレビ、つけないの？　今日は東東京代表を決める決勝戦の日だろ？」

所長と加代ちゃんのどちらにともなく、進也が言った。

「野球、嫌いだったたっけ？　そんなことないよな」

「うん……」

「じゃあ、いいじゃん」

進也より先に、所長がスイッチを入れた。目が笑っている。加代ちゃんに、小さくうなずいてみせる。

「あれ、スゲエ、なんかでかいことやったのがいるらしいぜ」

画面が明るくなるなり、進也が大声を出した。

インタビューを受けているのは、丸刈りの頭にいっぱいの汗をかいた、長身のピッチャーだった。日焼けした頬が赤いのは暑さのせいばかりではなさそうだ。上気している。

「ほう、完全試合だよ」所長が椅子をひいてテレビに近寄る。

ウイニング・ボールを手にするピッチャーをながめながら、俺は別のことを考えていた。毎年、夏の大会の季節になると、甲子園球場の周囲には夾竹桃（きょうちくとう）の花がいっぱいに咲き乱れ、戻ってきた球児たちを出迎えるという話を、思い出していたのだ。鮮やかな赤い花は緑の球場に美しく映え、そこで繰り広げられる熱戦に、文字どおり花を添える。

俺たちは、その夾竹桃の、冬の部分を見たのだ。冬を見たからといって、夏が来ることまでもあきらめてしまうことはなかった。

画面に釘付けになったままの進也が立ち上がり、「あれだぜ……」とつぶやいたのは、そのときだった。

克彦のウイニング・ボールは、あのとき埋めた場所に、そのまま残っていた。

もっとも、それを掘り出すのに、俺の鼻と脚は大車輪で頑張ったのだが。人間の記憶や方向感覚というのは実にあやふやで、加代ちゃんも進也も、俺が正しい方向に引っ張っていってやらなければ、いつまでもあさっての方向を探していたことだろう。

「おやじの言ってた『証拠』って、これだったんだよ。おやじはオレが兄貴からこれをもらって大事にとっておいたことを知ってたんだ」

克彦の汗がしみ込んだボールだ。大同製薬のグラウンドでつくった記録の記念のボールだ。河川敷には太陽がふりそそぎ、川面は新しい硬球のように白く輝いている。空は本物のパーフェクト・ブルーだ。

「大丈夫かな。ここからナンバー・エイトが検出できるかな。古くなって消えちまったなんてこと、ないかな」

泥だらけの硬球をさすりながら、進也が言った。

「心配しなくても、きっと大丈夫よ」と、加代ちゃん。それからふと、首をかしげて進也を見やった。

「ねえ、お兄さんのこと、尊敬してた？」

進也は手のなかにボールを包んだまま、ゆっくりと首を横に振った。

「じゃあ、憧れてた？」

かぶりを振る。そして加代ちゃんを見上げると、俺たちと初めて会ったときと同じ笑顔を見せて、答えた。

「尊敬しても、憧れてもいなかった。ただ、兄貴が好きだった。大好きだった。それだけだよ。それじゃ、答えにならない？」

進也の指に半ば隠れた「克彦」の名前を、俺はじっと見つめた。

「いいえ。一番いい返事だと思うわ」

俺もそう思う。そして、加代ちゃんと俺だけでなく、ほかにも誰かがそう言っている。夏の香りを運ぶ風のなかに、その声の答えるのが、俺の耳にははっきりと聞こえていた。

本書はフィクションです。登場する人物、団体、会社等は架空のもので、万一、実在する人物、団体、会社等の名称と一致する場合はまったくの偶然で、なんの関係もありません。

解説

鮎川哲也

本書は一九八九年二月に東京創元社から『鮎川哲也と十三の謎』の第五回配本として出版された。今回創元推理文庫に入るに際して著者による若干の加筆訂正がなされている。

宮部さんは一九六〇年十二月、東京の江東区に生まれた。都立墨田川高校を出、卒業後、速記士の資格を得る。法律事務所に勤めながら、ベテランの推理作家である山村正夫氏の養成塾で学んだ。この教室からは他に現折原一氏夫人の新津きよみさんをはじめ、多くの女流ミステリ作家を輩出したことで話題になった。これは山村氏の薫陶いかによろしかったかの証左になるものだが、私も含めて山村氏の古くからの友人たちは、この人にこうした才能があったことは想像もしなかったのだった。金剛石は磨かずば光らないという。だが同時に、素材が金剛石でなかったなら、いくら師匠の山村氏がサンドペーパーでこすっても、すぐれた女流新人が生まれるわけはないだろう。宮部さんは本質的にダイアモンドだったのである。

宮部さんの処女作は、一九八七年十月、第二十六回〈オール讀物〉推理小説新人賞を受賞した「我らが隣人の犯罪」という短編であるが、つづいて二カ月後には「かまいたち」という時代ものの短編で第十二回歴史文学賞に佳作入選を果たした。折原一氏にすすめられて、「我らが隣人の犯罪」ほかを一読した戸川編集長は作者の才能を見ぬいて、直ちに長編の執筆を依頼した。それが『パーフェクト・ブルー』である。宮部氏はつづいて、新潮社の日本推理サスペンス大賞に応募し、みごと受賞に輝いたのが第二長編の『魔術はささやく』で、さらに九〇年には文藝春秋から『我らが隣人の犯罪』を表題作にした短編集を、そしてカッパノベルスから『東京殺人暮色』を、再び新潮社から『レベル7』を出すという刮目すべき活躍をした。ついで明くる九一年には出版芸術社から『龍は眠る』と、新人物往来社から連作集『本所深川ふしぎ草紙』を出版したが、後者は氏の初の時代小説集であった。引きつづき同じ年に『返事はいらない』という短編集を実業之日本社から上梓するという、八面六臂の大活躍を演じてみせ、世人をあっといわせる。

これだけ書けばそろそろ疲れを見せ始める頃であるが、あの小柄な、可愛らしい体のどこにこんなファイトが潜んでいるのであろうか、翌九二年になると再度新人物往来社より『かまいたち』を、中央公論社から『今夜は眠れない』を、カッパノベルスハードの一冊として『スナーク狩り』を、更に双葉社から『火車』を刊行。更につづけて光文社より『長い長い殺人』、文藝春秋から『とり残されて』を出版した。これが今年（一九九二年）の前半のことだから、年内にあと何巻の新作が出るか予想もたたない。戦前では牧逸馬、林不忘などの筆名を使いわけた超流行作家が、戦後では先頃亡くなった松本清張という著名作家がいたが、彼らはいずれも男性の小説家だった。あと何年かすれば宮部さんもこうした作家と肩を並べることになるだろうが、彼らとの決定的な違いは、やはり宮部氏が女流作家であるという点だろう。日本が男性中心の社会でなくならない限り、宮部さんもまた何かと不利なハンディキャップを背負っていかなくてはなるまいが、登場してわずか五年という短い歳月の間に、『魔術はささやく』の日本推理サスペンス大賞をはじめ、『龍は眠る』での日本推理作家協会賞、同じ年の『本所深川ふしぎ草紙』での吉川英治文学新人賞を獲得したという超人的な才能を持っている。女性というハンディをものともせずに、男性に伍して健筆をふるいつづけることと思う。

さてこの『パーフェクト・ブルー』は宮部さんの長編第一作であるから、作者としても記念碑的な、記憶にのこる作品となるだろうと思う。冒頭におかれたプロローグは何やらショッキングな話で、読者が身をのりだした途端に、作者はハイソレマデヨといったふうに打切ってしまう。読者はいやでもページを繰らなくてはならぬわけだが、一転して加代子探偵と進也少年、そしてマサの登場ということになる。この辺の呼吸を心得た展開はすでにベテラン作家に通じるもので、戦前の常套語を以てすれば、「末おそろしいお嬢さん」なのである。

さて宮部作品は、この『パーフェクト・ブルー』の後、登場人物の人間像を一人一人明確に書きわけるようになり、同時に一作の長さがふえるという変化をみせている。そこに作者の成長があるわけだが、デビュー後数年にして脱皮したという早さに、彼女のなみならぬ才能を見せつけられた思いがする。

ミステリの多くは陰惨な殺人事件を描くものなのだから、読了した読者までが救いのない暗い気持になるようではいけない、と私は考えているのだが、宮部さんの書くものは軽快な筆さばきに加えて内容が明るい。これは作者の生来の気質からくるもののようで、それがまた好評を博する理由の一つではないかと思っている。

著作リスト

1　パーフェクト・ブルー
- 1989　東京創元社
- 1992　創元推理文庫　**本書**
- 2008　新潮社アーリーコレクション

2　魔術はささやく
- 1989　新潮社〔日本推理サスペンス大賞受賞〕
- 1993　新潮文庫
- 2008　新潮社アーリーコレクション

3　我らが隣人の犯罪
- 1990　文藝春秋（短編集）
- 1993　文春文庫
- 2006　講談社青い鳥文庫（改題「この子だれの子」）
- 2008　新潮社アーリーコレクション

4　東京（ウォーター・フロント）殺人暮色
- 1990　光文社カッパ・ノベルス
- 1994　光文社文庫（改題「東京下町殺人暮色」）
- 2011　光文社Book with you（改題「刑事の子」）
- 2013　光文社文庫プレミアム（改題「刑事の子」）

5　レベル7
- 1990　新潮社

1993 新潮文庫
2008 新潮社アーリーコレクション

6 龍は眠る
1991 出版芸術社〔日本推理作家協会賞受賞〕
1995 新潮文庫
2006 双葉文庫

7 本所深川ふしぎ草紙
1991 新人物往来社（時代小説／連作短編集）
〔吉川英治文学新人賞受賞〕
1995 新潮文庫

8 返事はいらない
1991 実業之日本社（短編集）
1994 新潮文庫

9 かまいたち
1992 新人物往来社（時代小説／短編集）
1996 新潮文庫
2007 講談社青い鳥文庫

10 今夜は眠れない
1992 中央公論社
1996 中央公論社C★NOVELS
1998 中公文庫
2002 角川文庫
2006 講談社青い鳥文庫

11　スナーク狩り
1992　光文社カッパ・ノベルス
1997　光文社文庫
2011　光文社文庫プレミアム

12　火車
1992　双葉社〔山本周五郎賞受賞〕
1998　新潮文庫

13　とり残されて
1992　文藝春秋（短編集）
1995　文春文庫

14　長い長い殺人
1992　光文社（連作短編集）
1997　光文社カッパ・ノベルス
1997　光文社文庫
2011　光文社文庫プレミアム

15　ステップファザー・ステップ
1993　講談社（連作短編集）
1996　講談社文庫
2005　講談社青い鳥文庫
2008　講談社ペーパーバックスK

16　震える岩　霊験お初捕物控
1993　新人物往来社（時代小説）
1997　講談社文庫
2014　講談社文庫（新装版）

17　淋しい狩人
1993　新潮社（連作短編集）
1997　新潮文庫
2008　新潮社アーリーコレクション

18　地下街の雨
1994　集英社（短編集）
1998　集英社文庫

19　幻色江戸ごよみ
1994　新人物往来社（時代小説／短編集）
1998　新潮文庫

20　夢にも思わない
1995　中央公論社
1997　中央公論社C★NOVELS
1999　中公文庫
2002　角川文庫

21　初ものがたり
1995　PHP研究所（時代小説／連作短編集）
1997　PHP文庫
1999　新潮文庫
2001　PHP研究所（愛蔵版）

22　鳩笛草
1995　光文社カッパ・ノベルス（短編集）
2000　光文社文庫
（改題「鳩笛草　燔祭／朽ちてゆくまで」）

23　人質カノン

2011　光文社文庫プレミアム
1996　文藝春秋（短編集）
2001　文春文庫

24　蒲生邸事件

1996　毎日新聞社〔日本SF大賞受賞〕
1999　光文社カッパ・ノベルス
2000　文春文庫
2013　講談社青い鳥文庫（上下）
2017　文春文庫（新装版上下）

25　堪忍箱

1996　新人物往来社（時代小説／短編集）
2001　新潮文庫

26　天狗風　霊験お初捕物控〈二〉

1997　新人物往来社（時代小説）
2001　講談社文庫
2014　講談社文庫（新装版）

27　心とろかすような　マサの事件簿

1997　東京創元社（連作短編集）
2001　創元推理文庫
2008　講談社青い鳥文庫
（四編のみ収録・改題「マサの留守番」）

28　理由

1998　朝日新聞社〔直木三十五賞受賞〕

2002　朝日文庫
2004　新潮文庫

29　平成お徒歩（かち）日記
1998　新潮社〔紀行エッセイ〕
2001　新潮文庫
2008　新潮社アーリーコレクション

30　クロスファイア
1998　光文社カッパ・ノベルス（上下）
2002　光文社文庫（上下）
2011　光文社文庫プレミアム（上下）

31　ぼんくら
2000　講談社（時代小説）
2004　講談社文庫（上下）

32　あやし～怪～
2000　角川書店（奇談集）
2003　角川文庫（改題「あやし」）
2007　角川ホラー文庫（改題「あやし」）

33　模倣犯
2001　小学館（上下）〔毎日出版文化賞特別賞受賞・芸術選奨文部科学大臣賞受賞・日本冒険小説協会大賞受賞〕
2005～06　新潮文庫（1～5）

34　R.P.G.
2001　集英社文庫

35　ドリームバスター
2001　徳間書店

２００９　トクマ・ノベルズEdge

36　あかんべえ
２００２　ＰＨＰ研究所（時代小説）
２００７　新潮文庫（上下）

37　ブレイブ・ストーリー
２００３　角川書店（上下）
２００６　角川文庫（上中下）
２００６　角川スニーカー文庫（１〜４）
２００９〜１０　角川つばさ文庫（１〜４）

38　ドリームバスター2
２００３　徳間書店
２００９　トクマ・ノベルズEdge

39　誰か
２００３　実業之日本社
２００５　光文社カッパ・ノベルス
２００７　文春文庫

40　ぱんぷくりん
２００４　ＰＨＰ研究所
（絵本／鶴之巻・亀之巻　黒鉄ヒロシ画）
２０１０　ＰＨＰ文芸文庫

41　ＩＣＯ　霧の城
２００４　講談社
２００８　講談社ノベルス
２０１０　講談社文庫（上下）

42 日暮らし
2005 講談社（時代小説／上下）
2008 講談社文庫（上中下）
2011 講談社文庫（新装版上下）

43 孤宿の人
2005 新人物往来社（時代小説／上下）
2008 新人物ノベルス（上下）
2009 新潮文庫（上下）

44 ドリームバスター3
2006 徳間書店
2010 トクマ・ノベルズ Edge

45 名もなき毒
2006 幻冬舎〔吉川英治文学賞受賞〕
2009 光文社カッパ・ノベルス
2011 文春文庫

46 ドリームバスター4
2007 徳間書店
2010 トクマ・ノベルズ Edge（前篇・後篇）

47 楽園
2007 文藝春秋（上下）
2010 文春文庫（上下）

48 おそろし
三島屋変調百物語事始
2008 角川書店（時代小説／連作短編集）
2010 新人物ノベルス
2012 角川文庫

49 英雄の書　2009　毎日新聞社（上下）
2011　光文社カッパ・ノベルス
2012　新潮文庫（上下）

50 小暮写眞館　2010　講談社
2013　講談社文庫（上下）
2017　新潮文庫nex（I～IV）

51 あんじゅう　三島屋変調百物語事続　2010　中央公論新社
2012　新人物ノベルス
2013　角川文庫

52 ばんば憑き　2011　角川書店
2012　新人物ノベルス
2014　角川文庫（改題「お文の影」）

53 チヨ子　2011　光文社文庫

54 おまえさん　2011　講談社（時代小説／上下）
2011　講談社文庫（上下）

55 悪い本　2011　岩崎書店（絵本　吉田尚令画）

56 ソロモンの偽証　第I部　事件　2012　新潮社
2014　新潮文庫（上下）

57 ソロモンの偽証　2012　新潮社
　第Ⅱ部　決意　2014　新潮文庫（上下）
58 ソロモンの偽証　2012　新潮社
　第Ⅲ部　法廷　2014　新潮文庫（上下）
59 桜ほうさら　2013　PHP研究所（時代小説／連作短編集）
　2015　PHP文芸文庫（上下）
60 泣き童子　2013　文藝春秋
　三島屋変調百物語参之続　2016　角川文庫
61 ペテロの葬列　2013　集英社
　2016　文春文庫（上下）
62 荒神　2014　朝日新聞出版
　2017　新潮文庫
63 悲嘆の門　2015　毎日新聞社（上下）
　2017　新潮文庫（上中下）
64 過ぎ去りし王国の城　2015　KADOKAWA
　2018　角川文庫
65 希望荘　2016　小学館（連作短編集）
　2018　文春文庫

66 ヨーレのクマー　２０１６　ＫＡＤＯＫＡＷＡ（絵本　佐竹美保画）
67 三鬼　２０１６　日本経済新聞出版社
三島屋変調百物語四之続　２０１９　角川文庫
68 この世の春　２０１７　新潮社（上下）
69 あやかし草紙　２０１８　ＫＡＤＯＫＡＷＡ
三島屋変調百物語伍之続
70 昨日がなければ明日もない　２０１８　文藝春秋（連作短編集）
71 さよならの儀式　２０１９　河出書房新社

著者紹介 1960年東京都江東区に生まれる。都立墨田川高校卒業後、法律事務所に勤務。1987年にオール讀物推理小説新人賞を受賞。著書に『魔術はささやく』『龍は眠る』『火車』『本所深川ふしぎ草紙』『孤宿の人』『この世の春』などがある。

検印
廃止

パーフェクト・ブルー

1992年12月25日 初版
2012年 9月28日 77版
新装新版 2019年11月15日 初版

著者 宮部みゆき

発行所 (株) 東京創元社
代表者 渋谷健太郎

162-0814/東京都新宿区新小川町1-5
電話 03・3268・8231-営業部
03・3268・8204-編集部
URL http://www.tsogen.co.jp
暁印刷・本間製本

乱丁・落丁本は、ご面倒ですが小社までご送付ください。送料小社負担にてお取替えいたします。

©宮部みゆき 1989 Printed in Japan

ISBN978-4-488-41103-9 C0193

北村薫の記念すべきデビュー作

FLYING HORSE◆Kaoru Kitamura

空飛ぶ馬

北村 薫

創元推理文庫

◆

——神様、私は今日も本を読むことが出来ました。
眠る前にそうつぶやく《私》の趣味は、
文学部の学生らしく古本屋まわり。
愛する本を読む幸せを日々嚙み締め、
ふとした縁で噺家の春桜亭円紫師匠と親交を結ぶことに。
二人のやりとりから浮かび上がる、犀利な論理の物語。
直木賞作家北村薫の出発点となった、
読書人必読の《円紫さんと私》シリーズ第一集。

収録作品＝織部の霊，砂糖合戦，胡桃の中の鳥，
赤頭巾，空飛ぶ馬

水無月のころ、円紫さんとの出逢い
——ショートカットの《私》は十九歳

第44回日本推理作家協会賞受賞作

NIGHT CICADA◆Kaoru Kitamura

夜の蝉

北村 薫

創元推理文庫

◆

呼吸するように本を読む主人公《私》を取り巻く女性
——ふたりの友人、姉——を核に、
不可思議な事どもの内面にたゆたう論理性を
すくいとって見せてくれる錦繡の三編。
色あざやかに紡ぎ出された人間模様に綾なす
巧妙な伏線が読後の爽快感を誘う。
日本推理作家協会賞を受賞し、
覆面作家だった著者が
素顔を公開するきっかけとなった第二作品集。

収録作品＝朧夜の底，六月の花嫁，夜の蝉

かりそめの恋、揺るぎない愛、掛け違う心
二十歳の《私》は何を思う……

後輩の墜落死と告発の手紙

AUTUMN FLOWER◆Kaoru Kitamura

秋の花

北村 薫

創元推理文庫

絵に描いたような幼なじみの真理子と利恵を
苛酷な運命が待ち受けていた。
ひとりが召され、ひとりは抜け殻と化したように
憔悴の度を加えていく。
文化祭準備中の事故とされた女子高生の墜落死——
親友を喪った傷心の利恵を案じ、
ふたりの先輩である《私》は事件の核心に迫ろうと
するが、疑心暗鬼を生ずるばかり。
考えあぐねて円紫さんに打ち明けた日、
利恵がいなくなった……

「私達って、そんなにもろいんでしょうか」
生と死を見つめて《私》はまたひとつ階段を上る

浩瀚な書物を旅する《私》の探偵行

A GATEWAY TO LIFE◆Kaoru Kitamura

六の宮の姫君

北村 薫

創元推理文庫

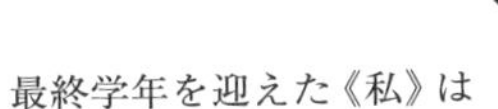

◆

最終学年を迎えた《私》は
卒論のテーマ「芥川龍之介」を掘り下げていく。
一方、田崎信全集の編集作業に追われる出版社で
初めてのアルバイトを経験。
その縁あって、図らずも文壇の長老から
芥川の謎めいた言葉を聞くことに。
《あれは玉突きだね。……いや、というよりは
キャッチボールだ》
王朝物の短編「六の宮の姫君」に寄せられた言辞を
めぐって、《私》の探偵行が始まった……。

誰もが毎日、何かを失い、何かを得ては生きて行く
“もうひとつの卒論”が語る人生の機微

いよいよ卒業、転機を迎える《私》

MORNING MIST◆Kaoru Kitamura

朝霧

北村 薫

創元推理文庫

◆

前作『六の宮の姫君』で着手した卒業論文を書き上げ、
《私》は巣立ちの時を迎えた。
出版社の編集者として社会人生活のスタートを切り、
新たな抒情詩を奏でていく中で、
巡りあわせの妙に打たれ暫し呆然とする《私》。
その様子に読み手は、
従前の物語に織り込まれてきた絲の緊密さに
陶然とする自分自身を見る想いがするだろう。
幕切れの寥亮たる余韻は次作への橋を懸けずにはいない。

収録作品＝山眠る，走り来るもの，朝霧

あの時あの場所でこんな出逢いが待っていた
《私》を揺さぶる転機の予感

本をめぐる様々な想いを糧に生きる《私》

THE DICTIONARY OF DAZAI'S◆Kaoru Kitamura

太宰治の辞書

北村 薫

創元推理文庫

◆

新潮文庫の復刻版に「ピエルロチ」の名を見つけた《私》。
たちまち連想が連想を呼ぶ。
ロチの作品『日本印象記』、芥川龍之介「舞踏会」、
「舞踏会」を評する江藤淳と三島由紀夫……
本から本へ、《私》の探求はとどまるところを知らない。
太宰治「女生徒」を読んで創案と借用のあわいを往来し、
太宰愛用の辞書は何だったのかと遠方に足を延ばす。
そのゆくたてに耳を傾けてくれる噺家、春桜亭円紫師匠。
「円紫さんのおかげで、本の旅が続けられる」のだ……

収録作品＝花火，女生徒，太宰治の辞書，白い朝，
一年後の『太宰治の辞書』，二つの『現代日本小説大系』

謎との出逢いが増える――
《私》の場合、それが大人になるということ

記念すべき清新なデビュー長編

MOONLIGHT GAME◆Alice Arisugawa

月光ゲーム
Yの悲劇'88

有栖川有栖

創元推理文庫

◆

矢吹山へ夏合宿にやってきた英都大学推理小説研究会の
江神二郎、有栖川有栖、望月周平、織田光次郎。
テントを張り、飯盒炊爨に興じ、キャンプファイアーを
囲んで楽しい休暇を過ごすはずだった彼らを、
予想だにしない事態が待ち受けていた。
突如山が噴火し、居合わせた十七人の学生が
陸の孤島と化したキャンプ場に閉じ込められたのだ。
この極限状況下、月の魔力に操られたかのように
出没する殺人鬼が、仲間を一人ずつ手に掛けていく。
犯人はいったい誰なのか、
そして現場に遺されたYの意味するものは何か。
自らも生と死の瀬戸際に立ちつつ
江神二郎が推理する真相とは？

孤島に展開する論理の美学

THE ISLAND PUZZLE ◆ Alice Arisugawa

孤島パズル

有栖川有栖

創元推理文庫

南の海に浮かぶ嘉敷島に十三名の男女が集まった。
英都大学推理小説研究会の江神部長とアリス、初の
女性会員マリアも、島での夏休みに期待を膨らませる。
モアイ像のパズルを解けば時価数億円のダイヤが
手に入るとあって、三人はさっそく行動を開始。
しかし、楽しんだのも束の間だった。
折悪しく台風が接近し全員が待機していた夜、
風雨に紛れるように事件は起こった。
滞在客の二人がライフルで撃たれ、
無惨にこときれていたのだ。
無線機が破壊され、連絡船もあと三日間は来ない。
絶海の孤島で、新たな犠牲者が……。
島のすべてが論理（ロジック）に奉仕する、極上の本格ミステリ。

犯人当ての限界に挑む大作

DOUBLE-HEADED DEVIL ◆ Alice Arisugawa

双頭の悪魔

有栖川有栖

創元推理文庫

山間の過疎地で孤立する芸術家のコミュニティ、
木更村に入ったまま戻らないマリア。
救援に向かった英都大学推理小説研究会の一行は、
かたくなに干渉を拒む木更村住民の態度に業を煮やし、
大雨を衝いて潜入を決行する。
接触に成功して目的を半ば達成したかに思えた矢先、
架橋が濁流に呑まれて交通が途絶。
陸の孤島となった木更村の江神・マリアと
対岸に足止めされたアリス・望月・織田、双方が
殺人事件に巻き込まれ、川の両側で真相究明が始まる。
読者への挑戦が三度添えられた、犯人当て(フーダニット)の
限界に挑む大作。妙なる本格ミステリの香気、
有栖川有栖の真髄ここにあり。

入れない、出られない、不思議の城

CASTLE OF THE QUEENDOM

女王国の城
上下

有栖川有栖

創元推理文庫

大学に姿を見せない部長を案じて、推理小説研究会の
後輩アリスは江神二郎の下宿を訪れる。
室内には木曾の神倉へ向かったと思しき痕跡。
様子を見に行こうと考えたアリスにマリアが、
そして就職活動中の望月、織田も同調し、
四人はレンタカーを駆って神倉を目指す。
そこは急成長の途上にある宗教団体、人類協会の聖地だ。
〈城〉と呼ばれる総本部で江神の安否は確認したが、
思いがけず殺人事件に直面。
外界との接触を阻まれ囚われの身となった一行は
決死の脱出と真相究明を試みるが、
その間にも事件は続発し……。
連続殺人の謎を解けば門は開かれる、のか？

シリーズ第一短編集

THE INSIGHT OF EGAMI JIRO◆Alice Arisugawa

江神二郎の洞察

有栖川有栖

創元推理文庫

英都大学に入学したばかりの1988年4月、すれ違いざまに
ぶつかって落ちた一冊――中井英夫『虚無への供物』。
この本と、江神部長との出会いが僕、有栖川有栖の
英都大学推理小説研究会入部のきっかけだった。
昭和から平成へという時代の転換期である
一年の出来事を瑞々しく描いた九編を収録。
ファン必携の〈江神二郎シリーズ〉短編集。

収録作品＝瑠璃荘事件，
ハードロック・ラバーズ・オンリー，
やけた線路の上の死体，桜川のオフィーリア，
四分間では短すぎる，開かずの間の怪，二十世紀的誘拐，
除夜を歩く，蕩尽に関する一考察